合肥文字

我们的莎士比亚

时代出版传媒股份有限公司
安 徽 文 艺 出 版 社

WOMEN DE
SHASHIBIYA

合肥文字

我们的莎士比亚

刘政屏／主编

WOMEN DE SHASHIBIYA

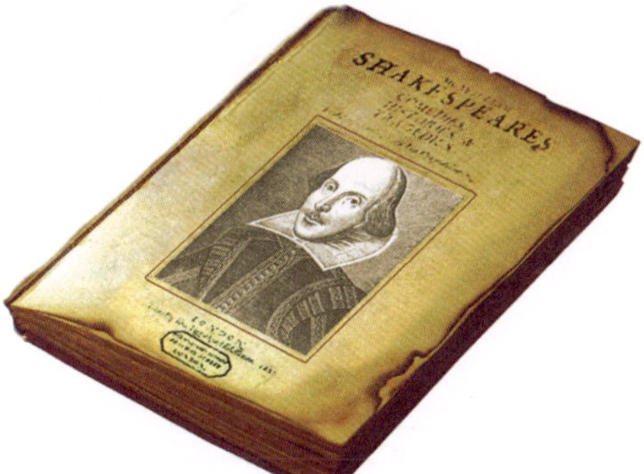

时代出版传媒股份有限公司
安徽文艺出版社

图书在版编目(CIP)数据

我们的莎士比亚/刘政屏主编. —合肥:安徽文艺出版社,2016.4
ISBN 978-7-5396-5710-3

Ⅰ. ①我… Ⅱ. ①刘… Ⅲ. ①散文集-中国-当代 Ⅳ. ①I267

中国版本图书馆CIP数据核字(2016)第069061号

出 版 人:朱寒冬
责任编辑:韩 露 张星航 装帧设计:徐 睿

出版发行:时代出版传媒股份有限公司 www.press-mart.com
安徽文艺出版社 www.awpub.com
地 址:合肥市翡翠路1118号 邮政编码:230071
营 销 部:(0551) 63533889
印 制:合肥星光印务有限责任公司 (0551)64235059

开本:700×1000 1/16 印张:16 字数:260千字
版次:2016年4月第1版 2016年4月第1次印刷
定价:28.00元

许辉:安徽省文联副主席,安徽省作家协会主席,中国作家协会全国委员会委员,曾任茅盾文学奖评委。著有中短篇小说集《夏天的公事》《人种》,长篇小说《王》《那时候》,散文随笔集“和自己系列”(5本)、《又见炊烟》《涡河边的老子》等。

许春樵:中国作家协会全国委员会委员,安徽省作家协会副主席,安徽文学院副院长,国家一级作家,安徽大学、安徽师大兼职教授。著有长篇小说《放下武器》《男人立正》《酒楼》《屋顶上空的爱情》,中短篇小说集《谜语》《一网无鱼》《城里的月光》等。

赵昂:中国作家协会会员,安徽省散文随笔学会副主席,安徽省公安作家协会主席。著有《冷言热语》、《难言真实》、《思想的碎片》、《正确的废话》、《穿裤子的汉字》、《画里有话》、《二指禅》等15部杂文随笔集。

苏北：本名陈立新，中国作家协会会员。著有《秘密花园》《城市的气味》《书犹如此》《一汪情深：回忆汪曾祺先生》《忆·读汪曾祺》《灵狐》《像鱼一样游弋的文字》《那年秋夜》《蚁民》《植点青绿在心田》等。

许若齐：安徽省写作学会副会长、安徽省黄山文化书院副院长、安徽历史文化研究中心研究员、中国作家协会会员、中国散文学会会员。曾出版文集《夕阳山外山》、《烟火徽州》、《一钩新月天如水》、《刀板香》、《最美民俗》等。

莫幼群：笔名老末、莫契，中国作家协会会员、安徽诗歌学会副会长兼秘书长。著有《书生意气》《人在时尚里容易发呆》《草木皆喜》《偏听偏信》《温柔的怜悯》《漫游 2050 年》《你比所有的花都活得长久》等散文集、诗集、小说 20 余种。

刘政屏：中国作家协会会员，出版有长篇纪实作品《就这样，我们赢了！》，散文随笔集《月明风清》《让记忆有个落脚的地方》《倾听合肥》《享受合肥方言》《就这么简单》《五虎出列》（与人合集）。策划、编纂《阅读合肥》《以书的名义聚会》（4种）等。

程耀恺：散文作家，一生以书为伴，退休之后，重归书斋，著书立文，作品颇丰。著有散文集《不争春》。

马丽春：医学硕士，高级编辑，作家，书画修行者。发表文字上百万。著有散文集《与欲望无关》、《白马集》（与台湾记者合著）、《画画这事儿》。

何素平：合肥晚报主任编辑。早年教书十余载，长年担任文艺版编辑兼记者。有散文、随笔、调查报告及文艺评论散见于各地报刊，偶为戏剧类期刊撰稿。

章玉政：高级记者，现任新安晚报社编委、采访中心主任。安徽大学兼职硕士生导师。著有《狂人刘文典：远去的国学大师及其时代》《刘文典年谱》《光荣与梦想：中国公学往事》等。

张扬：安徽商报文体副刊中心主任、橙周刊主编，著有《悠城悠客》、《山水安徽》、《最美的雕塑》、《发现徽州建筑》（与赵焰合著）等，参与撰写《话说安徽》，主编《大家写安徽》（第一、二辑）。

王张应:安徽作家协会会员,在全国近百家报刊上发表中、短篇小说、散文及诗歌100余万字,著有诗集《感情的村庄》《那个时候》,散文集《祖母的村庄》,中短篇小说集《河街人家》等。

李学军:安徽省作家协会会员,散文作品入选《阅读合肥》《大家写安徽》(第一辑)《阅读徽州》《以书的名义聚会》等文集。著有散文集《岸边的风景》《皖美如初》。

王青:安徽作家协会会员。散文、诗歌作品被选入《美丽心灵读本》《含羞的红豆》《青春诗历》等书,著有散文随笔集《女儿藤》。

李海燕：笔名木槿花开，安徽省作家协会会员，曾经当过知青、民办教师、护士、教师、干部、编辑等。不惑之年开始写作，著有散文集《感恩的心》《灵魂如玉》《两个人的大草原》。

杨修文：曾是女兵，在青藏高原生活工作三十多年，现居合肥。作品入选多种文集及年选，著有散文集《远去的箫音》。

姚云：安徽省作家协会会员，硕士学历，从事IT行业20年，现任安联控股集团总裁。著有散文集《千里白云一梦遥》《你在，你不在》。

吴玲:安徽省作家协会会员,教育工作者。著有诗集《囚禁的风》《盛妆》《紫陌红尘》,童谣集《新时代儿歌》《春天的童谣》,散文随笔集《缓慢的雪》。

王维红:笔名蓝叶子,安徽省作家协会会员,从事教育管理工作。著有散文集《心灵蓝叶》、《幸福的米香》。

金萍:本名王金萍,笔名自由的风。作品被选入《打开记忆之门》《中国黄梅戏》《阅读合肥》《安徽古村落》《以书的名义聚会》等,著有散文集《风过麦田》。

董静：爱好文学，经营家庭，喜读书、爱旅游、看自然、品人生。著有散文集《有一种爱叫放手》《咱家三口的三种生活》（与人合集）。

袁平：网名野草地，建筑工程师，长期从事建筑建材行业。著有散文集《漂泊的女人》。

木桐：本名王大为，曾为军人，现为警察，定居合肥。热爱读书、写作、摄影。

阿兰:本名张桂兰,笔名深谷幽兰。在新浪开博六年,著文两百篇,文字简洁朴实,娓娓道来,贴近生活,颇受好评。

姚海:从事建筑行业,2002年起开始在某知名网站发表散文、诗歌、杂文数百篇,期间并受邀做了该网站编辑。

刘学升:中国金融作家协会、安徽省作家协会会员。著有散文集《因为心中有个梦》《新羽集》《有些东西是流动的》。

叶纯:三线二代,现供职于新华书店,散文作品入选《阅读合肥》《以书的名义聚会》等文集。

前面的话

刘政屏

“合肥文字”丛书是一套散文随笔合集，本丛书立足合肥，辐射安徽乃至全国，力求反映出作家们的最新创作动态，2016年计划出版4本，每本有各自的书名和主题。

2016年4月23日，是莎士比亚逝世400周年和第21个“世界读书日”，因此，我们将“合肥文字”第一本的书名确定为《我们的莎士比亚》，其主要内容有3个，一是有关莎士比亚及世界读书日的散文随笔；二是皖籍作家去安徽第一个作家休闲创作基地“天柱山作家村”后撰写的文字；三是作者们的其他文字。

《我们的莎士比亚》作者包括安徽省作家协会主席许辉，副主席许春樵，著名作家赵昂、苏北、许若齐、莫幼群、程耀恺，著名媒体人马丽春、何素平、章玉政、张扬，“合肥姐妹”作家团队等。为了这本书能够按时出版，他们都做出了自己的一份贡献。

感谢安徽文艺出版社的大力支持，感谢编辑、校对、美编等的耐心细致的工作，感谢购买和阅读这本书的每一位朋友，谢谢你们！

传播，交流，分享，“合肥文字”期待您的关注和参与！

目　录 contents

沉浸在*Ta*的世界

老屋的“穿堂风”

我们的莎士比亚

作为护花使者的莎士比亚

许　辉

2016年是英国戏剧家、诗人莎士比亚逝世400年纪念年，敏感的中国媒体和出版人都早早行动起来，要纪念这位了不起的文学家。这不仅仅是要纪念这位著名诗人、戏剧家兼同性恋者的作品，还因为莎士比亚等多位著名文学家4月23日的出生日，同时也是联合国教科文组织确定的世界读书日，这的确很有些纪念的价值在里面。

将文学家而不是哲学家、科学家、工程学家、农业家、政治家、经济学家、股票专家、军事家、建筑学家、医学家的生日或忌日确定为读书日，彰显了文学的普世意义。这并不是说哲学家、科学家、工程学家、经济学家、股票专家、政治家、军事家、农业家、建筑学家或医学家不重要，他们所从事的事业可有可无，这大概只是表明，文学家正因为所从事的是一种吃饱了饭、住暖了房、穿上了衣、挣到了钱之后才有闲进行的活动，是一种顶层活动，因此也才突显了生存需求满足以后的智慧倍加器的重要性。另外，文学也是无处不在的，文学既在文学作品中，也在哲学中，在工程中，在经济中，在军事中，在恋爱中，在建筑中，在医学中，在股票中，在农耕中，在两性中，在园艺中，在政治中，在美食中，在健身中，在谈判中，在一切中。我这么说，其实也显出了我的狭隘和偏爱，不必当真。

日益进步和愈来愈有影响的“合肥姐妹”这一文学创作群体，早早动议2016年出一本以纪念莎士比亚为主要内容的文学纸质书，要求每一位群员

都写一篇读莎士比亚的相关文章。我妻子赶紧恶补《哈姆雷特》,并且回忆起我和她恋爱时的莎士比亚"桥梁":

20 世纪 80 年代初,我和先生刚认识的时候,他向我推荐的第一本书就是这本《莎士比亚全集》。那个年代借书或送书给对方看,是年轻人谈恋爱的前奏,双方通过这一来二去的接触,创造机会和心仪的人儿见面,再以这本书的内容为话题彼此交流读后感,从而达到相互了解的目的。真正的心思不在读书上,大家都懂的,彼此心知肚明。这本书一直放在我的写字台上。有一次,一位男同学到我家,据说是顺便路过的(一段时间他总是路过我家,我明白他的心思,正好借此机会善意提醒一下),他随手翻开这本书,我说:"非常好看的一本书,男朋友推荐的。"只见男同学的表情瞬间凝固了,很尴尬地笑了笑,说了句:"祝你幸福!"

敢情莎士比亚还扮演了我与妻子之间护恋使者的角色!这使我想起阅读莎士比亚的一些事。1978 年我入大学中文系读书,那时候每天早晨及晚自习后都会在校园里背书或大声朗诵名著,从金斯堡的《嚎叫》,到惠特曼的《草叶集》,从老子的《道德经》,到荀子的《劝学》,从海涅的《新诗集》,到普希金的《高加索俘虏》。莎士比亚的著作当然也在朗诵范围内,因为莎士比亚的剧作是全诗化的,抑扬顿挫,特别适合朗诵。

《哈姆雷特》中的名句"生存还是毁灭,这是个问题",也是我们同学晚饭后在校园内外散步时常常争论的话题。这一名句的中文翻译各有不同,在我存有的《莎士比亚全集(九)》这本书里,这一段的翻译是这样的:

生存还是毁灭,这是一个值得考虑的问题;默默忍受命运的暴虐的毒箭,或是挺身反抗人世的无涯的苦难,通过斗争把它们扫清,这两种行为,哪一种更高贵?死了;睡着了;什么都完了;要是在这一种睡眠之中,我们心头的创痛,以及其他无数血肉之躯所不能避免的打击,都可以从此消失,那正是我们求之不得的结局。死了;睡着了;睡着了也许还会做梦;嗯,阻碍就在这儿:因为当我们摆脱了这一具朽腐的皮囊以后,在那死的睡眠里,究竟将要做些什么梦,那不能不使我们踌躇顾虑。

“生存还是毁灭,这是个问题”,是一个极其多义的话题。从哲学角度看,这说的是人生选择和人生意义;从社会学角度看,这牵涉到社会伦理;从政治角度看,这会减少投票率;从人文地理角度看,这是海洋文明与农耕文明的差异;从宗教角度看,这是信仰选择;从文学角度看,这是悲剧伏笔;从生产力角度看,这可能造成生产力的递减。

儒家文明难以产生莎士比亚和《哈姆雷特》,我们的传统文化昂扬向上、规范人生、享受现实,要求各位“学而时习之”,迎接远方的朋友,并且孝敬父母、尊重兄长、关爱幼小,不要求我们质疑生命、拷问灵魂。不过好在自意大利传教士利玛窦以来中国愈来愈成为全球化水平最高的国家之一,这个趋势不要逆转!全球各种文明都有自己的拿手好戏,我们每一个人作为世界的看客,还是希望舞台上的花样愈益多样、层出不穷才好啊!这倒不枉了这一趟行程!

2015 年 12 月 24 日上午合肥淮北佬斋

莎士比亚的诱惑

许春樵

一句台词改变一个人一生的走向，因为一片树叶暗示了一个季节的来临。

1978 年 11 月，天已经有些冷了，空气中流淌的全是冰凉的空气。那时候我正在老家乡村中学备战高考，营养不良加上精神紧张，16 岁的我基本上处于物质和精神双重崩溃的边缘。一个星期六的晚上，一位同学对我说："晚上供销社电视里放《王子复仇记》，看不看？"

星期天早上要考地理，班级逢考必排名上墙，本来我打算晚上强化复习力争冲一下好名次，可我还是忍不住诱惑，说："去！"

片名太诱人，王子复仇，应该是充满血腥与暴力的，肯定刺激。我们在那种极度压抑和几近窒息的环境里为着渺茫的大学目标死记硬背、玩命奋斗，心灵深处似乎也潜伏着一种复仇的欲望，但不知道向谁复仇，所以，渴望刺激来释放和缓冲精神的紧张与恐惧就显得异常迫切。

供销社院子锁上了铁门，外人进不来，同学父亲是供销社主任。电视观众只有供销社职工和我们几个同学。电视机是 14 英寸"北京"牌，虽图像黑白，却是当时镇上唯一的一台电视机。1978 年在乡村小镇能看上电视是一件时髦而体面的事，我是第一次看电视，第一次就看到情节剧，心里很是激动，但我不知道《王子复仇记》就是《哈姆雷特》，更不知道写这个剧的人叫莎士比亚。

供销社宿舍是一排瓦房，电视机垛在瓦房前一张开裂的办公桌上，电线从一户住家的窗户里拉到屋外。晚七点半，电视正式开演，所有的脑袋在瑟瑟秋风中兴奋而专注，那天晚上月光很亮，院子里观众的目光比月光更亮。

随着剧情的深入，我惊呆了！

天底下居然有这么好看的剧！没看到一半，《红灯记》《智取威虎山》《龙江颂》《杜鹃山》之类在我头脑中已经扎根了的中国神剧突然土崩瓦解、一败涂地。

我被《王子复仇记》惊艳的台词击穿了，被《王子复仇记》错综复杂的剧情绑架了，整整三个小时，除了本能的反应，没眨过一次眼，没走过一秒的神。那是一种彻底沦陷和完全被淹没的感觉。16 岁的我已经读过不少小说，主要是中国小说，也看过许多电影，电视里《王子复仇记》拉上帷幕后，直觉告诉我，最好的艺术品在大胡子外国人那里，《哈姆雷特》颠覆了我对中国小说和电影极其肤浅的认同感。

我以前读到中国的《水浒传》《三国演义》等小说都是说书人的话本语言，简短有力，掷地有声；而《敌后武工队》《吕梁英雄传》《暴风骤雨》之类的现代革命小说讲究的是口语化、生活化，一些电影则是采用一些革命化、崇高化的话语方式进行叙事，能看，但冲击力不强，不走心。而《王子复仇记》让我感受到了什么叫作情感共鸣和心灵震撼，看到了艺术的语言可以如此华丽、唯美、修辞、哲理、直插人心、激情澎湃，悟出了戏剧情节的一波三折、千变万化、诡异多端、出人意料。后来在大学里看到了《三言二拍》，知道了中国小说的情节在话本里还是很丰富而传奇的，但仍感到与莎士比亚的戏剧性相比，我们的想象力差距不小。

莎士比亚戏剧的台词是欧化叙事，长句式、绵密性，在哲理性中繁衍激情，在抒情中演绎唯美，莎士比亚台词的爆发力与张力足以打动和摧毁我们日常语言的沉闷与平庸，那是一种从头至尾令人血脉贲张的煽动与挑衅，哈姆雷特面对母亲的那段台词，还有跟叔父克劳迪斯的对白，都堪称台词经典。在杀兄窃位后国王宴请王公大臣的晚宴前，哈姆雷特与霍拉旭那段对白，有一种无法承受的压迫感和渗透性，“我虽然从小就熟习这种风俗，我却以为把它破坏了倒比遵守它还体面些。这一种酗酒纵乐的风俗,使我们在东西各国不断地受到非议;他们称我们为酒徒醉汉,将下流的污名加在我们头上,使我们各项伟大的成就都因此而大为减色。个人方面由于品行上有某些丑恶的瘢痣:或者是天生的——这就不能怪本人,因为天性不能由自己选择;或者是某种脾气发展到反常地步,冲破了理智的约束和防卫;或者是某种习惯玷污了原来令人喜爱的举止;这些人只要带着上述一种缺点的烙印——天生的标记或者偶然的机缘——不管在其余方面他们是如何圣洁,如何具备一个人所能有的无限美德,由于那点特殊的毛病,在世人的非议中也会感染溃烂;少量的邪恶足以勾销全部高贵的品质,你从此必须过着声名狼藉的日子"。

看完《王子复仇记》回到学校已是夜里十一点,我通宵背诵地理书上的港口、矿产、铁路、面积、人口、气候等内容,可天亮考试时,昏沉的脑袋里一团糨糊,晕晕的视线里是哈姆雷特的剑在飞舞,耳朵里灌满了哈姆雷特壮怀激烈的声音。那次考试成绩一塌糊涂,我的排名为历次最差。但那天我在半昏迷状态中,有一个意志却异常清晰而坚定起来:如果能侥幸考上大学,只报考文艺写作专业,想办法弄一个《王子复仇记》一样的东西来。那时候还不知道大学里有一个中文系。

上了大学中文系后,终于知道了我看的《王子复仇记》是1947年英国著名演员、导演、电影制作人劳伦斯·奥利弗自导自演的一部经典电影,1948年公映,1949年获得奥斯卡最佳影片4项大奖。片中的哈姆雷特是中国著名演员孙道临配音,他的译声余音绕梁几十年如一日不绝于耳。

三十多年过去了,今天想来,喜欢写作是因为少年时代读了很多小说,转向职业写作,显然是因为莎士比亚的诱惑,因为自己还没写出像《王子复仇记》一样的好东西来,所以准备用毕生全部的精力去拼一下。莎士比亚对我后来的写作最少有两点影响:一是我喜欢欧化的叙事风格,而且自己也一直在坚持实践;二是我小说中的戏剧性设计通常是往极致去做,也就是下手比较狠,用力相当猛。

莎士比亚对中国戏剧的影响更大,比如曹禺的《雷雨》《日出》,郭沫若的《屈原》《孔雀胆》等明显在效仿莎士比亚的风格和气质,台词激情洋溢,慷慨激烈,情节剑走偏锋,突兀四起,而《雷雨》中的乱伦故事模式自古希腊戏剧《俄狄浦斯王》到莎士比亚《哈姆雷特》竟是一脉相承。莎士比亚不只是诱惑了我,而且诱惑了整个世界文学史的走向,即向着人文、唯美、激情、尊严和价值的道路不顾左右勇往直前。时至今日,作为莎士比亚树荫下的听众或信徒,我们虽然没能拿出《哈姆雷特》,但我们可以通过奉献自己死不改悔的忠诚和矢志不渝的努力,最终站在离莎士比亚最近的地方向他致敬。

莎士比亚对我最大的诱惑是他的台词,文字即将结束的时候,我想用莎士比亚一句经典台词来概括大师对我旷日持久的影响:懦弱的人一生死过许多次,而勇敢的人一生只死一次!

自说自话　莎士比亚

——莎士比亚,我们隔壁的老头

苏　北

法郎士说过:关于莎士比亚,我所说的只是我自己。

今年是莎士比亚逝世400周年,报纸上有很多报道。我们对莎士比亚为什么不能像隔壁卖水果老头一样亲切?我见过一张莎士比亚的照片,这个400年前诞生的艺术巨人,是个大脑门的、目光十分锐利的人。可这不是我们不能亲近他的理由。

莎士比亚戏剧在英国已经走进了人们的日常生活,而在中国还是一个比较高雅的艺术。其实不仅仅是莎士比亚戏剧,就是咱中国的《牡丹亭》,不同样是小众的艺术吗?

莎士比亚其实是个奇人,他只受过9年的基础教育,却具有那么广博的学识。他的经历也十分奇特。他于1585年离开家乡到伦敦,整整7年的生活痕迹无人知晓。当出现在人们的视野之中时,他却是受到一位成就极高的艺术家的讽刺,说他抄袭别人的作品。这当然是一段公案,后来的学者则说他"化腐朽为神奇",善于从古今不同的戏剧家那里借鉴、组合,形成自己的东西。不过话说回来,没有一个人不是站在别人的肩膀上走出自己的路的,因为我们都是学而知之。

我在青年的时候看过《罗密欧与朱丽叶》,在青春少年,自己朦朦胧胧,当然希望一位纯洁的少女走进自己的生活。我们对女孩子的爱,其实是需要学习的。学习的课本就是这些伟大的作品。

其实,作为浪漫主义的《罗密欧与朱丽叶》,它是用诗写成的。它的比喻那么新奇,人物那么鲜明、那么俏皮。瞧!茂丘西奥、班伏里奥和乳媪的台词,听起来像音乐一般的美妙。我给来一段?

罗密欧:哪一次撒野没有你这呆头鹅?

茂丘西奥:你这话真有意思。我巴不得咬你一口才好。

罗密欧:啊,好鹅儿,莫咬我。

茂丘西奥:你的笑话又甜又辣,简直是辣酱油。

罗密欧:美鹅加辣酱,岂不绝妙?

茂丘西奥:啊,妙语横生,越拉越横。

罗密欧:横得好。你这呆头鹅变成一只横胖鹅了。

茂丘西奥:呀,我们这样打着趣岂不比呻吟求爱好得多吗。此刻你多么和气。此刻你才真是罗密欧了。不论是先天还是后天,此刻是你的真面目了。为了爱,急得涕零满脸,就像一个天生的傻子,奔上奔下,找洞儿藏他的棍儿。

班伏里奥:打住吧。打住吧。

茂丘西奥:你不让我的话讲完,留着尾巴好不顺眼。

班伏里奥:不打住你,你和尾巴还要长大呢。

茂丘西奥:啊!你错了;我的尾巴本来就要缩小了;你的话已经讲到了底,不想老占着位置啦!

这些语言像疯长的野草一般有生机,又俏皮,又贴切。

其实莎士比亚是特别善于写人物的。一切的文学,说到底是人的文学。莎士比亚的语言特别鲜活,不管是王宫贵族,还是街坊邻里,他都能用活泼的语言,把他们生动地表现出来,而且他打比方信手拈来,毫不费力。在《罗密欧与朱丽叶》里,罗密欧将朱丽叶的脸比喻成“神龛”,而将自己的手称之为“卑贱之手”:“若是我这卑贱之手,将神龛玷污,请让我这样来接受你温柔的惩戒。我是双唇像朝圣信徒,满面红羞,就等那一吻抚平我粗鲁的躁虐。”

且歌且咏,倾泻而下。阅读这样的作品,宜在春天,宜在春天的风中,宜在满世界的花中;更宜于一群男女,不分老幼,随便扮演其中的一个角色,用黄莺一般的歌喉,配以自创自导抒情曼妙的动作,尽情地袒露内心奔腾的感情。

我们要将莎士比亚从神坛接下来,走进我们的生活。我们每一个人都可以是罗密欧或者朱丽叶。而莎士比亚,最好成为我们隔壁的老头,隔壁的卖水果的、卖茶叶蛋的、卖鲜花的——老头。

2016 年 3 月 27 日

人世有意思吗？我不知道。但我知道莎士比亚有意思

程耀恺

木心说：中译莎本，我以为最好的是朱生豪，译成全集。

谢天谢地，我书房里的《莎士比亚全集》，正是朱生豪的译著。之前，有过几种莎翁的单行本，比如曹禺译的《罗密欧与朱丽叶》、卞之琳译的《哈姆雷特》、朱生豪译的《仲夏夜之梦》，此外还有屠岸译的《莎士比亚十四行诗集》。十年前在杭州武林门的旧书摊上，与朱译《莎士比亚全集》邂逅，真是非同小可的邂逅呀，大有一场艳遇之感。

我上学的时候，先学俄语，后来自学日语，学到可以用来阅读专业技术书刊，同时可以勉强翻阅俄文、日文的文学经典。若用俄语背诵普希金的《致大海》，肯定别是一番滋味在心头，同样，阅读日文版川端康成的《伊豆的舞女》，感觉就像自己跟着二十岁男学生一同住进修善寺温泉宾馆似的，跟他一起淋雨、一起泡温泉、一起结伴流浪艺人。遗憾的是，始终我都没闯过英语关，所以，只好借助好的译著，来亲近莎士比亚。

有一种说法称：莎士比亚的伟大，仅次于上帝。西方人如此称赞莎士比亚，东方人同样不遗余力，赞美莎翁伟大的书，可以填满一座大型图书馆。作为草根，我对“伟大”的人和事，一向敬而远之，我只看重“意思”。

人世间的事太复杂，有意思和没意思，常常纠缠在一块，即使具备高智商高情商的人，也未必厘得清。我是通过读书，譬如读孔、读莎、读鲁之后，才觉得孔丘、莎士比亚、鲁迅，各有一些意思。孔与鲁的有意思，我写过一些，本文只谈莎士比亚有怎样的意思。

首先,他这人就颇有意思。

莎翁出生于艾汶河畔一个小镇一位羊毛商的家庭,他在学校里学了点拉丁文与古希腊文之后,22 岁就离家去伦敦谋生,开始在剧场打工,逐步参与剧本的修改,又凭借剧场经验而跻身创作队伍,没有文凭,寂寂无闻,理所当然被"大学才子"讥为混进白鸽队伍里的"乌鸦",然而这只"乌鸦"后来竟比白鸽还要白鸽,连伊丽莎白女王和詹姆士一世都召他进宫演戏。成名之后,他没有树立什么"齐家治国平天下"的宏伟抱负,而是安安静静地写剧本写诗,一直写到人们把他视为仅次于上帝的人。在他生命的最后几年,他像一只熟透的苹果,红润,香醇。他是带着红润与香醇,安详地走进永恒。他的人生有两个亮点:一是离乡,二是写作。据说凡有作为的人,都选择离开故土。只有天才才知道哪里是他要去的地方。艾汶河畔阳光明媚水草丰美,然而它搭建不起一座伦敦的舞台,即使搭建起舞台,这舞台也难以走向世界;中国的天才们,即使有志于写作,但先得讨个功名,王维、杜甫、白居易、苏东坡,头上都有顶乌纱帽,其他再不济,也要弄个大唐或大宋作协主席当当。莎士比亚的戏剧,可以进皇宫,可以为贵族服务,但他绝不做宫廷侍郎、御用文人。若按当代标准,莎士比亚是典型的"三无"作家。而正是这个"无",使得他得以安静下来,以成就他的"有"。关于这一点,在中国唯有写出《红楼梦》的曹雪芹,可堪与之同日而语。

最有意思的,自然是他的文字。

莎士比亚的文字,是他的思想他的哲学他的生命的另一种形态。莎士比亚早年写喜剧,之后写历史剧,晚年写悲剧。莎翁全部作品,翻译到中国来的,共有十一集之多,一般的文学爱好者,鲜有从头至尾通读一遍的,但有八到十部,木心说是精品中的精品,非细读不可。它们是《仲夏夜之梦》《暴风雨》《威尼斯商人》《恺撒大帝》《安东尼与克丽奥佩特拉》《罗密欧与朱丽叶》《奥赛罗》《麦克白》《哈姆雷特》《李尔王》。我上大学时,学的是自然科学中的应用学科,当时的合肥,只有两所院校有中文系。中文系的课,我无法全部旁听,仅选择《诗经》与莎士比亚。后者的教材用的是周煦良主编的

《外国文学作品选·第二卷》，讲授《罗密欧与朱丽叶》《如意》《哈姆雷特》三剧的片断，另有十七首十四行诗和六首短诗。这对我来说，算是破蒙，之后就全靠自学了。自学的方式，当然不拘一格。看电影，读剧本，读图。从1960年到1964年，合肥的解放电影院与光明电影院，莎翁的电影时有放映，同级同学中有位学蚕桑的江南才子朱希和，消息灵通，又有本领弄到票，因而莎剧我俩是场场不落。看了读，读了讨论，偶尔还会到包河的垂柳下，开朗诵会。如此看着读着朗诵着，莎士比亚的意思，就流淌出来了，有点温暖，有点苦涩，不知不觉之中，那种温暖那种苦涩，居然流淌到我们的身心里生命中。原本是文字、是故事，一旦进入自己的身心自己的生命，就变成了哲学与思想，而不是所谓的人情练达。

一部《哈姆雷特》，就可以把莎士比亚所有的光辉放射出来，剧中的国王、王后、王子、朝臣、贵族、贵妇、军官、士兵、教士、水手、使者、侍从，乃至前王的鬼魂，你方唱罢我登场，末了，剧中众多重要角色，不是死于刀剑，就是死于阴谋，然而只有主角丹麦王子和他的女友奥菲利亚，能起死回生于人们的心目中，王子因为坚定与担当，奥菲利亚因为美丽与善良。有论者以为：如果《哈姆雷特》不是以特有体验去面对“生还是死”这个生存匮乏（本体）问题，那它不过就是不少民族都可能有的“王子复仇记”。很少读到如此一语中的的评说！生还是死？剧里一句台词，豁然进入本体论，为人们所接受所记住所思考。莎翁何尝不知道“好死不如赖活着”这句东方人说的话，说得多么到位，多么现实，但哈姆雷特就像他的儿子，作为精神之父，他还是让哈姆雷特“死”去，而把“生”留给王子的好友霍拉旭。虽然写的是悲剧，然而莎翁没有让自己的精神之子成为悲观主义者，更不可能成为享乐主义者，而是成为一个思想者。你说莎士比亚多有意思，写悲剧，写出一个思想者，并让这个思想者死而复生，永远活在文字里舞台中大地上。

《安东尼与克丽奥佩特拉》《罗密欧与朱丽叶》《奥赛罗》都是写爱情。《安东尼与克丽奥佩特拉》中的爱与权力搅在一起，《罗密欧与朱丽叶》中的爱与家族世仇剥离不开，《奥赛罗》中的爱与忠诚与嫉妒混为一谈。这三部大作,让读者让观众,既为爱而感动,亦为爱而绝望。原来爱与死亡那么接近!如果我们再想远一点,幸福何尝不是。所以我们不必拿“爱”作为心灵鸡汤来兜售,更无须拿“幸福”当作奇装异服来炫耀——这就是莎士比亚的意思。比高头讲义有意思,比牧师说教有意思,比金奖银奖有意思。

人世有意思吗?我不知道。但我知道莎士比亚有意思。

我们的莎士比亚（外二篇）

刘政屏

一

莎士比亚，一位生于452年前，逝世于400年前的英国人。翻看有关他的图书和辞典后，我发现有关他的资料真是很少，推断、猜测、不是很清楚明白的结果，是一连串的疑问和一些无稽的假设。而我则更愿意走一条比较时尚的路线，讲述一个励志的莎士比亚的故事。

1564年4月23日，在距离伦敦约100公里的斯特拉特福镇，威廉·莎士比亚诞生，他的父亲是镇上很有声望的人物，后来被推举为镇长，莎士比亚因此受到较好的教育。13岁的时候，家运不济，莎士比亚辍学，先后做过肉铺的小伙计，干一些手艺活，做一些小买卖，游走于街市和乡村，受到了另一种的教育和滋养。

21岁的时候，已结婚3年，有了3个孩子莎士比亚离开家乡去了伦敦，在那儿，他从最底层做起，伺候看戏的达官贵人，伺候上台演出的演员，渐渐地，他有了机会上台，成为一名演员。可以说，能够在伦敦的舞台上演出的莎士比亚，此时已经实现了他的梦想，他完全可以一直这么过下去，演演戏，享受享受生活。毕竟那时他还很年轻，繁华的伦敦一定有很多诱惑在等着他。

但是莎士比亚选择的显然是另外一条路，他要写剧本，而且还真的就写了出来，1590年，26岁的莎士比亚写出来他的第一部剧本《亨利六世》(中)，并从此一发不可收，3年间写出了5部剧本，然后，他又开始写诗了，长诗，十四行诗，他都尝试过，也都获得了很高的评价。但是，莎士比亚的心显然还是在戏剧这块的，两年间，他又有4部剧本问世。

1595年，31岁的莎士比亚写出著名的《罗密欧与朱丽叶》《仲夏夜之梦》等3部剧本；1596年，32岁的莎士比亚写出著名的《威尼斯商人》等2部作品；1597年，33岁的莎士比亚写出最具代表性的历史剧《亨利四世》(上下)。

此后的3年里一共创作了6部剧本的莎士比亚可以说是年年都有佳作，《温莎的风流娘儿们》《皆大欢喜》《第十二夜》，各具特色，精彩纷呈。

1601年，随着著名的悲剧《哈姆雷特》的问世，莎士比亚的创作达到了巅峰。令人称奇的是，在这样的巅峰状态下，6年间莎士比亚写出了10部享受盛誉的作品，《终成眷属》《一报还一报》《奥赛罗》《李尔王》《麦克白》《安东妮与克莉奥佩特拉》《雅典的泰门》等，可以说每一部都是不可多得的精品。

43岁到48岁的6年间，莎士比亚只有5部作品存世，这与他的生活以及他对现实的态度应该有着很大关系，并直接导致了他做出离开剧院，回到家乡的决定。

1616年4月23日，52岁的莎士比亚在他生日那一天溘然长逝。

二

据资料介绍，莎士比亚的名字最初为中国人所知晓，是160年前的清咸丰年间。之后的近50年间，严复、梁启超、鲁迅等，也都在其作品中对莎士比亚做过介绍，我们今天通用的“莎士比亚”这个译名，则是梁启超在其《饮冰室诗画》里第一次使用。

20世纪初，《莎士比亚故事集》由著名作家、翻译家林纾等用文言文翻译出版。

第一个将莎士比亚剧本翻译过来的，是我国著名剧作家田汉。1921 年，田汉 23 岁，他翻译的莎士比亚作品是《哈姆雷特》。

梁实秋 20 世纪 30 年代初即开始翻译莎士比亚作品，并一直坚持了 30 多年，终于完成，1967 年出版《莎士比亚戏剧全集》40 册。

曹未风是我国最早一批计划翻译《莎士比亚全集》的翻译家之一，从 1931 年开始的 10 多年间，他一共翻译了 11 部莎士比亚戏剧作品，1949 年后，又对这些译作进行了校改，加上新译的作品，一共 12 部。可惜的，曹教授 1963 年因病去世，终年竟然也是 52 岁。

和曹未风同为嘉兴人的著名翻译家朱生豪，喜爱诗歌，精通英语，从 1935 年开始，搜集莎士比亚作品的各种版本，进行比较研究，并开始他的翻译。10 年间，无论是遭遇战乱，还是罹患疾病，都没有放弃，高标准高质量地翻译了 31 部半莎翁的戏剧作品，直至其 32 年生命的最后一刻。夙愿未了，英年早逝，扼腕思之，唏嘘不已。

1964 年，为纪念莎士比亚诞辰 400 周年，人民文学出版社组织专家对朱生豪的译作进行修订增补，同时请人重译补译了 6 部剧本，并按"牛津版"莎翁全集的排序，编辑《莎士比亚全集》，1978 年，全集正式出版，至今仍为莎翁作品中最为权威的版本。

2014 年，上海译文出版社出版了由方平主编、主译的十卷本《莎士比亚全集》，据介绍，此套全集是第一次用诗体翻译的莎士比亚作品。莎士比亚戏剧的原貌是诗剧，是以素诗体（blank verse）为基本形式的诗剧，以诗体译诗体，尽量使译文在语气、语言节奏感上更接近莎剧原貌。这套《莎士比亚全集》还有一个看点：在传统上的 37 部之外又收入《两贵亲》和《爱德华三世》两部戏剧，诗歌部分则收入二十世纪八九十年代才确认为莎翁作品的长诗《悼亡》。

与莎士比亚作品翻译出版的同时，莎翁剧作的演出也一直在进行着。110 多年来，包括话剧、川剧、越剧、秦腔、粤剧、京剧、豫剧、沪剧、昆剧、黄梅戏、徽剧等多种剧种，演出了大量的莎士比亚的作品，1986 年 4 月，在北京和上海两地举办的"首届中国莎士比亚戏剧节",更是将莎剧的演出推向一个高潮。14 天,25 个演出团体,公演、展演和播放剧目 30 台,其中舞台演出 87 场,真可谓规模浩大,盛况空前。

早在 1623 年,莎士比亚第一部比较完整的戏剧集的扉页上,有这样一句题词:"他不属于一个时代,他属于所有的世纪。"

是的,莎士比亚属于所有的世纪。同样,莎士比亚也属于所有的国家和民族,他是英国的,也是我们的。

莎士比亚,我们的莎士比亚,4 月 23 日,他来到和离开这个世界的日子,成了全世界读书人的节日。

慈悲不是出于勉强

——《威尼斯商人》读后

刘政屏

《威尼斯商人》应该是莎士比亚最著名的作品之一，是其“四大喜剧”中的佼佼者。这不仅仅因为其比较其他几部作品有着更为广阔的社会背景，更为深刻的现实意义，还因为时至今日，作品中所揭示的民族歧视及其矛盾，一些人性中至真至纯的感受与真谛，依然能够指导和警醒我们的人生。

由于知识和眼界的局限，准确说，关于犹太人和其他民族与宗教的矛盾，我并没有完全弄清楚，但在我的心中，一直是有一些不解和疑惑，为什么？有时我会这样暗自发问。但我也仅仅如此，没有认认真真地去探寻和思考。但是400多年前，莎士比亚不但没有回避这个问题，而且还通过犹太富商夏洛克之口，说出一些事实，让读者和观众能够据此有所触动和思考。

我不了解17世纪末的欧洲是一种怎样的情形，但我通过莎士比亚的剧作，能够感受到对犹太人那种公开和普遍的反感与歧视。因此，当我听到夏洛克说：“我恨他（安东尼奥）因为他是个基督徒，可是尤其因为他是个傻子，借钱给人不取利钱，把咱们在威尼斯城里干放债这一行的利息都压低了。要是我有一天抓住他的把柄，一定要痛痛快快地向他报复我的深仇宿怨。他憎恶我们神圣的民族，甚至在商人会集的地方当众辱骂我，辱骂我的交易，辱骂我辛辛苦苦赚下来的钱，说那些都是盘剥得来的腌臜钱。”我感受到的，是一个精明吝啬商人的愤懑，一个犹太人心底的仇恨。这样的仇恨不单是由于安东尼奥“好多次”在交易所里骂夏洛克，说夏洛克“盘剥取利”，而夏洛克“总是忍气吞声，耸耸肩膀”，没有争辩，因为夏洛克觉得“忍受迫害本来是我们民族的特色”。与此同时，安东尼奥还会骂夏洛克是“异教徒，杀人的狗”，把唾沫吐在夏洛克的犹太长袍上。

在这样的一种社会背景和氛围里，“夏洛克”逮到机会，用几近变态的方式寻求报复的快感就有了比较合理和可信的基础。他要安东尼奥身上的一磅肉,“即使他的肉不中吃,至少也可以出出我这一口气”。在夏洛克的记忆里,安东尼奥曾经多次羞辱过他,夺去他几十万块钱的生意,讥笑着他的亏蚀,挖苦着他的盈余,侮蔑他的民族,破坏他的买卖,离间他的朋友,煽动他的仇敌。而安东尼奥之所以这样对他,就是因为他是一个犹太人。于是夏洛克一连串地发问:“难道犹太人没有眼睛吗?难道犹太人没有五官四肢、没有知觉、没有感情、没有血气吗?他不是吃着同样的食物,同样的武器可以伤害他,同样的医药可以疗治他,冬天同样会冷,夏天同样会热,就像一个基督徒一样吗?你们要是用刀剑刺我们,我们不是也会出血的吗?……那么要是你们欺侮了我们,我们难道不会复仇吗?”

我们姑且不去判断夏洛克的话是否狭隘偏激,“夏洛克”们所遭受到的,和他们的所作所为是否就肯定存在着因果关系;也不用去琢磨这样大篇幅的诘问是否会影响乐善好施的“一号人物”安东尼奥的形象,或者反而使其更加饱满、真实。我们只要设身处地地为莎士比亚想一想,就一定会从心底里敬佩他的胆量和勇气,境界和高度。

在莎士比亚的作品中,公众眼里的所谓的名言警句很多,有些从生活的低处入手,虽然浅白易懂,却让人深以为然。

比如:“吃得太饱的人,跟挨饿不吃东西的人,一样是会害病的,所以中庸之道才是最大的幸福。富贵催人生白发,布衣蔬食易长年。”

比如:“谁在席终人散以后,他的食欲还像初入座时候那么强烈?哪一匹马在冗长的归途上,会像它起程时那么长驱疾驰?世间的任何事物,追求时候的兴致总要比享用时候的兴致浓烈。”

相比较平白温和的智者的语言,莎士比亚那种经典的、一针见血式的警句会更让人印象深刻。

“一个指着神圣的名字作证的恶人,就像一个脸带笑容的奸徒,又像一只外观美好、心中腐烂的苹果。唉,奸伪的表面是多么动人!”这样的语句,是满腔的愤懑,也是无奈的叹息。它让我们这些时常疑惑、迷茫的凡人,多一些提防和现实，因为这个复杂的世界“外观往往和事物的本身完全不符，世人却容易为表面的装饰所欺骗”。

当然，在沙式的名言中，也有不乏那种充满正能量，让人回味良久的长长短短的句子。关于付出与回报，《威尼斯商人》里一长一短的两句话就很经典。

“慈悲不是出于勉强，它是像甘霖一样从天上降下尘世。它不但给幸福予受施的人，也同样给幸福予施与的人。它有超乎一切的无上威力，比皇冠更足以显出一个帝王的高贵：御杖不过象征着俗世的威权，使人民对于君上的尊严凛然生畏；慈悲的力量却高出于权力之上，它深藏在帝王的内心，是一种属于上帝的德行，执法的人倘能把慈悲调剂着公道，人间的权力就和上帝的神力没有差别。”

“不但给幸福予受施的人，也同样给幸福予施与的人。”这样的心态，同样体现出作者的境界和高度。而这样的话语，用“一个人做了心安理得的事，就是得到了最大的酬报”来表达，则似乎又多出了一些禅味来。

充满着喧哗和骚动

——《麦克白》读后

刘政屏

莎士比亚的四大悲剧中，我最熟悉、印象最深刻的，应该是《麦克白》。早年曾经在电视上看过它的话剧演出的现场录像，前几年又看了两遍由《麦克白》改编而成的徽剧《惊魂记》，大的框架和一些经典的情节不断加深着我对这出戏的认识和理解。今天再读原著，感叹之余，自然又多出许多直观的东西。

在我的感觉里，莎士比亚的喜剧与悲剧的最突出的区别，是悲剧几乎是在一开始的时候，就能够抓住读者的心，仿佛有一双手，牵着你的注意力和情绪，使你的情绪随着剧情的展开而变化。

剧情刚刚展开，麦克白因为女巫的第一个预言成为现实而欣喜不已，进而将贪婪的目光瞄准帝王的宝座的时候，同样为大将军的班柯提醒他，不能够轻信女巫的话，因为“魔鬼为了要陷害我们起见，往往故意向我们说真话，在小事情上取得我们的信任，然后在重要的关头我们便会堕入她的圈套。”

但此时的麦克白已经走火入魔了，他把自己由于贪婪而引发的恐惧归咎于自己的胆怯，因为“想象中的恐怖远过于实际上的恐怖；……心灵在胡思乱想中丧失了作用，把虚无的幻影认为真实了”，其实话并没有说错，只是说话之人的判断出了问题。麦克白的悲剧由此展开。

与此同时，国王邓肯因考特爵士的背叛而感叹“世上还没有一种方法，可以从一个人的脸上探察他的居心”的时候，他并没有想到，他所倚重的麦克白，早已被邪恶攫去良知，一步步地走向深渊。

相较于麦克白的犹豫不决，他的夫人则显得坚定和果断得多，由于她的坚持和促使，麦克白才横下心来，血溅王位。这个美丽而邪恶的女人，像一个巫婆，教唆着有勇无谋的麦克白：“您要欺骗世人，必须装出和世人同样的神气；让您的眼睛里、您的手上、您的舌尖，随处流露着欢迎；让人家瞧你像一朵纯洁的花朵，可是在花瓣底下却有一条毒蛇潜伏。”这样的语句，一切善良的人读起来，都会感觉到毛骨悚然。可怕的，不是说出它们的那张嘴，而是它的源头——那危险阴毒的心灵。

当然，一定不是所有的人都是这样，还是那位大将军班柯，就明确无误地告诉麦克白：“为了觊觎富贵而丧失荣誉的事，我是不干的；要是您有什么见教，只要不毁坏我的清白的忠诚，我都愿意接受。”尽管班柯因为他的正直与忠诚失去了他的生命，但他保全了他的荣誉和清白。

麦克白呢？他那一心想做王后的夫人呢？在成功实施了他们的计划之后，是不是就很开心、满足了呢？显然没有。

她说：“费尽了一切，结果还是一无所得，我们的目的虽然达到，却一点不感觉满足。要是用毁灭他人的手段，使自己置身在充满着疑虑的欢娱里那么还不如那被我们所害的人，倒落得无忧无虑。”

和他的女人如出一辙，麦克白也发出了心底的悲鸣：“我们为了希求自身的平安，把别人送下坟墓里去享受永久的平安，可是我们的心灵却把我们折磨得没有一刻平静的安息，使我们觉得还是跟已死的人在一起，倒要幸福得多了。”

于是，一个崩溃癫狂，一个精神恍惚，最终走上了他们的末路，结束了他们充满悲剧色彩的人生。

写到这里，我忽然发现，这样的人，这样的事，这样的悲剧，在我们的周围这个社会，非但没有减少、消失，甚至变换着形式和场景，轮番上演。只不过他们的戏往往都不能长久，在见识过一场又一场悲剧之后，我不得不叹服莎翁借麦克白之口说出的那段话的精辟——“人生不过是一个行走的影子，一个在舞台上指手画脚的拙劣的伶人，登场片刻，就在无声无息中悄然退下；它是一个愚人所讲的故事，充满着喧哗和骚动，却找不到一点意义。”

当悲剧落下帷幕，回味着每一个场景每一段对话，感觉造成这一切的原因，无非是贪婪与挣扎。贪婪是因为想拥有更多的地位和财富，不管它们是不是应该属于自己，是否干净，是否道德；而挣扎则是由于事成之后的如影随形的恐惧，后悔，后怕，以及内心残存的那么一点点人性。

于是，我在叹息“这世上做了恶事才会被人恭维赞美，做了好事反会被人当作危险的傻瓜”的同时，也告诉自己，“最光明的天使也许会堕落，可是天使总是光明的；虽然小人全都貌似忠良，可是忠良的一定不失它的本色。”“黑夜无论怎样悠长，白昼总会到来的”。

所以，我时常会对自己说，把你的眼光放得远一些，做好自己的事，走好自己的路，因为莎士比亚曾经说过：“口头的猜测不过是一些悬空的希望，实际的行动才能够产生决定的结果。”

四月的莎士比亚

何素平

阳光明媚的4月很文艺，香甜和煦的春风为我们送来了超级“剧神”莎士比亚的气息。

人生有时充满了诡谲色彩，据记载，莎士比亚的生卒日都在4月里的同一天——4月23日。因为如此巧合，这个日子在后人眼中充满了芬芳的书香和各种美好的意象，不知是谁起意，如今4月23日已被定为世界读书日，一下子让世上所有爱读书的人们都与莎士比亚有了某种程度上的联系。至少在我自己，常常会发生这种联想，仿佛这个日子到来的前后，冥冥中，我们的心神会触摸到一些平常抛掷脑后的东西。在尊崇和怀念莎士比亚的时候，一些诗情，一些悲悯，一些古老而蓬勃的生命张力又重新激荡起来。

莎士比亚是值得后人永远尊崇和怀念的，尤其在失落了那么多高贵精神的今天更是如此。这位于400多年前在遥远异域天空下意气风发的才子，虽然有生之年非常短暂，仅仅活了52年就驾鹤仙去，然而他留下的作品却成为全人类的文化财富。据不完全统计，到目前为止，他的作品已被翻译成200来种语言，其精神魅力，直到今天依然透过他那些长演不衰的作品大放异彩。

80年前，一位陷于穷困并最终逝于贫病的中国书生着手翻译莎士比亚剧集和诗作，不到10年间，顶着病痛的煎熬、战火的侵扰以及各种令人喘不过气来的生活压力，这位叫朱生豪的才子几乎译完了莎士比亚全集，可惜在奔走流亡中遗失了不少,好在加上后来诸多译者的补充,终使莎氏的37部大剧,以及那么多晦涩难懂的长诗短诗,汇成皇皇十一卷全集。出版后的莎士比亚全集排列在书柜里也是齐刷刷的蔚为壮观。而现实中,哪怕是将这其中的某一部作品搬上舞台,任何时候,在任何一座城市,都会被视为艺术界的一桩盛事。

这样的盛事,我们所居住的合肥就发生过不止一次。

从近往远说,3年前,地处合肥市老环城公园赤澜桥畔的安徽省徽京剧院投排并上演了新编大型徽剧《惊魂记》轰动一时。

该剧叙述的故事发生在春秋时期的卫国。面对来势凶猛的赵国入侵者,卫国江山岌岌可危,将军子胤率军英勇杀敌,力挽狂澜,令当朝国君欣慰不已。吊诡的是,子胤得胜归来途中遇到了三位似仙似巫的人物,他们向子胤发布了三个预言。其中第三个预言是他将成为卫国的君王。子胤当时全然不信,可是随着前两个预言成为现实,他陷入犹豫彷徨,最后在夫人的再三怂恿下,子胤将军杀死国王,自己夺了龙位称王。然而他从此幻觉不断,每天沉浸在欲望与道义的挣扎之中难以自拔。没多久,被他赶走的前朝忠臣良将兴师复仇,子胤大王也战败身亡,而怂恿其弑君篡位的妻子也早已在惶惶不可终日的幻觉恐惧中离开了人世。

剧中有巫师蛊惑、鬼魂出没、妻子梦游及不停洗手等经典情节,一看便知该剧的来源是莎士比亚四大悲剧之一《麦克白》。

徽剧是极富安徽地域色彩的古老剧种,以这个剧种大锣大鼓、大红大绿的豪放风格演绎《麦克白》一剧中人物命运的大起大落、大开大合,在气质上比较容易找到贴合点,而运用徽剧独具特色的声腔、念白、做打等丰富的手段来表现莎士比亚悲剧中的人性弱点也非常合适。打造该剧的过程中,艺术家们一手抓着传统,一手大幅度创新,把故事背景"移植"到了我国春秋时期,以虚拟、写意的形式演绎了一位英雄将领在权欲的诱惑下最终走上自我毁灭之路的故事。全剧共分"预言""封赏""密谋""血剑""绝杀""惊魂"

“血手”“血债”等八个场次，悬念一环扣一环，加上演员们的好功夫，非常精彩，从而成为莎剧精神与传统中国戏曲完美融合的又一成功范例。该剧也因此获得了2013年第十三届中国戏剧节“优秀剧目奖”，并于2014年被列入安徽省重点打造的“十大演艺品牌剧目”，还入围了门槛较高的国家艺术基金2014年度交流推广资助项目。

远的例子要回到30年前。安徽的戏剧舞台与莎士比亚一直有较深的渊源，1986年就有过将莎剧改编成戏曲的成功经历，那一次“涉莎”的剧种是黄梅戏。

1986年，为了参加首届中国莎士比亚戏剧节，本省艺术家将莎士比亚喜剧《无事生非》改编成了适合戏曲演出的台本，编剧金芝先生创造性地将黄梅戏元素完美无痕地融入了莎剧当中。当时荟萃着表演艺术家王少舫、马兰、黄新德、吴琼、蒋建国等黄梅戏超级阵容的安徽省黄梅戏剧团（现安徽省黄梅戏剧院）承担了演出任务，结果一炮打响，轰动了很长时间，捧回了多项高级别大奖。其影响之大，连当时的国际莎士比亚研究会主席、英国伯明翰大学莎士比亚学院院长菲力蒲·布洛克班克都向导演和剧团致信祝贺：“看了你们演出的《无事生非》，我谨在此表达我极度喜悦的心情。我认为，你们的演出喜庆欢乐、雍容华贵，诙谐有趣而富于人性的启迪。”

热爱戏剧的人们一定很乐于见到舞台上多多演出这些世界级的传世之作。题材丰富、形式多样的戏剧表演不仅能给予观者以美的教益和享受，更能够拓宽视野，增加我们对这个世界的认知维度。

莎士比亚是开阔的，他作品中的人物活动范围远远超出英格兰地域。在他笔下，无论历史剧还是悲剧、喜剧、传奇剧或悲喜剧，都尽其所能地呈现出十四十五世纪欧洲各地以及地中海沿岸一带活生生的人情风貌，在那个“遍地是黄金，到处是穷人”的时代，他笔下的人物在维洛那、雅典、威尼斯、罗马、那不勒斯、佛罗伦萨、巴黎，法兰西、苏格兰、威尔士、丹麦等欧洲历史文化名城或国家的许多场景中生龙活虎地奔走往来，演绎着形形色色的人间悲喜剧，为后人留下了无尽的话题。而将莎剧引入戏曲舞台，也为我们的传统艺术增加了思想内涵。

今天读莎士比亚，受其震撼之余我另生一种感慨，觉得这个远隔重洋的名字，其实与我们的传统文化本来就有着千丝万缕的联系。

拿文艺作品来说，早年学过的课本里有一首古诗《孔雀东南飞》深得少男少女青睐，原因很简单：其内容与爱情有关！全诗吟诵了焦仲卿、刘兰芝这一对恩爱夫妻被婆母大人无端作梗、活活拆散，最终两人只好以殉情作结，一个“举身赴清池”，一个“自挂东南枝”。此举终于感动了两个家族的人，于是“两家求合葬，合葬华山傍。东西植松柏，左右种梧桐。枝枝相覆盖，叶叶相交通”。

这首长诗被艺术家们改编成了形式各异的戏剧作品搬上舞台，年复一年地上演。单单是安徽本省，极具地域特色的庐剧和黄梅戏两个戏曲剧种先后就创作演出了多个版本的《孔雀东南飞》。千古以来，男女主人公的凄美爱情赢得了无数共鸣，让俗世中的人们在唏嘘之余获得了某种情感上的宣泄和慰藉。

接触世界文学之前，以为这样的悲剧只有中国古代才会有，及至读了莎士比亚方知道，隔着重重高山大海的另一个世界里，同一性质的故事也并不少见，甚至很多方面有着惊人的相似。莎士比亚最著名的爱情悲剧《罗密欧与朱丽叶》就是典型的例子，男女主人公分别出生于两个结了世仇的家庭，年复一年，彼此杀来杀去，总是仇人相见分外眼红。可是命运弄人，偏偏仇家的一对儿女因为一次偶然的相遇一见钟情，爱得死去活来，并且把他们相爱的故事演绎得惊天地泣鬼神，最后双双殉情而亡。面对死去的一对花样年华的恋人，两个家族终于醒悟和解，互相为对方儿女塑金像，成就了一段可歌可泣的千古佳话。

而我国另一部更为接近《罗密欧与朱丽叶》的作品，当然非“绝代奇才”汤显祖的《牡丹亭》莫属了。而且奇妙的是，两位巨匠尽管在物理空间上相隔千山万水，但从戏剧的角度看，这两部几乎同时问世的戏剧作品在艺术和思想上的成就都可谓旗鼓相当，如同光芒万丈的双星，同时照亮了十六、十七世纪东西方的天空。如今几百年过去了，两部作品的影响力和生命力同样都丝毫未减弱，它们一直被作为最伟大的示范作品活跃在戏剧舞台上。

或许从世界范围来看，莎士比亚作品的传播更广，但我更喜爱汤显祖的《牡丹亭》，一方面受审美习惯驱使，《牡丹亭》东方式的唯美典雅令人陶醉不已。另一方面，就作者所置身的社会环境来说，比之莎士比亚所处的伊丽莎白女王时代的相对宽松和开明，汤显祖生活在明朝中后期闭塞保守、万马齐喑的大背景下，塑造出特立独行的杜丽娘、柳梦梅形象不仅需要异乎常人的叛逆精神，更需要挑战世俗的极大勇气。汤显祖一生写过不少与“梦”有关的戏剧作品，以至于他的“临川四梦”在当时和后世声名远播。然而汤显祖做梦也不会想到，一部空前绝后的《牡丹亭》使他赢得了“东方的莎士比亚”之美誉。而当时的莎翁如果知道，千山万水之外的一个东方古老国度的舞台上也诞生了一对类似于罗密欧与朱丽叶的生死恋人，会不会不惜跋山涉水也要赶过来结识一下这位东方的同道？

我喜欢把这些故事对比着欣赏和思考，从某个角度来说，再怎么强调东西方文化的差异，都扭不过人性的相通。传统的爱情故事里，无论东方还是西方，总离不开个人情感追求与世俗顽固势力的对抗，或温和或激烈，温和一些的，结局成了喜剧；相反，个人对抗失败便演绎成悲剧。然而就艺术的震撼性而言，搬上舞台的悲剧，更能够产生强大的人性力量，来唤醒一代又一代沉睡迷茫的心灵。

英国另一位戏剧家德莱顿称莎士比亚“有一颗通天之心，能够了解一切人物和激情”。的确，在莎士比亚笔下，最为动人心魄的就是一个一个的“人”，无论王公贵族，还是乡野小民，他都会用传神之笔写出他们每个人独特的秉性。人性的光辉赋予了他的作品跨时代的魔力，这使得后世戏剧人演绎他的剧作时，即使不披挂几百年前古人的装束，也照样能够演出原作的精神。

数年前，记不清是哪里来的剧团了，给合肥带来过一台音乐话剧《罗密欧与朱丽叶》。那次演出的新颖之处是，剧中人物身上穿的基本都是当下流行的时装,台词作了些改动,虽然舞台调度别出心裁,内容却并未走样,剧情完全按照莎氏剧本的线路走,表演极其精彩。演出效果好极了,见多识广、口味刁钻的观众被深深打动,早就熟悉剧情的我也不例外,热泪盈眶之余自己都感到吃惊。原来我们的情感并没有真的睡去,我们的判断力也没有因为每天繁杂信息的狂轰滥炸而失去方向,但凡你揭示了人类本真的善恶美丑,只要你掏心掏肝动的是真情,正常的心灵都会回报以感动——诞生于几百年前的莎士比亚剧作至今仍具有这股匪夷所思的强劲力量。难怪歌德在谈到莎士比亚时曾经发出这样的感慨:“我读到他的第一页,就使我一生都属于他。我读完第一部,我就像个生下来的盲人。一只奇异的手在瞬间使我的双目看到了光明。”

春天又到了,四月的舞台和这个遍地芳菲的季节一样,又即将迎来繁花似锦的盛景。今年恰巧是莎翁逝世400周年,站在这个时间点上重温莎士比亚,对于钟爱戏剧的人来说,也许能够获得更多的关于历史、哲学、艺术、人生等各方面的有益启发。

愿4月永远属于莎士比亚。

父亲的莎士比亚

王 青

父亲的莎士比亚一直躺在我书柜的深处，那些寂寞的发了黄的书籍，就像鱼儿远离水波一样地远离着我。从七年前搬家到这幢楼上，这些年来我几乎没有再摸过它们。生活的戏剧无时无刻不在上演，生旦净丑无须粉墨装扮登场，也就转眼间的工夫，角色虽还是那个角色，但岁月已赐予了我厚厚的沧桑。

7年前父亲还没有离世。那年的父亲节，我回去陪病中的他。失忆的父亲对周围的一切依旧浑然不知，甚至不能认出我是谁，完全沉浸在他自己的时空中。浑浊又天真的眼神在苍颜上闪烁，不协调的病态的快乐，使我在一瞬间恍惚以为真实。阳光下一架藤萝的新叶通透娇嫩，风中摇曳的绿影似我纷繁又飘忽的思绪。忧郁却坚韧的丹麦王子哈姆雷特，美丽而犹疑的奥菲利亚，多疑的奥赛罗和忠诚的苔丝狄蒙娜，还有多情的赫米娅、拉山德们就在那一刻突兀地浮出水面。

我从书柜的深处翻出莎士比亚，厚厚的一摞书，它们似乎也在冷眼打量着久违的我。许多年一直远离着它们的我，其实才是那条远离着水波的鱼吧！从十二岁到二十二岁的10年间，我一直在断断续续地阅读莎士比亚。从懵懂到略微懂得，贯穿整个青春期的阅读。我不敢说我真正读懂了多少，但这样的阅读却从根本上改变了我。羞怯、偏执甚至有点自闭的性格，开始变得乐观、豁达和随和。莎士比亚的潜流渗透了我的每一根血管。

父亲给我的莎士比亚大多是1957年前后出版的。《哈姆雷特》是卞之琳译的,《如愿》是张采真译的,那本曹禺译的《罗密欧与朱丽叶》,与别家的译本又有很大的不同,戏剧家的翻译反倒更多了些诗意的神采。我如获至宝,反复阅读也并不使我感到厌倦枯燥,我对于文字的那种永不失去的新鲜滋味以及好奇的感受力,并没随年岁的增长而落满尘埃。这总算是件值得庆幸的事。

我从父亲简短的履历中得知,1957年他在北京中央财政学校学习,想起他以前常说起京城上演莎剧的盛况,为了看人艺的《罗密欧与朱丽叶》和《第十二夜》演出,他曾星夜排队买票彻夜不眠。宽阔少行人的长安街头以及寒夜清冷彻骨的月光,因莎士比亚而滋生着满怀的欢欣和温暖,是莎士比亚让他从不大的舞台中看见了无比广阔的世界。我父亲这个从江南小镇上走来的人,温厚内敛中也从此洇染了些飞扬的激情。

赫尔岑说过:"对莎士比亚来说,人的内心世界就是宇宙,他用天才而有力的画笔描绘了这个宇宙。"的确,在纷杂多变的人生,似乎所有的问题都能在莎剧中找到端倪。莎士比亚让我们触摸到了人性的幽微,也触动着心灵最深处的情感。我身上有许多和父亲相似的气质,许是我们都曾狂热地喜欢着莎士比亚的缘故吧!涉世这样久了,读了这么多的莎剧,我却依然没有莎士比亚的智慧,永远缺乏洞察世事的睿智和远谋,有的只是太多的肤浅诗意和不切实际的浪漫。父亲一直到老迈都是这样,没有心机缺乏斗志安于现状,我想我的宿命大概也难脱他老人家的窠臼了。

在少时平淡的生活里,或者说那时仅仅是站在生活的边缘,我是多么渴望生活汹涌出戏剧化的波澜啊!事件的横空出世,情节一波三折,高潮处的洪波涌起,当然结局还要峰回路转柳暗花明,爱恨情仇的纠葛,血泪怨怼的交织,如此等等的奢望,把一颗心塞得满满当当的,并且还时常涌动着先知般的自得,仿佛命运的大幕就操纵在自己的手中呢!

戏剧就像浓缩的人生,但人生这场戏里,我们却无法永远预知结局。就像有人歌唱的那样:"掌中的乾坤扭转晨昏想通了就不问,人生没量身定做的剧本……”或许，当“所有的结局都已写好，所有的泪水也都已启程”，蓦然回首的时刻才能恍然悟得人生的真味。现实中的单调平实甚至委琐，其实才是人生这出戏的主调。红尘万丈里，平平淡淡从从容容是真，波澜不惊才是脚踏实地的清醒。也许只有在平凡的生活之外，不羁的梦境里，才会上演另一场的跌宕起伏，就仿佛另一段的人生。

父亲的莎士比亚就这样寂寞地穿行在我的岁月里。如今父亲已辞世多年，我的青春年华也早已黯然逝去，唯莎士比亚不老。习惯性的阅读仍令我在沉迷中保持一点机智，一点梦想，再加上一点激情。记得《哈姆雷特》中有句台词：习惯简直有一种改变气质的神奇力量，它可以使魔鬼主宰人类的灵魂，也可以把他们从人们的心里驱逐出去。——还好，我很幸运，父亲让我爱上的是莎士比亚。

永远的朱丽叶

王维红

17岁那年，我在姐夫的小书屋里，啃下了一本一本大部头小说，当然还有一本一本诸如《散文选刊》《小说月报》之类的杂志。

那段日子于我是最美好的。回家时脚步轻盈，总觉得有美好的东西在等着自己。三下五除二地扒拉上几口饭，回到那小屋，将锁孔一揿，“躲进小楼成一统”，余下的时光属于自己独享。我如饥如渴地沉浸在那些文字里，书外的世界就不复存在。

那一年，被错划为右派的父亲，落实政策平反了，我们全家自乡下搬回县城。由于自家的房屋正在建，我暂时寄居在出嫁的大姐家。等房子盖好后，父母奇怪我竟然不愿意回家住，姐姐家那不过八平米的小书屋，对我的吸引力太大了。因为那些书，此后我读师范的几年，周末也是往姐姐家里跑，因为那里有比妈妈的美味菜肴更吸引我的东西。

姐夫在县政府机关工作。他爱买书读书。20世纪70年代末，他的小书房里就拥有了一大柜子的国内外名著。姐夫很惜书，每本书都用牛皮纸包好，再用毛笔在封面和侧面都写上书名。不过他对于我这个书虫，却不吝啬。我读师范的那几年，每周都会带回几本，再揣走几本，也就两三年的时间，那些大部头都被我读完了。

记得自己是读完《少年维特之烦恼》之后，再读了《罗密欧与朱丽叶》的。伴随着青春期的发育，我也开始了青春期的怅惘迷茫和莫名的忧伤，朱丽叶仿佛开启了我的情爱观，少女时代那细微的小心思开始在剧情里泛滥。

> 当罗密欧第一次见到朱丽叶，他发出由衷的赞美：啊！火炬远不及她的明亮；她皎然悬在暮天的颊上，像黑奴耳边璀璨的珠；她是天上明珠降落人间！
>
> 轻声！那边窗子里亮起来的是什么光？那就是东方，朱丽叶就是太阳！起来吧，美丽的太阳！——一个少女的形象，在莎士比亚的笔下如此辉煌，伴随着这些美妙的赞叹，朱丽叶的美好，深深地烙印在我的心中。

“恨灰中燃起了爱火融融，要是不该相识，何必相逢！昨天的仇敌，今日的情人，这场恋爱怕要种下祸根。”引人入胜的故事，扣动着我的心弦。

和大多数人一样，无论看电视剧还是读小说，总喜欢把自己就想象成剧中的主角，心总是和故事里的人物一起彷徨沉浮喜怒。《罗密欧与朱丽叶》将我引领进一个至纯至爱的感性世界，不自觉地就融入其间。

读故事小说，我一向挖根，追求故事情节，不看完不罢休。这本书我也是一口气看完的。只是读到后来，那让人扼腕的残酷结局，赚去了我不少真心的泪水，也令当时不解世事的我，黯然神伤。

这部西方版的《梁山伯与祝英台》，是我第一次走近莎士比亚。书中的朱丽叶不满 14 岁，那一年，我 17 岁。

一位饱读诗书的文友曾这样说：“读书，使身体的诸器官像花儿一样打开。”多么精妙的比喻。一部《罗密欧与朱丽叶》，为情窦初开的我推开了一扇窗——关于爱、关于青春、关于忠贞的爱情观。

20 世纪 70 年代末，每看到“亲爱”“拥抱”这些字眼，都会让我面红心跳。读初中时，正流行唱《我们的生活充满阳光》，每唱到“幸福的花儿心中开放，爱情的歌儿随风飘荡”，这“爱情”两字，我是不好意思唱出口的，常含糊其词地一带而过。而这样一部爱情故事里，莎士比亚对主人公感情细腻而直白的描述,年轻的恋人对于爱情的向往和热忱的对话,那些动人与甜美的语句,却让我读起来新鲜而刺激。明知道书中甜言蜜语在剧情里是合情合理的,这样的对白也不可能出现在真实的现实里,可怀春的心思一经催化,便是春花烂漫。于是,我也开始憧憬我的“罗密欧”,无数次在心中勾勒着美好的爱情蓝图。

岁月就像一条深邃的河流,再回首,左岸是浪漫纯情的少女,犹如火红的玫瑰在记忆的深处散发着芬芳;右岸是成熟冷静淡然的中年,心淡如菊,笃定从容;中间是挥手30年流淌着柴米油盐的烟火人生。滚滚红尘,把细腻柔软的心磨砺得粗糙坚韧了。再一次捧读《罗密欧与朱丽叶》,恍惚间,又遇见了年轻的自己——那个崇尚美好爱情,曾经跟着剧情一起沉醉、一起悲喜的“朱丽叶”,只是再也找不回当年读书的曼妙心境。

一见倾心的爱情,是少不更事的冲动吧?罗密欧与朱丽叶从一见钟情到殉情自杀,只有一周左右的时间,以今天的标准来看,这种情感的发展似乎也不怎么合理。可偏偏世俗的爱情不会让人记住,唯有悲剧的结尾,才更令人咀嚼和思考。断臂的维纳斯,就是爱和美的象征,这种缺憾的美,多么震撼人心。

记得莎士比亚有句至理名言:“一千个观众眼里有一千个哈姆雷特。”任由别人分说吧。不是吗?他在故事的结尾霸道地安排了一场错误——

罗密欧死了,死于一杯毒药;

朱丽叶死了,死于一把匕首。

同时死去的还有两个家族累世的宿怨情仇。全剧以离奇的悲剧收场。最后的结局,一对恋人的牺牲,也冰释了两家的仇恨和前嫌,算是给读者些许的安慰。这部传世的经典悲剧呈现给我们的不仅是凄美绝唱的恋歌与各种精湛的艺术表现手法,也让我们了解到无私与宽容是那么的重要。

莎士比亚曾经这样理解爱情:“它是一种有着无法解释,令人着迷的本质并能给人带来强烈震撼的心灵感觉。”罗密欧和朱丽叶,他们的生死恋情,纯洁、高尚、悲壮,成为千古绝唱。他们是莎士比亚笔下诠释爱情的最好例证。

一场悲剧的咏叹,一部永恒的爱情神话。

记得读完这本爱情故事不久,我得知乡下的一个小伙伴(也不过十七八岁的年纪)投河自尽的消息,起因是家人用她为哥哥换亲,可她自己已有了心上人。这种用生命的尊严来反抗的事例,堪比朱丽叶对爱情的果敢与忠诚,也让我唏嘘不已。

爱让人失去理智,恨也同样可以让人失去理智。感情实在是场让人无法掌控的事,没有逻辑,也没有规律。所以有句话说,在恋爱中要保持明智是不可能的。

当我们还是小姑娘时,爱上一个人,我们会不顾一切,无论他是歪瓜裂枣,还是疤麻瘸瞎;而当我们不喜欢一个人时,就恨不得直指他的鼻子:讨厌,你少来烦我!后来,我们长大了,换上了含蓄的外套,即便不喜欢一个人,我们也学会了伪装和敷衍。因为我们已经知道,百分百的坦白和真诚,反而会伤害对方。我们用几年甚至几十年的时间来逐渐明白,人生的复杂与曲折,情感的丰富与纤细,远非一己之力所能控制。

现时的爱情观,与30多年前相比,已然迥异。可莎士比亚的人文精神却不会受到时间和距离的干扰,“莎士比亚戏剧中那些不变的,永恒的力量,在时过境迁中越磨越亮”(作家余华语)。

再次重温这部经典的作品,感到世界真小,时间也很短。仿佛莎士比亚就生活在这个城市,与我们同在,那不满14岁的朱丽叶,依然鲜活。

陪伴是最长情的告白

阿　兰

“书中自有黄金屋，书中自有颜如玉。”“人不读书犹如夜行。”囊萤映雪、凿壁偷光、悬梁刺股，这些经典的句子和词语，从小我们就耳熟能详，因为我们就是被老师这样教育长大的。

你如果说我不是读书人，我多少会觉得委屈。因为40岁之前，我人生的业余时间大部分都用来读书了。你如果说我是个读书人，我又真心惭愧。因为同样是读书，因方法不同，效果也不同。有些人读书是有规律地读，选择性地读，研究性地读，反复读，甚至不辞辛劳花大把的时间去手抄喜欢的作品，细嚼慢咽，读到烂熟。因为痴迷而一往情深，无怨无悔。如此用心总会收获多多。而我读书多半是饕餮，浏览，囫囵吞枣。我很少重复读一本书，不管我有多么喜欢。我读书还有点“饥不择食”，古今中外名著读，言情武侠读，侦探军事读，报纸杂志读，微博微信读，博客百家读。因为读得太杂，太宽泛，因此，读的基本都忘了。没有长进。

小时候没有什么信息来源，没有电视，没有电脑，甚至没有电。唯有书籍是了解外界的唯一途径。最早接触的一些书籍好像除了教科书以外，只是些报纸杂志。小小少年渴望着外面的世界，偶尔得到一两本小说、小人书都如获至宝。还记得那时的照明就是煤油灯、手电筒，有时为看一本小说挑灯夜战，被母亲发现了会骂浪费煤油。也有躲在被子里打手电看书的经历，所以虽然没有高学历，却早早地近视了。书的数量有限，那时自然迷上收音机。无线电波带来了外面精彩的世界。至今记得我们兄妹三人一到暑假，每天上午的十点都会围着家里一台小收音机转，连摘菜时间都不放过。只为了准时收听一档《电影录音剪辑》节目。《流浪者》《叶塞尼亚》《大篷车》，当然最喜欢的还是《王子复仇记》。配音名家孙道临先生那诗般的嗓音将莎士比亚诗样的语言发挥到淋漓尽致。懵懂少年被莎士比亚那华美而凝练的语言所惊倒，从此深深迷恋上莎士比亚。

“生存还是毁灭，这是一个值得考虑的问题。默然忍受命运暴虐的毒箭，或是挺身反抗人世无涯的苦难，通过斗争把它们扫清，这两种行为，哪一种更高贵？”

“简洁是智慧的灵魂，冗长是肤浅的藻饰。”

这些经典台词至今依稀在耳。

“不要想到就说，也不要随便想到什么就做。待人要和气，但是不要轻佻。当心跟别人吵架，不过吵了就要让对手下次不敢碰你。要多听别人说，自己少说。有钱可以买贵重的衣服，可是不要奇装异服。富而不俗，因为衣着可以看出人品。不向人借钱，也不借给人钱。借出去往往是人财两失，借进来会叫你忘了勤俭。”

大臣波格涅斯对儿子的这番忠告，一度成为我们这代人的人生箴言，百听不厌。我大半的人生里几乎没有向人借钱的经历。不借钱并不说明我不缺钱，而是这句话从少年时就深深植入我的内心，从而使得我一直过着看菜吃饭的日子，有多少钱办多少事，这是我的人生信条，很少逾越。

工作以后，便开始买书。最初几年所有的积蓄都变成了书。有一年用年终奖买了一套《莎士比亚全集》。十二本，白色的封面，硬壳的。终于实现了少年时的梦想。拿到书后，第一件事就是一字一句将《哈姆雷特》认认真真地读了一遍。这曾经是我一度最引以为豪的事情。读莎士比亚，我一改以往的读书习惯，犹如小孩子吃糖，舍不得一下吃完，又因为已经收入囊中，读得不急不慢，以至于这套书一直没有看完。但是它一直跟着我的人生几度搬迁，甚至从另一个城市来这一个城市。至今还放在老宅的书柜里。前几日去老宅看到那撒了一层灰的书柜,心中有种说不出的滋味!

年轻的时候精力充沛,业余生活也很简单,没有多少娱乐活动。除了看书,看电视,好像也没什么可做的。家中的书虽有上千册,却是远远不够的。常常去单位图书室借。因为借书排队,曾经一度特别想做个图书室的资料员,在领导疑惑地看我有点"不思进取"的目光里终于作罢,因为那时的图书室管理员都是年龄较大的老同志。有段时间还曾迷恋武侠小说,当时还觉得不好意思借,一个弱女子怎么可以那么迷恋刀光剑影的江湖呢!所以还曾专门拜托男性去借。单位书看腻了,就去家附近的书屋去租。为了省钱常常是每天一本书,不可谓不疯狂。

现在回想那么多疯狂阅读的日子,读完的那些书,都去了哪里?又留下了什么?一片迷茫,想来应该是都交给了日子,随着岁月去了远方。所有的记忆都被岁月的帷幔遮掩着,只剩下影影绰绰的影子模糊着。偶尔也会想,读那么多书干什么?仅仅只是消磨时光,还是一种习惯,抑或是享受阅读那一刻的美妙?

曾几何时,电子时代到来了。电脑进入了我们的生活。娱乐,视频占据了我们大部分的业余时间。当年看见一本好书总是想方设法找来看,现在这世界上出了多少好书好像也不是自己最关注的事情了。有时常常会找来各种借口自我安慰,比如,现在太忙了没时间看书了,现在书太贵了买不起了,现在图书馆远了,借书太不方便了。于是,读书的节奏越来越慢了。

忙忙碌碌大半生,一直床头都有书,今天仔细一想,自己都有些冒冷汗,多久了?临睡前从翻书变成了看手机,以至于到现在床头即便没了书也能安然入睡。

上个月在台湾的一所小学里,看到学校的文化墙上竟然贴着一张"小书虫明星排行榜"。学校从每个年级里选出借阅图书数量最多的人,列在"小书虫明星"高居榜上。现在的排行榜花样百出,但是借阅书籍数量排行榜,真是让人耳目一新,瞬间在心里大大地点了个赞!看看现在身边的孩子从小就被各种特长班、补习班占据了大量的时间,如果还有点时间,多半也是被游戏、电视、手机所吸引，所谓的书香，还有多少孩子愿意再闻？

莎士比亚在400年前就说过，书籍是全世界的营养品。生活里没有书籍就好像没有阳光，智慧里没有书籍就好像鸟儿没有翅膀。只是面对今天的花花世界，我们还能读得进书吗？

虽然现在有很多借口，慢了我看书的节奏，但我知道若干年后，当我头发白了的时候，到了我哪也去不了的时候，我还是会忘了人世的纷纷扰扰，我会拂去《莎士比亚全集》上的灰尘，坐在摇椅里继续享受那诗般的语言之美。我会鼓励我的小孙女努力上“小书虫明星榜”。她若问我，外婆，读书有什么用？我会说，读书的最大理由是可以摆脱平庸，因为腹有诗书气自华。读书未必能成就名利，但不读书的人肯定不能成功。即便我们的生活是平淡的，我们可以在书里感受江湖的快意恩仇，可以在书中因别人的喜怒哀乐而喜怒哀乐。书始终能陪伴我们的人生。有人说：陪伴是最长情的告白！我想说，如果人做不到，那么书可以！

一篇读书征文引发的话题

董 静

为了完成一篇命题作文,我想从书橱里找出一本莎士比亚著作,无奈家中藏书太多,左看右瞅也没发现踪迹。我打电话求助家中真正的爱书人,人家每本书摆放的位置都知道个大概,今天正好来测试一下。俺刚报出书名,人家马上回答道:“应该是在进书房的右侧,紧挨着书房门的书柜里。”厉害,不得不佩服!藏书万余册的书房,十八扇门的“顶天立地”的上下大书柜,摆放的书籍从古到今,有中外文学、社科、政治、军事、历史、地理、财经、生活等等,包罗万象,我家这位心思只在爱书、买书、藏书、读书和写书上,对家中的藏书摸得门清,比银行卡放哪都清楚,在其他方面他是甩手掌柜,典型的一心不二用之人。我平日虽负责书房的卫生清理工作,也可以说是“阅书”无数,无奈心不在此,对于哪本书存放的位置是一头雾水。

翻开《莎士比亚全集(九)》,人民文学出版社 1978 年出版,那位爱书人 1978 年 8 月 24 日购于宿县。403 页厚厚的一本书,定价只有 1.20 元,便宜得让我不敢相信,打开再细看,确实如此。

《莎士比亚全集》第九集收录了莎士比亚的著名四大悲剧中的三部作品:《哈姆雷特》《李尔王》和《奥赛罗》。翻开《哈姆雷特》,一页页读下去,立刻被丝丝入扣的剧情吸引了,剧中的场景、人物,一幕幕地浮现在眼前,似乎连我默默阅读对话的语气都在随剧中人物转换呢。

《哈姆雷特》是一部五幕悲剧。它那扑朔迷离的剧情,很富有哲理性,始终存在着善良与邪恶之间激烈的矛盾冲突。哈姆雷特的父王为恶叔所弑，王位被篡，母后与凶手乱伦而婚，王子哈姆雷特试图复仇而装疯，最终惨死在复仇中。少女奥菲利娅，天真无邪，清丽纯洁，她柔情万种，痴心地爱着哈姆雷特，对意中人的爱和恨一起压挤着、煎熬着她脆弱的身心，使她痛苦万分。当我读到第四幕第五场，奥菲利娅一段凄凄凉凉的唱白"鲜花红似丽，花上盈盈有泪滴，伴郎坟墓去。情人佳节就在明天，我要一早起身，梳洗齐整到你窗前，来做你的恋人"时，不禁潸然泪下。《哈姆雷特》剧情紧凑，高潮迭起，紧张得让人窒息，具有强烈的悲剧美。一口气读完了《哈姆雷特》，放下书本，心里沉甸甸的，情绪则久久地沉浸在那种悲伤的氛围中。

我从没想过写一篇这么厚重作品的读书笔记，怕自己不能深刻领会而亵渎其内涵。莎士比亚是欧洲文艺复兴时期英国杰出的剧作家和诗人，是"英国戏剧之父"，被誉为"人类文学奥林匹克山上的宙斯"，马克思则称他为"人类最伟大的天才之一"。他的代表作有四大悲剧、四大喜剧和不少杰出的诗篇。《哈姆雷特》和《威尼斯商人》是莎士比亚著名的悲喜剧的代表，几乎家喻户晓。莎士比亚作品中的经典名句富含哲理，广为传诵，"书籍是全人类的营养品""黑夜无论怎样悠长，白昼总会到来""女人是被爱的，不是被了解的""多听，少说，接受每一个人的责难，但是保留你的最后裁决""不良的习惯会随时阻碍你走向成名、享乐的路上去""善良的心地，就是黄金""没有什么事是好的或坏的，但思想却使其中有所不同""没有欣赏力的人，乌鸦的歌声也就和云雀一样。要是夜莺在白天杂在聒噪里歌唱，人家绝不以为它比鹪鹩唱得更美""多少事情因为逢到有利的环境，才能达到尽善的境界，博得一声恰当的赞赏"，这些寓意深长的佳句名言，现今的读者依然十分受用，能够备受启迪。

再次品读此书使我想起了一段往事。20 世纪 80 年代初，我和先生刚认识的时候，他向我推荐的第一本书就是这本《莎士比亚全集》。那个年代借书或送书给对方看，是年轻人谈恋爱的前奏，双方通过这一来二去的接触，创造机会和心仪的人儿见面，再以这本书的内容为话题彼此交流读后感，从而达到相互了解的目的。真正的心思不在读书上，大家都懂的，彼此心知肚明。这本书一直放在我的写字台上。有一次，一位男同学到我家，据说是顺便路过的（一段时间他总是路过我家，我明白他的心思，正好借此机会善意提醒一下），他随手翻开这本书，我说："非常好看的一本书，男朋友推荐的。"只见男同学的表情瞬间凝固了，很尴尬地笑了笑，说了句："祝你幸福！"现在想起来还觉得挺好笑的。

2013 年国庆节，我回老家，和大姐、姐夫一起去楼下路口接从山西太原来的表姐一家。刚走到家门口的巷子，远远地看见一个人站在巷子的对面，定神一看，吓我一跳，怎么是他?！我目不斜视地径直走过去，后来想想自己也挺没风度的，三十多年前的老同学相遇本该打声招呼的，自己用拒人于千里之外的态度擦肩而过实属不当，这次他应该真是路过而恰巧碰到的。这是题外话，家里的那位看到这些该不会吃醋吧？哈哈。

访莎士比亚的故乡

杨修文

我一直把拜谒莎士比亚的故乡作为一生中重要而又美好的愿望。到伦敦探望女儿,女儿帮助我实现了这一愿望。

在一个细雨蒙蒙的深秋时节,我乘车前去莎士比亚的故乡。莎翁的故乡斯特拉特福镇位于英国南部的曼彻斯特和牛津之间。汽车行驶在公路上,绿茵茵的草坪,在丘陵间倾斜延伸,似是连接着遥远处的天边;一簇簇苍老而遒劲的树木错落其间,俨如一幅幅取自描写骁勇骑士、侠义盗匪的英国小说的古老插图;远看斯特拉特福似是绿色海洋中的一个彩色的小岛。

斯特拉特福镇不大,方圆不足两公里,居民只有两万余人。但它的美是那种与生俱来的美,步入镇中就仿佛走进了一个远古的童话。到处是翠绿的草坪、翠绿的林木、艳丽的鲜花、恬静的雅芳河静静地流淌着,守护着这美丽的乡间小镇,河里的黑色和白色天鹅高雅而安静。厚重与俏丽的维多利亚式的建筑和哥特式建筑随处可见。在离河边不远处,高高耸立着莎士比亚的铜铸坐像,他身披中世纪长袍,左手拿纸,右手握笔,两眼炯炯有神,容貌安详而平和。坐像四角分别是哈姆雷特、麦克白夫人、哈里王子和法斯塔夫青铜塑像,他们都是莎士比亚剧中的主要人物,分别代表了莎翁的哲理剧、悲剧、历史剧和喜剧。

我们首先来到与莎士比亚故居相邻的莎士比亚研究中心,这是一幢现代化展馆,是在 1964 年为纪念莎士比亚诞辰 400 周年,由多个国家捐款而兴建的，也是英国和其他各国学者研究莎士比亚的重要场所。展馆以文字、图片、雕塑、视频等形式介绍莎士比亚的生平及其著作。从莎士比亚研究中心出来，从一个侧门就进入了莎士比亚故居的后院。

莎士比亚故居临街而建。是一座已有400多年历史的两层高的都铎王朝式建筑：斧砍彩绘的圆木结构，圆木间用木板填充。灰白色的外墙，黑色的窗棂，黑色的瓦，呈现出一种柔和悦目的色调，一种恬淡的庄重，很是古典和精致。门楼上挂一块小铁牌，标注此建筑的建成年代是1531年。

进入故居，一层的一间卧室，是莎翁姐姐婚后的起居室，陈列着古朴的床铺、壁炉和纺车。进入餐厅，摆设着一张木制的餐桌和两条长椅，餐桌上摆着刀叉、面包和牛排。还有一面巨大的壁炉，炉中的火依然殷红。所陈列的炊具和餐具都是16世纪的原物。最里面的房间为皮革制作室，是莎士比亚父亲的工作间。莎翁的父亲是个手套制作工匠和贸易商，据说，伊丽莎白一世十分喜爱他制作的手套。参观者从这里登上二楼。虽然地板和楼梯都在脚下颤抖着发出响声，但这样的木房能保留几百年已足够令人惊叹了。有的游客当得知地板曾是莎士比亚当年用过的，竟蹲下身子用手轻轻抚摸。我还看到有欧洲的游客甚至无法控制自己激动的情绪而泪流满面。故居二层是莎翁父母及家人的起居室，共有三间卧室。第一间卧室的床头黑白两色的意大利风格的墙布很是醒目；第二间卧室的窗户上保留着19世纪苏格兰大文豪司各特刻写的签名；第三间卧室是莎翁1564年出生时的房间，所陈设的床铺、玩具和婴儿襁褓都是16世纪原物的仿制品。摆放着的一个摇篮传说是莎士比亚睡过的。莎士比亚的童年和青少年时期都是在这里度过的。墙上的镜框和玻璃展橱里，展示着有关莎士比亚本人，及其家庭生活的图片和资料，莎氏世系表，有他的剧作演出文献、戏剧广告、十四行诗，还有友人向莎士比亚借钱的借据，他当年创作的手记，辞世之前亲笔写就的遗书，等等。故居的后翼，是存放食品的地方和小客栈。从客栈下到一层，有一个后门通往故居的花园，花园很大，满园绿色，花木茂盛。

从花园出来后，我们就来到紧靠着河边的圣三一教堂。这里既是莎士比亚出生受洗礼的地方，同时也是他的长眠之地。教堂始建于13世纪，是一座典型的哥特式建筑。进入教堂大厅，来到了肃穆的灰色墓碑旁，这里安息着莎士比亚，及他的妻子安娜和爱女苏珊娜。墓碑上用古英语镌刻着一段诗文，大意是告诫世人万不可惊扰诗人的遗体，不论以何种借口，都不得揭石入墓。多少年来，迁徙莎士比亚之墓于伦敦威斯敏斯特教堂的争议迭起，但都因有此文字为梗而作罢。此文字也阻断了有人想要启墓查找书稿的企图。因为关于莎士比亚的底稿去了哪里的纠结和争论一直不断，有人推断，莎士比亚之所以采取这种防护措施，必是他将底稿带进了坟墓。

圣坛旁立着一个高度在一米左右的石质的圣水盆，盆的边沿已有残缺，这是15世纪的原物。导游介绍说莎士比亚出生后就是在这个盆里受洗礼的。在早已泛黄的教堂受洗记录簿上，确切地写着莎士比亚的名字。在墙壁上的一个镜框里，陈列着他出生和死亡时的记录文书。同一面墙壁上还安放着莎士比亚的半身雕像，望着这尊雕像，我心中五味杂陈，莎士比亚在世时，谁也没有能够意识到他的不朽，没有专业的画家或雕塑家为他留下真实的形象，而这幅雕像据说是在莎士比亚去世七周年时，由其妻子和亲属指导制成的，被认为是所有莎士比亚雕塑中最为接近其本人原貌的。

我们从这个镇子穿过，发现这里的商店、旅馆、街道、文化设施、皇家莎士比亚剧团、商标命名等等，无不带着莎士比亚的名片。或用他的名字和头像，或者用他戏剧里的人物和事件，这里是一个完整的莎士比亚的世界。我在这里探寻到了莎士比亚的传奇人生，也更全面地了解了他的生平和作品。

莎士比亚的父亲，约翰·莎士比亚是一个经营羊毛、皮革制造及谷物生意的杂货商，任过镇长。莎士比亚曾在当地文法学校学习，但不知为什么没有读过大学。后前往伦敦，在剧院门前为富人牵过马，做过剧院的杂役和剧团里跑龙套的演员。他体验着最为本质的生活，在恶劣的环境中迸发出了旺盛的创作激情，并由此而开始了自己的戏剧创作，直至后来成为著名的剧作家和股东。

他在接近天命之年又回到了养育他的家乡，因创作的艰辛劳累，让他身心憔悴,52 岁病逝于故乡。

莎士比亚一生创作了 30 多部戏剧,154 首十四行诗。他的戏剧是为当时英国的舞台和观众而写作的大众化的戏剧。他以悲喜交融、雅俗共赏以及时空自由来极大地调动观众的想象力。戏剧大多取材于旧有剧本、小说、民间传说、编年史等。但在改写中他注入了自己的思想,给旧题材赋予了丰富深刻而又新颖的内涵。从内容到形式进行了创造性的革新。他努力反映生活的本来面目,深入探索人物内心的奥秘,从而塑造出了众多性格复杂,形象真实的人物典型,也描绘出了五光十色的社会生活画面。从 17 世纪开始,莎士比亚的戏剧传入欧洲其他国家,后逐渐传入世界各地。莎士比亚的剧作已成为西方戏剧艺术史上难以企及的高峰,并对各国的戏剧都产生了巨大而又深远的影响。

马克思称莎士比亚为“人类最伟大的天才之一”。而英国前首相丘吉尔有句名言:英国宁可失去印度,也不能失去莎士比亚。

莎士比亚是世界的。

莎士比亚是永远的。

你的家乡我来过

——莎士比亚故居游

姚　云

那是几年前的金秋十月，我和联想公司组织的一群IT精英在英国的曼彻斯特看了一场曼联的足球赛后，第二天便驱车前往距曼城有一百多公里的斯特拉特福小镇。

一路上，河流、草地、田野、村庄……一幅幅美景油画般从眼前匆匆掠过，路的两边广袤无边的绿色扑面而来，连绵不绝的青草地上，随处可见成群的牛羊在低头吃草，样子悠然而安详。久居城市，这样的草地和牛羊尤其令我向往，更何况是这么一幅走心的好景色呢。

汽车驶过的每一个村庄，都非常整洁干净舒服，几乎见不到什么人，这对我们这些从嘈杂的国内走出来的游客来说，真的是非常好奇。一路上我望着窗外傻傻地想，要是能待在这样的村庄里住上几日体验一下就好了。在中国，农村的现状堪忧，但这里却是一派宁静悠然的好风光。我想到这可能跟英国的乡村规划密切配合其农村发展的政策有关，战后的英国最早通过"绿化带""国家公园""杰出自然景观地区"等制度的设置，有效保护了乡村的环境，也带动了农村经济的飞速发展。我甚至还想到，生活在不同环境下的人们，无论是心境还是行为，都该有很大的差别吧？

两小时后，我们到了英格兰中部这座风光旖旎的小镇——斯特拉特福，这座因一个人而变得明亮的小城。

下了车，举目望去，一座典型的欧洲小镇呈现在我面前。这里的建筑大都是16世纪所建,古色古香,还有那一栋栋维多利亚式、哥特式建筑,厚重又俏丽。红窗白墙或者红墙白窗,色彩对比醒目,错落有致的尖顶、屋顶耸立的烟囱,尤其是汩汩流淌的艾汶河穿城而过,为这座小镇增添了别样的韵味。

即使季节已走到了深秋,这里的景色依然绚丽热烈。道路两边鲜花盛开,小楼的窗户上也吊满了各色花草,房前屋后,碧草繁花,争奇斗艳,仿佛上帝错漏了这里的季节,到处都是一派春意盎然的好景色。

小镇的迷人之处,还不仅于此,这里的一切皆因一个人而美名远播。虽然他已故去400年了,可他的声名,不仅让小镇成了人们趋之若鹜的旅游胜地,也使得英国举国因他而自豪。

他,就是伟大的戏剧家和诗人——莎士比亚,斯特拉特福小镇,就是他的家乡。

往前走不了几步,我就站在了亨利街上,莎士比亚故居就在这条街的尽头处。这是一座两层高带小阁楼的木质建筑,经过400多年的风雨侵蚀,外表看上去古老陈旧,宛如一位饱经沧桑的老人,周身是岁月剥蚀的痕迹。旧旧的红色斜坡瓦顶、浅褐色的泥土外墙、凸显墙外的窗户和门廊,让这座16世纪的老屋在周围的建筑中特别显眼。当年,莎士比亚一家就住在这里。他的童年、少年都在这里度过,后来48岁功成名就后又退隐家乡。

这次我们一起出游的十几位圈内人士都是IT精英,理科出身的偏多,只有我和大联想学院的孔院长还有些文学情怀,其余的人对参观莎翁故居并不是十分感兴趣。他们探头朝里看了一眼,就径直去屋后的商店买纪念品了,有的则干脆躲到对面的咖啡馆继续聊昨晚那场精彩的球赛。

而莎士比亚对我而言却有着不一般的意义。14岁时,第一次接触到莎士比亚的书,那是在父亲书柜底下发现的一本旧书——《罗密欧与朱丽叶》。母亲不让看,因为那是个“学好数理化,走遍天下都不怕”的年代,在母亲看来,这类书都属闲书,于学习无益,只会扰乱心智,坚决不让我看,我只能偷偷将它装进书包带出去看,然后把那些能打动我的名言恭恭敬敬抄录在本子上。后来我又陆续读到了《哈姆雷特》《威尼斯商人》《仲夏夜之梦》等剧本，书里那些经典台词还在广播里通过演员磁性的嗓音传递，都曾深深打动过我……

恋爱时，现在的先生第一次跟我约会，虽然他大学上的是数学系，可他却非常有心计地用一本莎士比亚的十四行诗集讨好我，书里还附带了他写的一首很蹩脚的情诗，我至今认为这本书对我俩最终走到一起，起到了至关重要的作用，因为我凭着此书就感性地把他归为同类，觉得能送莎士比亚诗集给我的人一定不是等闲之辈。20 世纪 80 年代不比现在，那时到处都潜伏着文学青年，文学对人们是件天大的事，不懂文学就等同于和庸俗低级画等号。

当我看到此趟英国行程里有一站是参观莎士比亚故居时，心情可想而知是何等雀跃和期待。我怎能放弃拜谒莎士比亚故居哪怕一草一木的机会呢？

怀揣着一颗景仰的心走进莎翁故居，我踩着小楼咯吱咯吱响的木板（地板好像很不结实），小心翼翼地从狭窄的楼梯爬上二层，边走边扶着墙，生怕踩塌了木板。居室一角的壁炉里闪着火光，我仿佛看见莎士比亚的一家就围坐在那里。屋里有一张老式的木制书桌，是莎士比亚上学时用过的。在一个卧室的墙上，挂着一行小字——不朽的莎士比亚降生在这个屋子里。莎士比亚的父亲是个小作坊主，做手套和皮具生意。莎士比亚从 13 岁时就因家道中落再也没有进过学堂，而是跟着父亲挤牛奶、剪羊毛、染牛皮补贴家用。可见少年生活的艰辛，后来他不安于这样的现状，才去了伦敦，在剧团给人打杂，开始了戏剧梦想的旅程，直到后来功成名就。

从故居走出来，我压抑的心终于放松下来了。信步走到故居屋后的花园里拍照，这里的游人不算多，也或许都到镇上闲逛去了。我一个人在花园的木椅上坐下，回忆盘点自己究竟都读过莎翁的哪些作品？

记忆深的还是那首十四行诗——

当我看到，一切生长之物，

只在刹那间能够完美；
世界舞台上一无所有，
唯有星辰在秘密中牵引。
我看到人类像草木一样生长，
被同样的天空赋予盛衰。
……
残暴的时间和腐朽商议，
要把你青春的白日变成暗淡的黑夜，
为了爱你，我将和时间对抗，
它从你身上夺走的，我会重新嫁接。

如今，当年送莎翁诗集给我的青涩少年，早已两鬓染霜，没变的是，还是一如既往喜欢写蹩脚的诗，不过，诗的风格已从当年的抒情诗转为打油诗，再不是送我的了，而是自娱自乐孤芳自赏，尤其在酒酣时更喜高声大嗓，激情朗诵，其热情任谁也挡不住。

收起曼舞的思绪，起身，我走出了莎翁故居。

站在街上，我细细打量眼前的斯特拉特福小镇，不大，的确很袖珍，只有两万人口，但来这里的游人每年都高达数百万，各种肤色摩肩接踵，那地上的石板已在悠悠岁月中被打磨得溜光，人们都是慕名而来的，就连那些闻名于世的大文豪——济慈、狄更斯、爱默生、司格特、哈代，以及我们中国的曹禺，都曾来这里朝拜过。莎士比亚短暂的一生共写过 154 首十四行诗、37 部剧本，这个没念过一天大学的天才诗人和大戏剧家生前是无论如何都不会想到自己有一天会万古流芳，更不会料到全世界竟有这么多人会因为他，而趋之若鹜前来朝拜他的家乡。

小镇的天，很蓝，蓝得我真想把它们都带走，白云像棉絮，大朵大朵静卧着，点缀得天空更蓝了。成群的野鸽在小镇的上空飞来飞去，忙着在打探这人间的欢宴。

街的两侧,几乎全是与莎翁有关的书店、餐馆、酒吧和商店,尤其商店里的商品,从书籍、画册、明信片、唱片到衣服、玩具、巧克力,再到各类瓷器、茶杯、羽毛笔、钥匙链……无不以莎翁为主题来吸引游客,已然形成一个可观的产业。

忽然就联想到了国内的张爱玲故居,虽然这俩人不具有可比性,但我心里还是为中国的才女抱不平。

在上海,我曾专门去寻过她的故居——上海的常德公寓,在常德路195号,当年的爱丁堡公寓。问路,找到后,我很吃惊。那是怎样一个被忽视的地方,灰白的公寓,惨淡简陋,仿佛女子用久了褪了色的胭脂扣,只有灰白的外墙上挂的一块小匾,告诉我,这里曾经住过一个非同寻常的人物。匾上写着,从1942年到1947年9月,张爱玲一直居住在此。对全世界喜欢张爱玲文章的人来说,这段时期可是一个了不得的时期,从她的第一部小说《沉香屑》,到后来的《心经》《琉璃瓦》《倾城之恋》《封锁》《红玫瑰与白玫瑰》《金锁记》等,都是在这里写成的,就是在这个常德公寓,张爱玲登上了写作的高峰。这些重量级的作品,震动了当时空气沉闷沦陷的上海,也让她几乎一夜间红遍20世纪40年代的大上海。

可是,拿张爱玲故居跟眼前的莎翁故居比起来,前者只能用落寞来形容,那里几乎没有一片天空属于张爱玲。

为这样的忽略鸣不平。

一路心情复杂,想着不平事,不知不觉就走到了斯特拉特福的圣三一教堂。1616年4月23日,52岁的莎士比亚死后就葬在这里,这也是他出生受洗礼的地方。在他的墓碑上,刻下了这样几行字:看在耶稣的分上,朋友,切莫动地下这抔黄土,让我安息者上天会保佑,移我尸骨者将永受诅咒。这个碑文看起来是如此突兀,放在这里,显然不那么大方,跟莎翁的身份有些格格不入,真不知道是什么人的"杰作"。

离开莎翁墓,再往前走几步,眼前就是那条著名的艾汶河。我喜欢有水的小城,我认为,一个地方倘若有水就会气韵生动,斯特拉特福小镇就是这样一个生动的地方。艾汶河流经这里是一个很开阔的水面,水色清亮,波光粼粼,河面上,成群的天鹅优雅地滑过水面,这就是著名的斯特拉特福的天鹅湖。湖四周,蓝天白云,绿草茵茵,石桥水车,湖光鹅影,令人有天外天之感。漫步在这里,你才会深切体会到眼前的乡镇景色给童年少年的莎翁带来的创作灵感以及晚年又落叶归根的缘由。

小镇整体给人一种恬静悠闲的美,秋的色彩又让它抹上了浓浓的一笔,不过倘若这里不是莎士比亚的家乡,大概人们也不会对它特别留意,因为我一路游历世界各地,在欧洲,这样的小镇太多了。我忽然觉得英国人很聪明,他们懂得从哪些方面去装扮自己的家乡,也懂得怎么去吸引别人的目光。英国人把自己的家乡装扮得如此美丽,让我们很难分辨哪些是新的、哪些是几百年前的老物,就如眼前的莎翁故居,历经400多年的风风雨雨,依然保存得那么完好,跟周围的建筑又是如此完美地融为一体,这本身就是一个奇迹。在英国人心里,无论新与旧,传统的东西是绝对不能丢的,这几乎是他们恪守的信条。在他们看来,越旧越老的东西才有价值,所以我们所到之处,才会感觉仿佛是在穿越时空隧道寻访历史的珍贵。

英国人是优雅的又是古典的,他们的内心非常怀旧。依傍着艾汶河边的英国皇家莎士比亚剧院就是一例,这里常年都在演出莎翁的所有剧作,而且是百看不厌的保留节目,常演不衰。只可惜,这趟因为时间关系来不及前去欣赏,这算是到小镇来的一大遗憾。

不过,夕阳下,回首仰望莎士比亚雕像,只见他身披中世纪长袍,左手拿纸,右手握笔,目光炯炯有神,充满了智慧、力量和仁爱,他一生创作了那么多不朽的作品,这是一个未曾加冕却一统文坛的君主,这是一个不屑权杖只崇尚真理的教皇,他给人类带来了真善美的文学享受,他是全世界共同的财富、永恒的宝藏。

得到这样的启示已经足够。

离开小镇时已近傍晚,小镇在夕阳的映照下更显得温婉而多情,像一曲英格兰民歌,悠扬地送别我们,归去。

关于读书这件事

闲读“儒林”

苏　北

“正经人”潘三

《儒林外史》里有个人物潘三，又叫潘三爷，又叫三老爹，大号潘自业。这个人物一出场，他就对匡超人说：“做人，要做一些有想头的事。”这里“有想头”，大约就是有出息，有实惠，或者是有用、能挣钱的事。

起因是匡超人与景兰江、赵雪斋等一帮酸呆文人在一起混。匡超人本是温州乐清人。从村里来杭州时，村里的潘保正对他说，我有个分房兄弟在杭州，在布政司里当差。我写个条，你去寻他，也有个照应。可是来到杭州，寻到潘三家，潘三却出门了，要一个多月才能回。匡超人无着落，便相与了景兰江、支剑峰等。

潘三知道这些，劈头就是一句：你到省里来，和这班人相与做什么？——这一班人是有名的呆子！说到景兰江，说，这个姓景的，开头巾店，本来有两千银子的本钱，给他一顿诗做光了。他每日在店里，拿一把刷子刷头巾，嘴里还哼哼着：清明时节雨纷纷……又说到支剑峰，因吃醉了酒，深夜在街上吟诗，被革了职。潘三说：“将来只好穷得淌屎！”之后便拉了匡超人上街吃饭。叫了一只整鸭，一大盘白肉，烩了一卖海参杂烩。要了两壶酒，热热地吃起来。饭店里的人见到潘三爷都屁滚尿流,吃完也不结账,只说一句"是我的"走了。回到家里,见一屋子人赌钱,潘三说:"你们这一班狗才,无事便在我这里胡闹!"匡超人上前施礼,潘三一把拽住:"……你且坐着。"

我也是和这位潘三爷刚刚相与,读到这里,心下敬佩:这位三爷,是位热心肠的好人!

可是再往下读,越读越发笑。这个潘三,是个什么玩意!鸡鸣狗盗之徒!

先是乐清一大户人家的使女叫荷花的,逃出来被一伙光棍给轮奸了,被官府抓住。荷花正要被解回乐清,当地一个姓胡的财主看上这丫头,想瞒下这事,用几百两银子买了去。开赌场的线人王老六来报,潘三叫找来差人黄球,三人商议,如此这般,先要弄回一张乐清已解到的回批,这边托人弄出本县的一个朱批,半路上将荷花赶回,把与胡家。当下议定。我以为潘三也是有头脸的人物,当地豪绅,托关系搞这些文本。可是一扭屁股,潘三叫上匡超人,上到后面工作室,便干了起来。原来这潘三有的是豆腐干刻的假公章。即刻叫匡超人写了回批,这边又写了一个赶回文书,取出朱笔,叫匡超人批了,盖上假印。一切妥当。OK!

奶奶的,这潘三原来是个办假证的。第二天早晨,二百两银子送到。潘三当即给了匡超人二十两,说:"像这些都是些有想头的事,也不枉费一番精神。——和那些呆瘟缠些什么!"他还有些愤愤的!这个潘三,倒是个"正经人"!

又过了些时日,有个叫金东崖的人,在衙门里挣了几个钱,想叫儿子进个学。可这儿子金跃却一字不通,想找个替身代考。这事找到潘三来了。潘三找来匡超人,又如此这般,让匡超人装扮成差役,吆喝着混入其中,之后暗处换了金跃的衣裳,让金跃戴着高黑帽提着水火棍站着,自己进去替金跃考了。发下榜来,金跃高中秀才。潘三得了五百两银子。潘三也不苛刻匡超人,给了他二百两,对匡超人说:"你如今得了这笔横财,就不要花费了,做些正经事。"超人说:"甚么正经事?"潘三即为他提亲,将一个朋友郑老爹的三女儿说与他。让匡超人倒插门。

你还别说,潘三对匡超人,还实在是不错,可谓有情有义,时时事事,替超人着想,十分细心。成亲那日,潘三备了几碗菜,约超人吃早饭。席间,潘三说:“二相公,我是媒人,我今日送你过去,这一席酒,就算你请媒人了。”这一说,十分可人,很是具有人情味。难怪匡超人自己听了也笑了。吃喝完毕,叫匡超人洗澡,里里外外换了新衣,方巾,新靴,潘三又拿来一件新宝蓝缎直缀给他穿上。叫了轿子,打了灯笼,送了郑家入赘。新郎进门,还要开门钱,潘三又拿出二百钱来开门。翁婿相见,拜了又拜。家宴款待,坐下吃酒。过了一日,潘三又送一席酒给超人谢亲,郑家请了潘三来陪,又吃了一日。

转过一月,郑家屋小,不便居住,潘三又替超人另处觅房。真是事事帮衬,十分尽心。超人过意不去。潘三说:“愁日后为不着我的情怎么的?”又说:“日后添一个人吃饭。又要生儿育女。比不得你在客边。你我是一个人,帮你几两银子,分什么彼此?”说得十分入情入理。怎么看也不像一个刻假公章的人口贩子。

潘三长得高颧骨,黄黑皮,几缕黄胡子,一双直眼。——直眼是什么眼?世事苍茫,岁月更迭,可亘古不变的,是人心。君不见,现在街头不是到处贴的那些刻假公章、售假发票的小广告。这些小广告的背后,都藏着一个个的活人。这些活人中,就没有一个潘三爷?

《儒林外史》的不朽,正因为它所刻画的人物,可摸可触,活人一样。

胡三请客

《儒林外史》里有个胡三,也是个宰相家的出身。可是,不是当朝的宰相。俗语说的“死知府不如一个活老鼠”。这胡三也是个悭吝之人。典型的事例就是他借西湖边的花港一人家花园摆酒席,欠了人家两桌酒钱,拖一年也不给。最可恶的是,煮饭剩下两升米,还叫小厮背了回去。

这日相约西湖宴集游玩赋诗。大家的聚资是凑份子,一人杖头资二星。"杖头资"就是聚餐费,因晋人阮修将买酒的钱挂在手杖上而得名。集资款由胡三保管。——于是严格来说,还不能算是胡三请客。一干人赵雪斋、随岑庵、卫体善、匡超人、浦墨卿和支剑峰等来到西湖。本想借花港一用,可是人家很不高兴:不借!扫兴之极,只得来得隔壁于公祠的一个和尚家,借地方一用。

大家落座。胡三便拉了景兰江出去买吃的。匡超人无事,也想跟着玩玩,于是一并走到街上。先在一家鸭子店,想买点鸭肉。胡三担心鸭不肥,便掏出耳扒子,用把子头戳戳,看肉厚不厚。之后买了鸡、鱼和蔬菜;主食想吃包子(肉馒头),店家要三个钱一个,胡三说买 30 个,要批发的意思,只愿出二个钱一个。两人相持不下,就在店门口吵了起来。——斯文扫地,回去还做什么鸟诗!幸亏景兰江劝解,才负气而去。不买肉馒头,就买点索面吧——索面,就是挂面——回去下了吃。下酒的小菜也得配一点,又胡乱买了点瓜子、熟栗子、笋干、盐蛋之类,让匡超人捧着,景兰江则拎着挂面,浩浩荡荡回来了。支剑峰见着说:"三老爷,为何自己去忙?何不叫个厨役?"胡三也不回避,舌头一伸(还挺可爱),说:"厨役费钱。"

酒菜聚齐,大家围坐喝酒,寡喝无趣,于是大家抓阄分韵写诗。胡三给了一点碎钱,叫小厮去买米煮饭。大家吃了一天,也有几分醉意。反正支剑峰大醉,口里着:"李太白穿着宫锦袍,夜里还走!"浦墨清也有个七八分。只有景兰江和匡超人还醒着。胡三临走,还是老毛病,又将和尚煮饭剩下的米,问清楚剩多少,拿着走了;同时还不忘,将剩下的骨头骨脑同果子一并打包,叫家人提着,带走。书中说,胡三"押着家人,也进城去"。实在是又可爱又可笑。这个胡三,一个活人。

《儒林外史》中的小气鬼不少。严致中(贡生)算一个,严致和(监生)算一个。这弟兄俩也是一对活宝。老二死不瞑目,为的是两茎灯草,还有些可怜可悲;老大诈人家船家,把几片雪片大糕,说成是含有人参的药,欺负人家老实巴交的船家,实在是可恶,但细想想,也实在是滑稽极了。

但这些叫人无奈的人物，一个个活生生的，也蛮有味道。不像现在的小说，写人，寡然无味。

胡屠户的手

《儒林外史》第三回写范进中举后欢喜疯了，必须找一个平时最惧怕的人打他一嘴巴，吓他一吓，把痰吐出来，才得好。于是众人就想到胡屠户。

胡屠户平日对这个女婿很不满意。也难怪，范进也太不堪。50 多岁了，考了 20 多年，也没中出个秀才。幸好遇到了主考官周进，也是个吃了多年科举苦才出道的学道，把范进的卷子看了三遍，果然读出妙来，被加了三个圈，中了头名秀才。

中了秀才，胡屠户并不害怕，反把范进开导了一顿：

我自倒运，把个女儿嫁与你这现世宝穷鬼。历年来不知累了我多少？如今不知因我积了什么德，带挈你中了个相公。从今以后，凡事要立个体统来。比如我这行子里都是些正经有脸面的人，你怎敢在我们跟前装大？那些种田的、扒粪的，平头百姓，你若同他拱手作揖，平起平坐，就坏了规矩。你是个没用烂忠厚的人。所以这话我不得不教导你，免得惹人笑话。

说得范进哑口无言，点头如小鸡啄米。胡屠户还不满足：

我女孩儿也来吃些。自从进了你家的门，这十几年，不知猪油可曾吃过两三回。

于是大家坐下吃饭。一直吃到日西时分。胡屠户吃得醺醺的。横披了衣服，腆着肚子去了。

范进中了个秀才还不满足，还想着同一帮同案去应乡试，想中举人。可是没有盘缠，便厚着脸皮来找老岳父借钱，却遭到老泰山一顿臭骂：

不要失了你的时。你自己只觉得中了一个相公，就癞蛤蟆想吃天鹅肉来。我听见人说，就是中相公时，也不是你的文章，还是宗师看见你老，不过意，舍与你的。如今痴心就想中起老爷来。这些中老爷的都是天上‘文曲星’。你不见城里张府上那些老爷,都有万贯家私,一个个方面大耳,像你尖嘴猴腮,也该撒泡尿自己照照,不三不四,就想吃天鹅屁!趁早收了这心,明年在我的行子里替你寻一个馆。每年寻几两银子,养活你那老不死的老娘和你老婆是正经!你问我借盘缠,我一天杀一个猪还赚不到钱把银子,都把你丢到水里,叫我一家老小喝西北风!

夹七夹八,把个范进骂得狗血喷头。哪里还借得银子!范进没得法,只得向同案借,瞒得丈人,到城里乡试。

这一考,真给范进给考上了。范进考完回来,家里已饿了两三天。范进的母亲已饿得两眼看不见。母亲说:“把一只生蛋鸡,拿到集市给卖了,换几升米来煮顿粥吃。”范进于是抱着鸡,插个草标,到集市上,卖鸡去了。

范进走了不到两个时辰,送喜报的来了。一片锣声,报道:“恭喜老爷高中了!”

可是范进还在集上卖鸡。一个邻居跑去找他。见范进怀里抱着鸡,手里插个草标。一步一踱,东张西望,在那里寻人买。邻居告诉他中举人了,范进道是哄他,只当是听不见,低着头,往前走。邻居急得夺他鸡。范进急了:

“你夺我鸡做甚?你又不买。”

邻居说,你中了,叫你回家打发报子呢。

范进说:“高邻,你晓得我今日没得米,要卖这鸡去救命,为甚么拿这话来混我?我不同你顽,你自回去罢,莫误了我卖鸡。”

邻居见他不信,劈手把鸡夺了掼在地上,拉他回去,果见报录的人在等。

范进进屋,见那报帖已升了起来。上写道:“捷报贵府老爷范讳进高中广东乡试第七名亚元。京报连登黄甲。”

范进看了一遍,又念了一遍,自己把两手一拍,笑了一声:

“噫!好了!我中了!”说着往后一跤跌倒,牙关紧咬,不省人事。众人慌了,忙将几口水灌了过来。范进爬起来,又拍着手大笑:“噫!好!我中了!”笑着就往门外跑,把报录人和邻居吓了一跳,走出家门不多路,一脚踹在塘里,挣起来,头发都跌散了,两手黄泥,淋淋漓漓一身水。众人拉他不住，拍着笑着。一直走到集市上去了。

范进疯了！

云片糕

春节回乡，收到多条云片糕，都是我县铜城镇糕点厂生产的。铜城大糕是一方名点。据县志记载："薄如白纸，点火可着，卷如香烟，不断不裂。"其制作工艺十分讲究，米粉、白糖、猪油和水的比例都相当严格。文火烘炖，刀工精细，可谓刀刀见底。这样的大糕，绵软，爽口，不油腻。

平时不常回家，因此春节主要任务是走亲戚。大年初一就去了乡下的四姑家，姑父去世多年，姑妈一人在乡下住。我们到庄上，远远的姑妈就迎了出来。之后坐在院子里，瓜子，糖果，当然还有大糕。现在的人已经不吃大糕，大糕成为一种象征。四姑一定要让我的孩子吃两片，意为要步步高升。孩子却意不过，只得吃几片。就连我，也逃脱不掉，也是要吃上几片的，因为在姑妈心中，我永远是个孩子。记得四姑父在世的那年，我们去拜年，四姑父坐在冬日的太阳下的藤椅上，披着厚厚的大衣，那时姑父已查出肺癌的晚期，他淡然地坐在藤椅上，我给他点上烟。烟刁在他的嘴唇上，口水也不自觉地流了下来，他扭动着身体，要为我拿糕吃。我说不用了不用了。四姑父说：

"这是云片糕，铜城大糕……"

没过几个月，四姑父就走了。

隔日我到三姑家，三姑的腰已弯到了地，她竭力地昂着头看我们。冬日的村庄十分萧条，那高大的树，光秃秃的，村庄上的鸡、狗、猪，仍十分活跃，显出作为乡村的生气来。三姑依然是弄一个簸箕捧出许多吃食，当然云片糕是十分必要的。之后的几天我们又去了舅妈家、姨娘家……

回来数数，呵！收集的大糕都快有七八条了。

前几日读《儒林外史》，读到第三回"王孝廉村学识同科"，申祥甫一行在村口观音庵商量做个学堂的事，和尚捧出茶盘——云片糕，红枣，和些瓜子、豆腐干、杂色糖，摆了两桌……我就觉得很是亲切。吴敬梓是全椒人，离吾乡不远，他也许去过吾乡，或者是在扬州识得。再往下读，读到第六回，写严贡生回乡，则实在让人忍俊不禁了：

那日将到了高要县，不过二三十里路了，严贡生坐在船上，忽然一时头晕上来，两眼昏花，口里作恶心，哕出许多清痰来。来富和四斗子（人名），一边一个，架着膊子，只是要跌。严贡生口里叫道："不好！不好！"叫四斗子快去烧起一壶开水来。四斗子把他放了睡下，一声不倒一声的哼。四斗子慌忙同船家烧了开水，拿进舱来。严贡生将钥匙开了箱子，取出一方云片糕来，约有十多片，一片一片，剥着吃了几片，将肚子揉着，放了两个大屁，登时好了。

剩下的几片云片糕，严贡生搁在船板上，半日不来查点，恰那船家肚饥，又害饥痨病，于是就顺手一片一片拈在了嘴里，严贡生见着，又假装不见，只不作声。待下船时，一切行李箱笼收齐，船家水手讨要喜钱（小费），严贡生忽然转身走进舱来，眼张失落的，问四斗子："我的药往哪里去了？"四斗子并不知："何曾有甚药？"严贡生道："方才我吃的不是药，分明在船板上的！"

船家掌舵的说："想是刚才船板上的几片云片糕，那是老爷剩下不要了的，小的大胆就吃了。"

严贡生道："好贱的云片糕！你晓得我这里头是些什么东西？"之后就胡扯要值几十两银子，是"省里张老爷在上党做官带了来的人参，周老爷在四川做官带了来的黄连。"之后就吼道，你这奴才，害我不浅，以后我再发晕病，拿什么药来治！

一通乱吼，把船家和掌舵的吓个半死，哪里还敢讨喜钱，只得跪下来求饶。严贡生还愤愤的：

"还说是云片糕！再说云片糕，先打你几个嘴巴！"

读后实在是忍不住笑，这个严贡生还真是幽默极了。可是，是严贡生吗？实则是吴敬梓的幽默。这是大幽默，让人落泪的幽默。

阅读纪事：1962—1976

许若齐

一

我的阅读是以卑躬屈膝的姿态发端的。

那年6岁，小学一年级。

屯溪的新安江边有一小公园。江堤上支摆着一排排小人书摊，有矮方木凳，坐看。百二十回的《三国演义》被绘成60本，在书摊上直码起来，哗哗占了一大块，一足独大，其他书断难成鼎立之势。我眼馋，却又身无分文，只好挨着身子，站着低头弓腰，与坐方凳者合看。这种揩油的勾当得小心翼翼，远近要拿捏好，千万不能冒犯那位付钱的主。否则只要一个白眼过来，哪怕看到再精彩处，你也要嗫嗫而退；重则被摊主轰出十米之外，如同饭店驱赶乞丐一般。

就这样，春去秋来，没花一分钱，我断断续续看了几十本，从“桃园结义”一直到“三家归晋”。天下合分，英雄辈出，文韬武略，斗智斗勇；而我低声下气得也实在累人，可想想曹营中的刘皇叔，关键时候都能种菜装孙子，也就释然了。

作家余华在《兄弟》里对“文革”那一段如是说：那年月里很多男人在厕

所里偷看女人的屁股,都平安无事。无独有偶的是,那年月里很多小孩都偷书,也很少像那个倒霉的李光头,被逮了个正着。我生逢其时,也做过几回偷书的勾当。那时没有读鲁迅先生的书,还不知有“窃书”一说。

父亲在卫生学校工作。那时停课了,老师学生都作鸟兽散,偌大的校园空空荡荡,做实验的狗们也有了自由身,三三两两趾高气扬地闲逛。与它们相得益彰的,则是我们一帮子无所事事的小朋友。一天,发现图书馆大门洞开,里面书刊满地,一片狼藉,显然已被扫荡洗劫过。我们蜂拥而进,如入无人之境。挑肥拣瘦了一番,每人都捧了一摞子出来。这算偷吗?前些日子抄家成风,红卫兵冲进人家,搜砸掘挖,金银细软席卷一空;稍有反抗,宽皮带呼啸过来,打你个头破血流,遍体鳞伤。红卫兵做得,红小兵就做不得?!何况此举还相当地“温良恭俭让”。

不知出于何种动机,几个家伙拿的竟全是《妇科学》《妇产科手册》之类。在以后的那段日子里,那几个变得神秘兮兮的,常躲在偏僻处,绘声绘色地说着什么。有一个跑来悄悄地对我说,他知道了女人为什么要在结婚后生孩子,而且最快要一年时间。这事我以前也一直弄不明白,为啥婚礼上客人都喜欢对新人说“早生贵子”。这家伙说得有根有据,我则半信半疑。邻居里有个女人挺着大肚子,整天吃好喝好的不干事情,我可不敢到她那里问个究竟。

我“偷”的是三大本厚厚的《中国民间故事集》。书里面有汉族的传说神话,也有很多少数民族的。一开始读汉族的挺有味,善有善报,恶有恶报,最后好人都皆大欢喜,结尾一律是:从此他(她)们过上了幸福美满的生活。多了,也就腻了;少数民族的故事悲剧居多,王子与牧女,渔夫的儿子与王国的公主,最后都弄得死去活来,咋就不能有情人终成眷属呢?难过归难过,诸如善良正直勤劳等品质一类亦润物细无声地植入。我至今依旧坚定不移地认为:我之所以没有成为一个坏人,关乎此书的潜移默化。

二

以后长成少年，就迫不及待地进入“大毒草”的园地了：《野火春风斗古城》《林海雪原》《青春之歌》《红旗谱》……都是受批判的禁书，我却如饥似渴地去找、去读。固然有英雄主义情结的激荡，一点点的爱情描写又溅起多少浪漫的想象。纠结的是，一旦“渐入佳境”，总会无情地被撕去几页，让你遐想无限，然后慌不择路地去寻觅另一个“足本”。《野火春风斗古城》里有两行叛徒高自萍轻薄女地下工作者银环的描写，后者受到惊吓一时昏厥过去。仅仅是点到而已。书页的空白处，被人写了火柴杆般梗直的四个大字：过瘾！过瘾！可以想象此人当时是如何地血脉贲张。有的书名很吸引眼球，内容却很失望，如，《我们播种爱情》，纯粹一个标题党！

毫无疑问，《青春之歌》让我中毒最深，尽管我那时离青春期还有两三年。可以想象这株“大毒草”一旦根植进一个少年的心田，会野火春风般地长出多大一片草地。

这本描写知识青年投身革命的小说如此让人如醉如痴，忽隐忽现的爱情描写功不可没。女主人公林道静分别与三位男人有过情感交集：余永泽、卢嘉川、江华。第一位不愧为泡妞高手，尽管是个北大国学高才生，但在北戴河海滩上对道静这位落难少女发起的情感攻势却是相当西式的，他在喃喃的涛声里热情地诵读海涅的诗句，我用轻细的芦管写在沙滩上：阿格纳思，我爱你……由此生生地俘获了“小林”。这段恋情的结局当然是“主义”抛弃了“问题”。

革命是严酷的，随时流血牺牲，爱情却使其抹上了一缕暖色，那个风雪之夜堪称“血色浪漫”。老革命江华对林道静直截了当：你说咱俩的关系，可以比同志的关系更进一步吗？…… 他突然又抱住她，用颤抖的低声在她耳边说：“为什么赶我走？我不走了……道静直直地注视着江华那张从没见过的热情的面孔。他那双蕴藏着深沉的爱和痛苦的眼睛使她一下子明白了，什么都明白了……她霎地感到这样惶乱、这样不安，甚至有些痛苦。屋外是一片洁白，雪很大，还掺杂着凛冽的寒风。屋上、地下、树梢，甚至整个天宇全笼罩在白茫茫的风雪中……她所深深爱着的、几年来时常萦绕梦怀的人，可又并不是他呀……

这段文字在情感干涸的禁锢时代极具"杀伤力"：革命者可以同居，爱也可以有不同的受体。于我而言，将产生何等的震撼。恰好又弄到一本同名电影的画册，青春靓丽的谢芳，扮演了林道静。这使当时多少男人，产生了多少健康或不太健康的想法。于我而言，迷恋则得以持续、延展、具象。其构成是明澈的眼睛、秀美的脸庞、青色的旗袍、如旗帜一样飘扬起的红色围巾……

那时在眼前扬起的不仅仅是红色围巾，还有白色水兵服的蓝色飘带，那是冬妮娅的，在遥远的俄罗斯。少女时代的她，像白桦林里一只奔跑跳跃的小鹿。冬妮娅最终没有被炼成钢铁，成为保尔同志的战友，而成为"酸臭"的资本家太太。我不能忍受保尔在分手时对她的羞辱，"冬妮娅悲伤地凝望着闪耀的碧蓝的河流，两眼饱含着泪水"。我喜欢她身上有的"一种由歌谣、祈祷、诗篇和小说营造的贵族气"……

莫泊桑的《人生》是我在祁门阊江边的一个山村，就着如豆的煤油灯读完的。那时我已是一个师范生了，跟着一批"老三届"的同学在此"开门办学"。他们一般年长我十岁以上，这些人视我为娃娃。

村子有一个老宅子，住着一户特别的人家，家长是一对五十多岁的夫妇，听说两口子都是省城文化系统里挂了号的大右派，且是文化人，又没有乱说乱动的翻案行为，公社就把出"革命大批判"专栏的任务交给了他俩。于是，村中最引人注目的一面墙上，便时不时地可看到夫妻俩的"大作"联袂出现。也无非是把《人民日报》的社论抄几段、《安徽文艺》的"革命诗歌"录几首。贫下中农们没什么兴趣，于他们而言，最大的好处是偷偷地撕一块去做揩屁股的手纸。倒是我们这些人傍晚收工后无所事事，聚在这里评头论足。

我那时与H同学以文学爱好者自居，正酸得不行，便无所顾忌地慕名上门，遂成了他家的常客。二老对人生的坎坷与不公似乎已心静如水，在这偏僻的山乡简朴地过着波澜不惊的生活。见我们年纪不大，还能说说《三家巷》《青春之歌》、郭小川与贺敬之什么的，就以为我们是可堪造就之材。于是在那黝黑斑驳的老屋里，二老常常与我们慢条斯理地侃侃而谈。我们半是虔诚、半是受宠若惊地听着，心灵倒也有一种缓缓的开启感。莎士比亚、托尔斯泰、雨果、雪莱……就好像村里晴朗夜晚天空上的那些星星，那么遥远、那么闪烁。每每末了，他们总是说：坚持下去，坚持下去。我们也相信：如此这般了，恐怕是要成为文豪了，至少也会成为个作家、诗人吧。真是一个梦开始的地方。

一本书在同学中传转着，听说是从老屋里流出来的。在"封、资、修"各类禁书中，当属"资"字号的——法国作家莫泊桑的《一生》。好长时间到不了我的手上，用J老兄的话说，此书少儿不宜。我用阿Q的话反击之：和尚摸的，我就摸不的？何况敝人已年方16了。最后我还是得手了。其实，最让我怦然心动的已不是书中若干情爱的描写。而是女主人公约娜的悲惨命运，丈夫背叛、儿子沦落、家道衰微、晚年潦倒……

我是在村里小学对面的树林里读完这本书的。周围出奇静，没有风，初春的树梢翠绿笔直，树下的草地青葱可人。不远处就是闽江，盈满了桃花春水。我仰天而卧，看阳光透过密匝匝的树枝，缕缕点点地投射下来。先是一种温柔的、蚀人心骨的感伤弥漫全身，突然又很严肃地思考起诸如人生、爱情、生与死这样的问题。几十年后的今天该是怎样呢？我还会在这里呆兮兮地胡思乱想吗？是不是像书中女仆罗莎丽所言：人生从来不是意想中的那么好，也不是意想中的那么坏。

我眼前展现了一个新的天地，我往二老那里跑得更勤了。一聊起来就懒得出工，连到山上拔笋子的趣事都提不起兴致。二老告诉我莫泊桑还不是法国最好的作家，《一生》也不是他最好的作品。有机会可去读读雨果的《悲惨世界》，那才真正震撼人心呢。读懂了冉阿让，恐怕才理解了人性。

三

毕业后，我就在一所中学里"为人师表"，开始了误人子弟的生涯，那些学生也比我小不了几岁。一日，工宣队召集开会，布置紧急任务：在学生中收缴手抄本。措辞十分严厉，要从"两个阶级、两条路线斗争，培养革命事业接班人的高度"认识之。行动是迅速而有力的，不两日，我这里的战利品就装了两书包。这些没有作者的作品杂乱地抄在各色纸张上：练习本、公文纸、进出货单据的反面……一个完整的版本，多则十几万字，少则几万字。如《一只绣花鞋》《梅花党》《绿色尸体》《第二次握手》。大名鼎鼎的《少女的心》不在其中。此书很黄，用工宣队长的话说，看了就想当流氓、干坏事。

抄写的方式为"接龙"，一本由几人甚至十几人流水作业完成。字迹或老到，或稚嫩，或潦草，或工整。圆珠笔、钢笔都有。涉及爱情描写的，一般都抄得清清楚楚，看得出抄写者是用了心思。我正愁没书看，也是好奇心驱使，便私下截留了几本，不看白不看。况且批判"卖国主义"影片《清宫秘史》《武训传》时，不也组织大家去识别毒草嘛！几百人的电影院里，鸦雀无声，鬼知道每个人心里在想什么。时值隆冬，夜里常常拥被而读而不能寐，不觉东方既白。味道自然比《虹南作战史》《牛田洋》之类时新作品好多了。多少年后，才知与金圣叹所言心曲款通：在风雪之夜，闭上家门读禁书，是人生一大乐趣。接下来便是组织"革命大批判"，口诛笔伐，如火如荼。但"批深批臭"尚难，原因是相当多的学生不知手抄本内容如何。不久，便有经验从邻校传来：有老师在每天早自习半小时里，先读二十分钟手抄本内容，然后用十分钟进行批判。如此一来，原本稀稀拉拉的早自习天天满员，教室里肃静无声，走道上还站着不少旁听的。没几天，又听说那位老兄挨批了：他读得忘乎所以，下自习铃响了还欲罢不能，最后居然还来了句"欲知后事如何，且听下回分解"，找死！

四

与民间“手抄本”对应的则是官方的“灰皮书”了。可以这样说，一部足本的中国现代思想史，“灰皮书”及其影响定是不可缺失的章节。如果说，在那个晦暗的年代里，“手抄本”是看得心跳的“大众阅读”；“灰皮书”大概可算作读得深沉的“精英阅读”了。

灰皮书，貌如其名，很低调的。在它最后一页的下方，总印着一行小字：内部发行或者是供批判使用。20 世纪六七十年代，为“反帝反修”，官方翻译了一些西方和“苏东”的政治理论书籍及文艺作品。本来，这些书的购买、阅读都限在一个窄小的范围内。如托洛斯基的《被背叛了的革命》，不是省军级就甭想读到。“文革”使天下大乱，也使灰皮书的发行阅读也没了章法。有人不过是一个工厂的普通工人，居然凭一张用“小诡计”套来的省军级介绍信，就买到了四大摞灰皮书。尽管如此，能源源不断地读到灰皮书，还是有一种精神优越感的。我第一次读到灰皮书是在 20 世纪 70 年代初，美国女记者安娜·路易斯·斯特朗的《斯大林时代》。觉得这个斯大林与电影《列宁在十月》《列宁在 1918》中的那个不大一样。我从《切在玻利维亚的日记》以及其他几本有关格瓦拉的灰皮书中，感觉到外国的英雄似乎与中国的有点不一样。中国传统的英雄如龙似虎，切更像一只冷峻、孤独的鹰，掠过我的心灵。而他“我的双脚又一次触到罗西南特（唐吉诃德战马的名字）的肋骨，于是我扛起盾牌，重上战场”的诗句，更让我魂飞到了万里之遥的拉美林莽，久久地耽于激情燃烧的幻想之中。

夏伊勒著的三大本《第三帝国的兴亡·纳粹德国史》，在三天三夜里，使我处于一种极其亢奋的阅读状态。至今我还没有读到一本生动、翔实超出其上的史书。这本书精彩绝伦地记述了被希特勒称为“千秋帝国”而实际上只存在了 12 年零 8 个月的第三帝国从兴起到覆灭的全部过程。此书客观翔实地告诉读者，希特勒这样一个有着恶魔性格的狂人，是怎样从一个下等兵爬到了权力的顶峰，成为德国的独裁者；之后，又如何把德国人民乃至全世界引入了战争的深渊。为什么产生过康德、歌德、席勒、巴赫、贝多芬这些大师巨匠的伟大民族，会容忍、屈从在这样一个疯子与流氓的脚下？毋庸置疑，此书的精彩、可读，是威廉·夏伊勒的妙笔所致；然而，“史实本身比所有的小说、文学都精彩”；作者的史德、史识与良知则更让人肃然起敬。

以后，又陆续接触到几本文学方面的灰皮书，如《多雪的冬天》《落角》《普隆恰托夫经理的故事》。每本书前都有长长的批判前言，喋喋不休地告诉读者：从书中可以看到苏联是怎样卫星上天，红旗落地的。其中有一本写一个代表团到苏联访问，里面形形色色的人都有，包括前纳粹军官。一遭走下来，发现世界上第一个社会主义国家全变了：价值观念，社会生活，甚至还有卖淫的妓女。出版者的意图在于：我们该如何反修防修？而我读完后，面对书名《你到底要什么》，却陷入了深深的迷惘。

灰皮书的阅读使我结交了一批朋友。走动最勤的是J兄。18岁便是红卫兵的大头目了，命运多舛，“沦落”到师范与小他十余岁的我为同学。初次见面，他的一句话让我刮目相看：伟大领袖当年不也是师范生嘛！他很有才，谈锋犀利，深度广度让人着迷。冬天的夜晚，在他蜗居的小屋里，门窗紧闭，听任北风在外面呼啸。我与他小桌对坐，一锅辣椒炖狗肉，一碟油炸花生米，一瓶八角钱的山芋干酒；古今多少事，尽付酒话中。当然，基本是他说我听。有几本灰皮书做底子，好歹也能应对几句。常常聊至夜半，我踏着一地寒霜而归。可惜他1976年后未能走出徽州，时来天地皆同力，运去英雄不自由，这也是没有办法的事情。近年他研究《孙子兵法》很有成果；还写了一部关于朱升的长篇小说，获奖。我拜读，笑曰：老兄“帝师”情结重啊，你是把想做而未能做的事情都交付书中人物了。

偷读书

章玉政

父亲脾气倔，一肚子怪规矩，比如从小就不给我们看课外书，觉得都是闲书，看了也是白看。有时候他看到我们手里拿本闲书，恨不得一把夺过去撕了。

记得有一回，他看着我满柜子的课外书，叹了一口气："我这辈子就输在了书上。"

不知是少年意气，还是逆反心理，我却打小就迷上了各种课外书。父亲不给看，我就偷着买，偷着借，偷着读。

在农村上学，没什么书读，大凡听说谁家有课外书，都要想方设法套套近乎。那时候，港剧《射雕英雄传》刚被引进过来，红遍大街小巷，顺便带火了金庸的小说原著，可一套有好几本，我是买不起的。

隔壁家的二儿子却不知从哪弄来一套，馋得我连哈喇子都要流下来了。后来，还是靠每天帮他们家赶放养的山羊回家，争取到了一个从最后一本往前看的机会。就这样，《射雕英雄传》成了我这辈子百读不厌的书籍之一。

还记得那时候村里有个比我大几岁的男孩，母亲是个哑巴，讲话哇里哇啦，惹人害怕，每次经过她家门口，我都要一溜烟小跑过去，生怕撞见。

但有一次听说这个男孩家有不少课外书，踌躇了许久，还是硬着头皮上了门。在他家，我第一次看到了汪国真的诗集。书名已经不记得了，但对里面的许多诗还记忆犹新，比如"既然选择了远方，便只顾风雨兼程"，比如"没有比脚更长的路，没有比人更高的山”。

跟当时的很多同龄人一样，我曾经痴迷地在软面抄上抄下他的一首首诗，然后将它们背得滚瓜烂熟，动不动就在老师布置的作文里引用几句。这些诗句至今仍深深地影响着我。在后来的演讲或文章中，我也多次引用过这些句子。

这个男孩如今早已不知身在何处，但他家柜子里花花绿绿的各种课外书，却着实让我“饕餮”一阵子。

当然，一个贫寒之家的课外书，总是有限的，于是我急中生智又想了个辙，从开商店的爷爷家弄了个纸箱子，写上“润苗图书馆”几个字，将家里能够搜刮到的课外书全都装进去，带到学校。这下可把小伙伴们馋坏了。想看？可以！但有个“规矩”，必须拿自家的课外书来交换。

于是，“润苗图书馆”里的书越来越多，很快就装了满满一纸箱。这些书，成了小伙伴们课余难得的“精神零食”。印象中我们的小学语文老师还找我借过好几次书。同班同学里也颇出了几个小诗人、小才子，至今仍不时舞文弄墨。

中学几年的光阴大部分都耗在了读书、背书、考试上。即便如此，我还是在浩瀚无涯的学海里扒拉了一些课外书来读。高中所在的小镇上，有三家书店，是我每周必去的地方。记得家里有本珍藏的《红楼梦》，就是在其中一家店里买的。

说是书店，其实就是在售卖教辅之余，顺带卖几本课外书，种类少得可怜。只不过，这对于一个如饥似渴的乡村少年来说，已经足够了。

从四大名著到琼瑶金庸，从马克·吐温到列夫·托尔斯泰，趁着生物学课老师喜欢仰着头自我陶醉地讲课或者语文老师睁一只眼闭一只眼的空当，我将能买得起的书几乎都“扫荡”光了，有的还翻来覆去看了好几遍，并大言不惭地做了许多批注。

真正有条件、有时间读课外书，是上了大学之后。我所学的新闻专业那时还归中文系，系里四楼有个学生阅览室，藏了不少品相抱歉但种类繁多的专业参考书籍，估计是教师阅览室淘汰下来的。

显然，这是给予我们的莫大恩宠。阅览室有限制借阅数量的规定，幸好经常值班的就是我的同班同学，自是少不了跟他套好关系，每次借书都能享受“特例”。

借了这么多书，必定需要挤出大量的阅读时间。大学的课程虽说不紧，但也不至于轻松到可以漠视老师的课堂存在。好在我早已向前辈学长们讨教了经验，掌握了很多“考试秘籍”，于是斗胆在很多老师的课堂上看起了好不容易借来的闲书。

与高中老师不同的是，大学老师总是见多识广、宽宏大量，只要你不干扰别人，管你是在听课还是在写情书。于是乎，不到一年的工夫，我就把这个阅览室里几乎所有的书都读光了。

毫不夸张地说，这些书打开了我的另一个世界。过去在农村，看了不少的书，但多是常见的国内外名著或流行小说，仅限于文学范畴，且很难见到一些不被主流认可的名家的书，比如胡适的、沈从文的、王鲁彦的，等等。

当然，经典名家的著作是少不了的，如莎士比亚的全集，我就囫囵吞枣地找了来读。而更让我大开眼界的，是看到许多文学之外的书籍，比如历史类的、哲学类的、法律类的，甚至还有自然科学类的。

我就是在这里认识了我至今仍推崇不已的思想家李泽厚。那几年，不知道为什么李泽厚的书在市场上不给卖了，我便四处托人打听，结果打听到安徽一家出版社出过他的书。毛头小子，不知天高地厚，竟然按图索骥找到了出版社，找到了责任编辑，想买一套李泽厚的书。

或许是被眼前这个愣小子痴迷读书的精神感动了，这位编辑冒着违禁的风险，带我钻进黑乎乎的出版社仓库，在未打包封存的散书堆里，好不容易找齐一套《李泽厚十年集》。这套书，至今还收在我家的书房里。

古人说，人生快意之事，莫过于“雪夜闭门读禁书”，没有经历过的人，恐怕不能体会其中的刺激与快乐吧！

李泽厚被誉为“八十年代的思想库”，可惜吾辈其生也晚，等略懂世事的时候,已未能躬逢其盛。但于我而言,李泽厚让我明白了一个人一定要学会独立的思考,不说人云亦云的话。

有一阵子,他的那本《走我自己的路》,我几乎篇篇可背,很多语句张口就来,尤其喜欢他在这本书最后一篇里写道的那句话,“富贵非吾愿,声名不可期”,简直令人神往!

我后来将之与张学良的诗句“余生烽火后,唯一愿读书”集在一起,作为人生的座右铭,也算是对自我的一种勉勖与期许。

如今,已不再需要像少年时背着父亲、青年时背着老师那样偷着读书了。我也有了自己的书房和两万余册藏书,想读什么书,伸手就可取来。但过去的那些岁月,那些场景,却常常浮现在脑海里,恍如昨天。

有时候,看着家中满屋子的藏书,我就会想起父亲的那一声叹息。我至今仍不明白他为何说自己“输在了书上”,或许是没有将两个哥哥培养成大学生?

我承认,爱读书并没有给我带来惊人的富贵、莫大的声名,但如果没有这些书,或许我的人生会大大不同。

我想,如果父亲能够明白了这一点,内心或许总该还是略感欣慰的吧!

恨水老书房

王张应

恨水老书房，又名黄土书屋。那地方，我太熟悉了。可是，虽然我早就熟悉那地方，但原先我并不知道，那地方就是恨水老书房，或者叫作黄土书屋。

熟悉那地方，是因为那是我的家乡，当年的潜山县岭头乡黄岭村。后来，随着行政区划的调整，岭头乡没有了，但黄岭村依旧保留着。这个黄岭村，现在已是余井镇的黄岭村了。熟悉那地方，更因为那地方曾经有我的母校。我7岁开始，在坐落于黄岭大队黄岭生产队的黄岭小学读书。那时的黄岭小学，校舍原本是一座祠堂，人说是查家祠堂。就在学校的对门，有几户张姓人家，房子很老，在学校墙外的清水塘边。房子在北，池塘在南，房子的背后就是连绵起伏的大别山余脉了。

多年以后，我在潜山县城边漳法山上张恨水纪念馆里，看到了一幅照片，题为《黄土书屋》。我很惊喜。照片上，那座黄土泥墙的老房子，就是我早年上学时天天见到的，学校门前池塘北岸的张家老宅子了。再后来，我又在张恨水的自传体作品《写作生涯回忆录》里得到了印证，方才确信那地方真的就是恨水老书房，即所谓的黄土书屋了。

其实，那地方，只是张恨水的祖居地，并不是张恨水的出生地。张恨水出生在江西广信县，他的原名叫张心远。在一次给报社投稿时，他从南唐李后主《乌夜啼》词句"自是人生长恨水长东"中，截取了"恨水"二字作为笔名。后来,他的小说名声大噪,原名反被笔名所湮没。这个祖居地,在张恨水的《写作生涯回忆录》里被称作“原籍”。但从张恨水的回忆录上看,青少年时期的张恨水,至少有三段时间居住在“原籍”的老宅里。那些时日,张恨水就在那间后来所谓的恨水老书房里,或者叫黄土书屋的地方,一门心思读书和写作。

一次,是在张恨水十一岁半的时候,他从南昌回到了安徽潜山原籍,在乡村私塾里读书。张恨水曾在回忆录里说,他当时读书的环境很好,学堂是祠堂附设的圣庙。课堂上,张恨水半年内除了《礼记》,他把“五经”念完了。回到家里,钻进书房,张恨水便潜心于《三国演义》《海国春秋》《西厢记》《七国演义》,还有《左传》等名著的阅读上。

另外一次,是在张恨水十九二十岁之间,因为家贫废学,退居安徽潜山原籍。张恨水在回忆录里说过,年少的人,总是醉心于物质文明的。那时让他住在那个依山靠水的乡下祖居老宅里,日与农夫为伍,他十分牢骚。于是,“终日疯疯癫癫作些歪诗。作诗之外,作笔记作小说”。

还有一次,是在张恨水 21 岁的冬季,在他离开家乡外出流浪了将近 1 年后,重又回到了家乡。当时,乡党认为他是个不可教的青年,他伤心极了,“终日坐在一间黄泥砖墙的书房里,只是看书作稿”。他在回忆录里说:“我的木格窗外,有一株极大的桂花树,终年是青的,树下便是一院青苔,绝无人到,因此增长了我的不少文思。”那段时间,就在这间黄土书屋里,张恨水写了好几部小说,有《青衫泪》《紫玉成烟》《未婚妻》,还有一篇笔记叫作《桂窗零草》。此外的工夫,他都消磨在作近体诗里。

24 岁时,张恨水真的离开了家乡黄岭,沿着长江顺流而下到了芜湖,当上了《皖江报》的总编辑。由此,开始了他漫长的报人生涯,步步走向他的人生之辉煌,以至被当时的读者称为“民国第一写手”“中国的大仲马”。

我最近一次回到家乡黄岭村时,专门去了一趟当年的黄岭生产队,现在应该叫作黄岭村民组了。在黄岭村民组,我看到的是一派美好乡村的景象。一条水泥马路,作为村村通公路,从 105 国道上分支出来,修到了黄岭村民组的村口。当年的小学校和满街的老宅子都不见了，满眼是两层三层的小楼，很漂亮的白墙红顶。在楼房与楼房之间，我终于找到了一幢土墙灰瓦的平房。相对于周围的楼房，这幢瓦屋显得低矮而古朴。有村民告诉我，它就是修缮后的恨水老书房了。我左看右看，信，又不信。因为，信和不信，都没有依据了。

在村口的水泥马路边，两桩物件吸引了我的眼球。一桩是一块淡红色的花岗岩原石，石头上雕刻着“张恨水故乡”五个行书大字。另一桩是一块高大的广告牌，专门介绍了张恨水的生平事迹。上面写道，张恨水一生写了一百多部中长篇小说，共计 3000 多万字，加上其他文体，张恨水一生著述 4000 余万字。

至此，我才明白，当年这位著作等身的小说大家，他的文学创作，竟然就起步于我少年时代曾经熟视无睹的那幢老宅子。张恨水，其实就是从这间黄土书屋里走出去的一位誉满民国的大作家。

2015 年 10 月 30 日写于合肥

我的书房

许 辉

淮北佬斋是我的书房名，这个书房是两个半房间打通形成的，面积约50平方米，还专门请鲁彦周先生题了斋名。最初搬进来时，我女儿的同学到家里来，看到我的书房，就告诉许尔茜说：你家那哪是书房，那是舞厅。2000年时还流行唱歌跳舞，纪念大学毕业20周年，我的同学来了，都在书房里唱歌跳舞呢。不过现在大书房多了，我的这个书房就显得很小了。

起名"淮北佬斋"，是因为我对淮北感情深厚，我在沿淮淮北出生、长大、插队、工作，淮河流域的地理和文化基因，已经深深地植入了我的血液和内心。淮北佬斋又名"五闲阁"。所言"五闲"，即"有一些闲暇，有一些闲钱，有一些闲趣，有一些闲友，有一个闲人"之谓也。中国传统的知识分子，既追求事业功名，也向往闲情雅趣。我受到这种思想的影响，觉得事业之外，还是要深谙并享受宽厚的文化、休闲乐趣才好，唯有如此，人生才会丰富多彩、山水迭现，高潮不尽！

从20世纪90年代开始，我对给自己的书房起名十分热心，只要有机会，就要试上一试。最早我们住在合肥烟草大厦后面，那时候30多岁，朋友多，应酬广，喜欢玩，天天在外面打牌打麻将，成天不在家，常常几天几夜不回家，和女儿有时候许多天见不到面，我半夜回来，她在睡觉，她早晨醒了上学去了，我在睡觉。所谓玩物丧志，自己心里清楚得很，于是给自己的书房起名叫"荒废园"，其实就是警醒自己，但不下决心，效果就会有限，该怎么玩，还怎么玩，甚至变本加厉。

不过，我大致属于态度暧昧、意志坚强一类的人，有自持力和承担力，如果自己决定不做某事，自己就一定不会去做，不需要外力的强制。比如打牌，后来决定不再打牌，要把时间和精力资源都用在读书写作上，就真的不打了，10多年来，饭前饭后可以凑个热闹，正儿八经地打牌，再也没有参与过。还有抽烟，我从上中学时就学着抽烟，那是“文革”时期，不正规上学，也没有人管，到处玩，到处野，经常偷父亲的烟，跑出去和小伙伴们喷云吐雾；在农村插队时也抽，抽那种9分钱一包的丰收牌香烟，后来是两角八分的胜利牌香烟；工作后继续抽，那时候人们办事，都会先敬烟，再办事，所以办公桌上总会有一堆一堆的散烟，七抽八抽的，断不了；1999年秋天父亲生病住院，医院里不准抽烟，半个月后父亲去世，我心里悲痛，但又不会在表面上过多地表现出来，可又要有一个有形的表现形式表达内心的悲痛，于是就决定不再抽烟了；从那以后，果然就一支不抽了，别人吸烟我并不反感、反对，但我也不会受到诱惑想去重拾烟趣，别人吸多少我都会无动于衷。

10多年前我在北京西城区阜城门二环附近有了一个小书房，我给它起名“肆零书屋”，这是因为我那时总是发现有40这样的数字在我面前晃悠，北京西城区的海拔是40米左右，北京市的纬度大约是北纬40度，北京天安门广场的面积40多万平方米，我的书房又位于4楼，还有一种内在的意思是：我其实是一无所有的，永远都要从头开始，要有这么一种平和的心态和心境。

前些年我在巢湖岸边有了一个小书房，那时候正在反复细读老子和《道德经》，于是就为之名“善水轩”，这意思不言自明，就是要像老子所推介的，以水为榜样和楷模，要像水那样居下、包容、宽广、利他、利己、守静。斋名别号，是中国传统士人文化极有特色的组成部分，其实，给书房命名只是表达自己的一种心境和价值取向，但多无妨，不一定非得归属实体，或要求实至名归。

好一个杂字了得

赵 昂

拥有独立幽静的书房,是每个读书人的梦想。

余生也晚。1982 年参加工作时四个人挤一间宿舍,与当学生时无异,急用的书堆码到床头,杂七杂八的则委身床下。结婚时分到十来平米一单间,日常家具之外勉强容得下一节书橱存身。熬到了两居室时已生了孩子,添加的几组书橱只好与儿子的卧室半分天下。

今年春节前,鸟枪换炮,屁颠颠搬进了一套四居室的复式,实现了“楼上楼下电灯电话”的原始共产主义构想。我特意挑了一间面积最大、位置最佳的做了书房。书房,童养媳般委屈隐忍的书房,终于扬眉吐气有了自己的地位和名分。待到七手八脚将几千册书籍悉数装进十几组气宇轩昂的书橱,喘息之余环顾四壁,又感到缺欠点什么。

人呵,十足的不知餍足的动物,物质的、精神的,该有的都有了,夫复何求?

书呆子的可笑与可爱就在于有事无事自寻烦恼——有了书斋,但无斋名,有其实而无其名也。无名之辈偏爱东施效颦,奈何?

要命。这俗人若是动了附庸风雅的念头,翻来覆去折腾自己不说,还会牵着荷叶满堂转连累别人。我也不例外。

我是“三年自然灾害”之后落生的,幼年失怙,家境贫寒,说小时候过着饥寒交迫的日子,一点也不煽情。那个年代,江淮丘陵灾害频仍,偏僻乡村地瘦人稠,缺吃少穿似乎顺理成章。虽没潦倒到吃百家饭穿百家衣的地步,也真的是靠五谷杂粮勉强度日,时不时还得倚靠亲戚乡邻出手接济。按说人落到这步田地,生存是第一位的,读书就成了奢侈免谈的事。难能可贵的是,文盲的祖母和母亲坚持把我送进校门接受教育。那时候,农村的孩子除了课本之外,几无课外书可读。不过,家家户户供有《毛泽东选集》一至五卷倒可以随手翻阅,偶尔也能从教师子弟手中借几册《铁道游击队》之类的小人书过过眼瘾。说句不怕别人寒碜的话,直到1980年我才第一次接触到《红楼梦》,如饥似渴借读了两册就投入了高考,高考后一时没了下文。后来有机会参加高等教育自学考试,特意选修了安徽师范大学的"红楼梦研究"课程,囿于"先入为主",《红楼梦》后半部分的人和事相对模糊了许多,留下了不大不小的遗憾。若要我给自己的形象和性格来定位,描画出来的大体是半个农民加半个书生。说半个农民有点作秀,说半个书生也有些牵强,但内心里切切实实存储着不舍的土地情结和疏淡的人文情怀,在言行举止上留存着未完全社会化(或者说城市化)的农家本色和不随流俗的毛驴脾气。中专毕业后就混进公安队伍里,虽勤勉有加,不敢懈怠,始终做一个案牍劳形的文字匠,整日里上蹿(传)下跳(达)、打小报告做夹子(文件),从未有过惊天动地的壮举和值得称颂的懿行。也许是经历了城乡之间的跨越和往返,亲历了改革开放潮流的起伏,目睹了社会上层下层之间的反差和尚待矫治的种种不公,数十年来保持着对积贫积弱的忧愤和社会现实的反思,书生意气不改,业余爬格子不辍。怎奈心性浮泛,才智平平,大雅久不作,鸿篇巨制阙如,捣鼓的多是上不了台面的杂拌儿。

四十而不惑。检点深深浅浅歪歪斜斜的脚印,我这四十几年可以用四句话十二个字来概括:吃杂粮,读杂书,做杂事,写杂文。鼠年春季的某一日,我与漫画家吕士民先生等在席间叙谈至此,一向沉默寡言的黄从慎先生一旁插话:何不以"四杂堂"给书斋命名?正为此事犯愁的我豁然开朗,起身举杯赞叹:真乃"绝妙好词"!然而酒冷人散,转念一想:"四杂堂"不赖,但偏于写实,再说,那"四"字也不甚吉利。于是,又进入新一轮的苦思冥想……

五一节期间，经漫画家程新德引荐，有幸请到著名书法家王家琰先生捉刀为书斋题名。吃杂粮，读杂书，做杂事，写杂文，戒杂念。赵昂先生以五杂堂命名书斋，真人生体悟也，余高兴书之。遒劲端庄的“五杂堂”三个大字下面，两行灵动飞舞的行书，抒发了书法家的节操性情，也道出了五杂堂主的内在心声。一件尺幅不大的书法作品，错杂分布大小不一形态各异七个“杂”字，不啻给书法家出了道难题。家琰先生思忖良久，饱蘸浓墨，一气呵成。书毕，掷笔砚边，汗流浃背，连呼过瘾——我说附庸风雅害人，此为一实证。这还不算完。好马得配好鞍不是？这等好字，简单装裱上墙未免流于庸常，于是又四下里去找店家雕刻。偌大一个省会城市，一时竟然没找到合意的木料和合格的手工雕刻师。困窘之际，池州作家汪芳俊闻讯及时伸出援手，从皖南石台深山里觅得一块香樟木，并延请陈清超先生操刀雕刻，上漆镀金，精工制作。辗转往返，历时月余，于夏至前方大功告成。这匾额，栗底金字，夺目耀眼；檀香四溢，沁人心脾。形制神采，甚合我意。

家琰先生曰：“五杂”之谓，难在戒杂念；七戒八戒，妙在此戒。

金玉良言，一语道破，我深以为是。吃杂粮现已成了社会中上层的餐桌时尚，读杂书本身无高下雅俗之分别，做杂事已属社会分工细密下不错的职业选择，写杂文不再是愤青嬉皮们独享的专利。酸甜苦辣咸，五味杂陈；喜怒哀惧爱恶欲，七情六欲。杂，已成为当下社会的特征和表征；杂念，合理和不合理的鱼龙混杂，层出不穷，呈现出喷发式释放。在物质丰富欲望横流消费主义快餐文化盛行的背景下，拥有书斋且能坐进书斋，面壁破壁，澡洗心灵，戒除杂念，克己复礼，求真向善，既是物质时代芸芸众生面临的公共选择，更是灵魂工程师们不可逃避的必修课吧？

路漫漫，难免杂念丛生伴一生；意迟迟，须知杂念难戒更当戒。“五杂堂”上墙之日，仿佛达摩克利斯之剑高悬书桌上方，心有所念所系且有所悟，遂草成此文以记之，聊堪自慰自勉也。

藏书成癖

莫幼群

我没有什么藏书，但正如梁启超先生在谈到自己学问时所说“启超没有什么学问——可是也有一点喽”，我也算是有一点书的。三四千册吧，摆了十多个书架。这样的数量，显然属于“轻重量级”，与藏书家的标准相距甚远。长大后才知道许多事情干不了，藏书梦正是其中之一，它和年少时买来的书一样，早已静静地落满了灰尘。

真正的藏书家还有许多讲究，比如书签、藏书印、藏书票等等，一样也不能马虎。我在画报上看到过一些名家的这类“装备”，端的是精美。我上高中时自己刻过一方藏书印，上刻“莫君藏书”，委实有一点“天下好书，尽入吾彀中”的气魄，但现在也不知扔到哪里去了。至于书签，我倒发现可以用品牌服装的小吊牌取代，有的一件衣服吊着好几张纸牌牌，纸质很厚颜色也鲜艳，用来做书签最相宜。只是这样做似乎有点俗，会让老派的藏书家嗤笑的。

当然，我之所以不是藏书家，不在于数量，也不在于装备，而是我对于书的用法与真正的藏书精神完全不靠谱。30 岁之前，我的书是用来读的；30 岁之后，我的书基本上是用来查的。还有，我看书和查书，主要是为了写点小文章换点稿费，这就越发显得庸俗。打个比方，如果集邮的人用邮票来寄信，收藏打火机的人用藏品来点烟，那成何体统？

藏书家视“藏”为第一目的，甚至是排斥其他所有实用目的的唯一目的。

比如,有个老外拥有150卷关于贝多芬的书,然而十分讨厌音乐;还有个老外收藏了《古兰经》的许多古老版本,对阿拉伯文却大字不识一个。藏而不读,最登峰造极的例子当数宁波天一阁的范氏子孙,把万千藏书当菩萨似的供着,隔得远远地拜着,好像生怕沾染了一点“人气”。其实我觉得,这样的人家已经算不得“书香之家”,而只能算“书箱之家”。因为真正的书香,是人在对于书籍的细心摩挲、潜心阅读中散发出来的,是在人与书的亲密互动中散发出来的。

然而,不疯魔,不成活;不成癖,不谓藏。藏书费钱、费脑、费时、费地方,整个一耗费巨大的无底洞工程——凡能干成世人觉得不可思议之事者,性格中肯定有一种着魔的成分。精神病学家指出,藏书癖虽然还够不上精神病,但是与精神病的一些范畴有关,至少算是严重的强迫症患者吧。比如,有的非线装书不藏,有的非精装书不藏,有的非品相完美的书不藏,有的藏书概不外借——自家爹妈来借都不行……这些都属于大是大非的原则性问题。此外,还有许多琐碎的技术性问题需要仔细对待,它们往往更让人伤神,也更使人显得忸怩作态。美国作家亨利·彼得洛斯基《书架的故事》中提到一位矫情的收藏家,这位收藏家是位投资分析家,“对于喜欢的书他至少买两本。这样只有一本书面临着书页被翻的压力”。平时的清规戒律更是多得吓人,比如,他总是“让他夫人直到日落才升起遮帘,以防书褪色”。我想,那些同样爱书成癖的读者看到这里,是会发出会心一笑的。

在强烈的藏书癖的驱使下,藏书者往往不仅要与金钱做斗争,还要和女人做斗争——有时候这两者倒也是一回事。在国外,许多女士在她们的丈夫死去之后,最迫切的事情就是把他们的藏书卖掉,尽量把“过去的损失”夺回来。甚至有的女士根本等不到那一天,要在第一时间“纠错”:在法国里昂,一名男子被妻子拖进书店,只听妻子冷冷地向书店老板宣布:“我的丈夫来把他昨天用20000多法郎买的一本书还给您。”真是一点面子都不给。

关于藏书的一个最富传奇色彩的故事是这样的:19世纪的一位英国阔佬拥有一本极为罕见的小书,他突然听说在巴黎好像也有一本类似的书,就把他的钱包塞得鼓鼓的，漂洋过海来到他的对手的家里。在支付了一笔可观的费用后，阔佬拿到了那本小书，却迅即把它扔进了熊熊燃烧的壁炉里，让对手看了瞠目结舌——书本遇到这样的极端藏书家，是幸还是不幸？

读书的美好

吴 玲

在我生活的城市，可以自诩为读书人而又实至名归的大有人在，他们学富五车才高八斗，让寻常智商与情商的人不敢望其项背也。有的我识其人读其书，有的我未知其人但读其书，凡见人见文皆若微雨解酲，清露润甲。笔者是不敢自诩为读书人的，但并不妨碍浮生年华乐此不疲地做一些与书相关联的事：买书、读书，经不住好友蛊惑，兴致一来再凑个热闹，咱也出本书吧。

这一年的大好时光，大抵就是这样度过的。

新近购得上海辞书出版社印制的《开卷书坊》若干本，棕褐精装 32 小开，雅致精美。其中有周立民的《文人》、毛乐耕的《书缘深深深几许》、沈津的《书林物语》、彭国梁的《书虫日记》、韦泱的《旧书的底蕴》等，灯下展读，如微飔轻扬风吹渡口，怡然忘却时间在书页掀动之间的冉冉流逝。

钟叔河先生在《左右左》里收录一篇名叫《爱书爱到死》的文章，说一个姓萧的故友，常常为了淘得自己钟爱的书，一连几小时站在旧书店里，实在支持不住，竟趴在地上继续挑选。

此翁一生爱书——读书，编书，藏书，写书，出书，简直到了与书性命相依、生死与共的程度。

钟老先生说："六七十岁的人了，做一个这样的'书淫'，总比做老花心、老风流、老婚外恋好。"窃以为这是对故友最深切最朴素的褒奖。爱书爱到死，死在书香间，对于一介书痴来说，未曾不是一件幸福的事情。

《开卷书坊》到来之前，我恰有一些闲日，于是从书柜里抽出古人谈花论酒品茶赏美的《瓶史》《声容》《觞政》和《茶经》的合集，总书名为《怡情四书》。张潮曰："读经宜冬，其神专也。"书已半旧，20世纪末湖北辞书出版社出版，因了岁月的尘封，如今墨香不再，书的边缘有些薄脆、泛黄。那时胸有块垒，喧哗与躁动都渗透到血液里的每一个细胞，哪里能够静下心来读书？草草一目十行丢在一边，今日捧读，已时隔经年，但却是这样贴近内心的愿望。或许红尘中摸爬滚打心力交瘁之后，才会如大梦方觉。俯首当下，物质生活的极大丰富，人们的生活情趣并没有变得更加高雅，反而更多地趋于枯淡和平庸。与古人相比，生活中的那份飘逸洒脱、那份闲适雅趣、那份浪漫才情、那份直性率真，离现代人似乎越来越远了。而纵观此类经典，几百年前的古人能够不受虚名浮利的束缚，深谙生活的情趣，以琴棋书画、草木山水、清泉佳酿陶冶性情，追求生活的品质，尽情享受艺术的生活，这不啻是对今人的当头棒喝。

暑期天气炎热，没有大食欲，就以胡竹峰的《旧味》和《衣饭书》草草果腹，倒也不亦快哉。台湾徐国能的文字忧伤唯美，若玲珑水晶光华四射，薄薄的《绿樱桃》和《煮字为药》让人不知不觉和作者一起经历风尘往事残阳夕照，那些蘸着露珠的清寂文字"有如爱上一棵孤立的昏黄松树，松音随风细细灌耳，却是雷霆万钧"，焦桐说徐国能青春的外表里藏着苍老的灵魂。很遗憾更被推崇的徐国能的回忆文集《第九味》，网络书店只有台湾版，嫌它读来费劲，期待大陆出版社慧眼识珠早日发行，以飨读者。当然漫长的夏季蝉鸣啁啾中回味阅读废名、周作人、丰子恺、梁实秋的作品，再次感受旧时代文人笔下的书香百味，若凉夜如水清风徐来，暑气悄然不觉。

由沈昌文总策划、孙甘露、陈子善等主编的《海豚书馆》丛书已陆续出版海内外著名作家近百种，其中有原创文学、文艺拾遗、翻译小品等，读过周士心的《我与大千居士》和陈尚君的《唐女诗人甄辩》等册，不过五六万字，纸轻，装帧讲究，携带又极其方便，书做成这样，一看就勾起人阅读的愿望。讲述的都是些过往的人事,语言又都平直干练,犹如温暖的炉边絮语。一场无聊的报告一字不能入耳,那散发幽幽墨香的小书已然从头阅读至结束。

2014年,身边的朋友陆续出了很多本书,其中就有本人参与的《合肥姐妹》丛书七种,《以书的名义聚会》四种,文朋佳友赠送的诗文集《枫香驿》《一钩新月天如水》《白马集》《天上青藏》《英伦一杯下午茶》《一朵故乡的野花》等,灯下闲读,随便翻开哪一部书,那些温暖的过往,牵动人心的人和事,便一一在字里行间浮现了。

深秋记得家里多了一摞董桥、王鼎钧、高尔泰的文集,董桥作品早已陆续买过读过,但是眼前广西师范大学出版的应是目前董桥先生作品最完全最精致的版本,窃以为喜欢董桥的人此套书值得收藏。王鼎钧先生今年出版多部著作,其散文集《碎琉璃》亦是叙述故乡的人和事,带有浓郁的自传色彩。作者希望自己写出的作品能够"历历呈现,滔滔流逝,无沾无碍,似悲似喜",诸君,不妨一试。而高尔泰先生的《寻找家园》与《碎琉璃》内容上实有很多异曲同工之处,作为美学家哲学家艺术家的高尔泰,曲折艰辛的人生履历,令人窒息的往事,让他比常人更多一种敏感以及千帆过尽之后的从容和淡泊。那些很深很深的伤痛,作者叙述起来也是温婉清冽,峻洁练达。半卷读罢已然有"小舟从此逝,江海寄余生"或者"曲终人不见,江上数峰青"的感觉,蹉跎了的是美好年华,依然漂泊的是没有归家的灵魂。

此际又是一年将尽时,窗外的雪正在簌簌落着,天地一片素洁,想起古人有"凿壁偷光""囊萤映雪"此类关于读书的感人故事,盘点一年的时光,真是买书如山倒看书如抽丝。培根有名言:"读书足以怡情,足以傅彩,足以长才。其怡情也,最见于独处幽居之时;其傅彩也,最见于高谈阔论之中;其长才也,最见于处世判事之际。"吾等一介平凡女子,不要什么傅彩,长才,只期望能够衣食无忧,于闲暇,可以捧一本喜欢的书,若果可以,再有一茶一曲,在古典的流水里,相忘于江湖。

插科打诨野狐禅

李学军

所谓野狐禅,《辞海》的解释是:佛教内对一些非真正坐禅办道而妄称开悟者的称呼。但是,赵焰先生却将其新近出版的文化随笔集名之为《野狐禅》。

在这部新著的自序中,赵焰调侃曰:"人生就是鬼扯淡,活着偏爱野狐禅。"全书共收录其近年新作56篇,分《胡言乱语》《花言巧语》《闲言碎语》《陈言旧语》和《皖言徽语》五辑。实际上,其中多为箴言妙语。

书中所选文章大都不长,2000字左右。或漫谈历史旧事,或畅论读书见解。无论是以史据还原真实,还是以推理诠释疑虑,抑或以常识纠正偏见,时有火花迸发,频现精彩之笔。如果用一句流行语来评价,全书"无尿点"。

有些历史故事,往往经不住深究与推敲。有的因戏说而面目全非,有的因移花接木而虚实难辨,还有的则因空穴来风而以讹传讹。电影《知音》以及相关题材的电视剧让更多的人知道了蔡锷与小凤仙之间凄美动人的爱情故事。然而,事实并非如此,经史家考证,这段风流韵事纯属子虚乌有。赵焰在《小凤仙何以青史留名》一文中,以此为由头梳理了这段"传奇"的来龙去脉,分析了晚清与民国时期包括"蔡锷与小凤仙""赛金花与瓦德西""袁世凯与五姨太"等类似"八卦"形成的原因。

那些"一代名妓"因捕风捉影而名载史册,虽说是被"娱乐",而对于普通百姓,又何尝不是被"愚弄"、被"蒙骗"呢?赵焰认为:"那个时代的社会,在政治找不到方向的情景下，变得向‘娱乐化’方向走。”

史有正野之分。所谓正史，只不过属于官方版本，权威性较强。而所谓野史，或为私家编撰，或是民间流传。至于史实成分，则需要剥茧抽丝，去伪存真。历史学家李学勤认为：“不是说正史就一定好，别史、杂史、小史就一定差。”其实，有的“正史”也是杜撰编造而成，甚至荒诞不经。远的不说，比如亩产万斤粮食的“放卫星”，刘文彩的“收租院”，如此等等，好在都已水落石出，真相大白。不过，其中的教训和启示恐怕不是用简单的几句话就可以概括的。

赵焰打小练过武术，算是武林中人了，其师父为“大师”级人物。然而，他不仅身手敏捷，能从那些招式中跳得出来，而且眼光独到，看清了武术的“真面目”，其过人功夫令人佩服。《武术等于舞术》一文，文字诙谐，读来忍俊不禁，开怀之余，发人深思。作者通过回顾儿时打架时，运用那些招式套路竟然难以抵挡乱拳挥舞，即便是自幼习武的师父也敌不过来自蛮力的夹击，从而顿悟：武术原来就是用于表演的“舞术”。更为深刻的是，作者从某些表象特征里发掘出其内在文化层面固有的缺陷，比如重名轻实、花拳绣腿、表里不一、拉帮结派等等，虽然都是一些看似比较高深的问题，可是在赵焰的笔下，深入浅出，妙语连珠，意趣横生。倘若不是害怕受到武林人士的教训，兴许他还会说得更损更到位。

世人时常被一些具有神秘色彩的外衣所迷惑，以致轻信盲从。比如，“把吃出来的病吃回去”，因为打着“养生”的幌子，深受追捧，生吞茄子，生吃泥鳅，结果是没病找病。我们的社会中，总是围观的多，人云亦云者众，而刨根问底、敢于较真的人却少之又少。不识真面目，可能不仅仅是因为身在此山中，更关键的问题出在思维模式，是由于整个社会缺少独立思考精神，而这恰恰需要一批具有良知和责任担当意识的公知们有所作为。

《野狐禅》内容丰富，话题广泛。诸如，家谱如何成了“不靠谱”，张爱玲怎样写的“杀猪”，欧阳修何以身陷“绯闻案”，还有关于鲁迅“周氏兄弟失和公案”，等等，从“正史”到“野史”，从“信史”“疑史”到“释史”，有的看似信手拈来，却是厚积薄发；有的看似灵机一现，实属深思熟虑。随兴所至，收放自如。

对于赵焰的苦读、健笔勤耕及其学识的深厚，业内外众所周知。在处理繁杂的办报任务之余，近年来他著述颇丰。除了《徽州三部曲》《晚清三部曲》具有广泛影响，其长篇小说《无常》、电影随笔集等也深受读者欢迎。对于他过人的才华和旺盛的精力，我等难以望其项背，只有翘首仰慕、甘做铁杆粉丝之份儿。用赵焰自己的话说，他是把别人喝酒、唱歌、打牌、干坏事的时间都拿来写作了。说得有些轻松，做到真不容易。

相对于赵焰徽州文化、晚清历史方面的“正禅”著作，其新著《野狐禅》显得有些另类，颇有些插科打诨的意味。轻松幽默中显灵性，意味深长处见功力，标新立异处展才情。随意谈笑之间，不言自明，顺理成章；偶感意外之时，一经点拨，心领神会。文中真知灼见，如当头棒喝，令人开窍。就像关于野狐禅的故事一样，所谓“不落因果”与“不昧因果”看似一字之误，实为一念之差。所谓“一念觉即彼岸，一念迷即此岸”，人生迷悟，其实就在转念之间。

前些年，赵焰出版过一本《男人四十就变鬼》，惹得一帮弟兄笑称“忍看朋辈成新鬼”。如今，年近知天命、进入“老男人”序列的赵焰已是化蛹成蝶、修炼成“精”了，一个洞明世事却内心澄净、看穿人心又圆融睿智的“狐狸精”。

多识草木心

——读《草木皆喜》有感

张 扬

近些年,收纳不少文友馈赠的佳作,也留下文债若干。有的是需要写一写、说一说的。说得不痛不痒,说得自己嫌恨,也是没有办法。

但几次言及《草木皆喜》,都是我积极而为的。不是被动,不是胡吹乱侃。亦师亦友莫幼群先生的《草木皆喜》,编排平平,但瑕不掩玉,我看着欢喜。这缘于骨子里有田园情结,熟悉农耕乡味。打小脚踩土地,自然熟悉一些草木。而且,《草木皆喜》让人意识到不读点书是多么的粗鄙。即使再常见的草木,一经文人的点化,立即不同凡响。暗夜里,读着书中充满情趣的、深刻的语句,感觉就像萤火虫在身边一闪一闪。这里顺手摘一两句:

“一种树是有一种情调的。比如,看到柳树,你会生发一种孩童般的欢愉;看到桂花树,你会想着去过一种甜俗的生活;看到槐树,你则想着住进遗老遗少的古雅四合院里……”

“乌桕是一种极为女性化的树,每一个细节都充满了魅力。它的叶子是心形的,轻灵的,翠绿的,像披散的秀发。”

在我的老家,曾有许多乌桕树,池塘边就有三棵长在一起,郁郁的感觉,树下一旦落有白色的果子,白色的鸟屎就满地。乌桕是一种乡土树。鲁迅在文章里提及过。乌桕也是一种乡愁符号,我和曾经的小伙伴,在少年不识愁滋味时,却深深地嵌入了这种乡愁。

老家有一种野芹菜,生在水沟里,一簇一簇的,气味独特,炒肉丝比较好吃，听说这还是一味草药，可以发汗，跟麻黄差不多，用它炒鸡蛋，吃了可以清火。有一年，我牙疼如火烧，我的祖母，颠着小脚，在田畴里找了一把幼小的田螺，捶碎，然后拌上切碎的野芹菜，敷在我的脸上，说是能降火。

每年，三月的风轻轻吹过，旮旮旯旯里的花草野菜便迎风而生，荠菜更是疯长，分外地鲜嫩水灵。我现在住的小区空地上，老老少少挖得起劲，然后拎着一袋一袋的荠菜芽儿回去下面条或者包饺子吃。“小着盐醯滋美味，微加姜桂发精神。风炉饮钵穷家话，妙绝何曾肯受人。”陆游很爱吃荠菜，善于吃的人，是有着善于发现的眼光的，对身边的美对万物的美都有可能发现。荠菜有着平民化色彩。但若深锁宫中，则是另一番滋味。

陆游在春天里还写道：

“红酥手，黄縢酒，满城春色宫墙柳。”

——不看后面的词，这几句多有色彩感，而且是暖色调的。

常常不自觉地，单单念出杜甫的“城春草木深”这一句。写的是长安，但我没有到过今天的西安，听朋友说灰尘蛮重的。两年前，我在成都杜甫草堂里，慢慢地逛，慢慢地看景的时候，觉得这一句多么贴合这里。

像小儿背书一样，再次温习一遍老杜的名篇：

好雨知时节，当春乃发生。随风潜入夜，润物细无声。

野径云俱黑，江船火独明。晓看红湿处，花重锦官城。

好的诗，是心灵之句，是万象之凝结。现在还有多少令人诗情勃发的地方呢？

城市像乡村，乡村像城市——去年，在欧洲，边走边叹。一丝一毫的诗情，都是需要物象寄托的，也需要养分来供给的。身居急管繁弦之城，年年不知春的乡野气息春的温良亲切。

记忆中的田园生活，有田畴、河流、山冈，到了春天，绿波沃野，那时喜欢到附近的地方，挖些花草，种在房前屋后，形成花木扶疏的样子。小时候最大的乐趣，就是在草木中穿来穿去，看一株一株的草、一束束的花，满眼鲜灵。那些花儿，有月季，有金银花、鸡冠花、栀子花、牵牛花、美人蕉，有太阳花，还有许多我不知名字的花。那些草木中，有拉拉藤、牛膝、马鞭草、车前子，也有我从发小家的草药园中移栽的可以止血的草药。树也多，除了松树林，河岸塘边有杨树、桦树、柳树、槐树、榆树、檀树、枫树、樟树、杉树、桃树、梨树、杏树、枣树、柿子树、板栗树、桂花树，还有红椿、泡桐、合欢、女贞等。村南头，池塘边一棵老粗的橡栗树，弯腰，如盖，可惜，后来被锯掉了。被砍掉的，又何止这一棵老栗树！那些高耸入云，飞鸟翔集，顽童噌噌爬过的大树，都慢慢消失了。村北头，有一棵一百多年的枫树，来村里打铁的铁匠，黑黑的脸膛，黑黑的胸膛，他敞开上身，在树底下架上火炉，呼哧呼哧地拉着风箱，和徒弟一起，叮当、叮当，一下一下地捶打着通红的钢片；中午时分，他们在火炉上吊个锅子，煮着饭，黑铁锅，白米饭，就着咸菜，扒拉着那样喷香。我那时小，站在一旁，喉咙里一再蠕动着口水。

接地气的一些事情，离我越来越远。不免遐想那些摇曳在《诗经》《楚辞》里的草本植物。我的同事钱红丽喜欢看《本草纲目》，还写了一部《诗经别意》，有着很好的体认和解读，令我对古文字里的草木、器具也好奇起来。关于植物方面的知识，我自觉匮乏得惊人。

作家莫幼群在《草木皆喜》里所写：在绝大多数人看来，树是为人遮阴的，花是愉悦眼睛的，没有多少人会想到用另一种更体贴的方式去亲近它们，比如问一问姓名，耐心地去观察观察。

人常言，禽兽不如。似可添一句：草木不如。我极讨厌这一句比拟：人非草木，孰能无情。草木无情吗？

“感时花溅泪”，可怜涧边幽草，可乐凌霄之花，多识草木，多亲草木，胜过寻觅海底的针。

看看，想想。翻阅《草木皆喜》这本书，很有感触。读书给人启示，它总是提醒我们还有许多平常忽略的东西——譬如身边的草木；读书还给人以智慧，一个人读书多了，内心里会有着一个大世界。

从那本《蒲桥集》开始

市　桐

一

我读汪曾祺的第一本书是他的散文集《蒲桥集》，在书的扉页上我记下了买书的时间：1991 年 10 月 31 日。这本书开本很小，像个小册子，定价4.6元。同时买的还有贾平凹的《抱散集》，它们同属于“四季文丛”系列。当时我大概是买《抱散集》时顺带着把它捎回去的。那时贾平凹的地域散文《商州》正在风靡，名气相当大，知道汪曾祺的人似乎并不多。

但汪曾祺的文字吸引了我。该怎么形容当时的感受呢？就像第一次听到邓丽君的歌声时一样，内心瞬间被击中，愣住了，啊？这世上还有这么美的声音？我之前读书只是消遣，不过是偶尔买一本没事时翻翻罢了。读到汪曾祺之后，我才知道，文字原来可以如此迷人。

《蒲桥集》之后，很快我又买了《受戒——汪曾祺自选集》，这本书我反反复复不知道读过多少遍。它几乎一直放在我的床头，如果睡前想翻翻书，拿起的往往还是它。随意翻开，书中的每一篇我都早已烂熟于心，读了上句，我便知道下句，如滑行一般，没有丝毫阅读的滞涩感，让我很快进入一种熟稔的安稳的气息中……当然这本书也被我翻得书皮破损，四边翻卷，近乎散架。后来我陆续又买过不少汪曾祺的其他集子,像《人间草木》《五味》《谈师友》……“这一本是一二三四,下一本是四三二一”于是,索性买了《汪曾祺全集》共八卷,以为这样把汪的文字“一网打尽”之后就不必再零买他别的集子了。但也正像黄裳给苏北的信中所言:“我有曾祺全集,但少翻动,不如这些‘零售’本,方便且有趣。”我翻得最多的还是他的各种小集子。

二

我现在住的地方,楼前有一棵樱花,一棵玉兰,一棵朴树。朴树最高,喜鹊在上面筑了窝。樱花开了又落;玉兰打苞的时候,我就想起来,它又叫木笔;初秋,朴树的叶子黄了,地上落了一片,枝上已疏疏朗朗;下雪了,一派素净……我来来去去,常不由自主地对着它们举起相机。我就是想拍它们,就是觉得美。可为什么美?怎么个美法?却说不好。正如我读汪曾祺,不知不觉,读了很多年,对汪的文字似乎什么都知道,可又说不出个所以然,更没写过只言片语。

这当然是因为我功力不够,没有自信,心想写汪曾祺的作家很多很多啊(好像越来越多了),哪里轮到我来写呢?这段时间,我的桌上又堆了好些报纸杂志,随手翻翻,就有钱红莉的《本味汪曾祺》,余毛毛的《汪曾祺是杯好茶》,苏北的《三十年前的四个笔记本》和《汪曾祺写序》。作家苏北这位“天下第一汪迷”写了那么多关于汪的文字,《一汪情深:回忆汪曾祺先生》《那年秋夜》《忆读汪曾祺》,且有滔滔不绝之势。当初那个小县城里想当上作家、好把他那些考上大学的同学都给盖了的落榜少年,正如当年沈从文说汪曾祺:“凭着手中的一支笔,真的打下了一个天下。”

也有一年,我在博客上看到一篇纪念汪曾祺逝世周年的文章,配了汪老晚年的一幅照片,文中有一句,大意是说照片上的汪老牙齿洁白整齐、笑容温和。写了长长一篇,很“汪迷”的样子。当时,我就生气了:汪老的文章里写得明明白白,他是做了“满口”的啊。——我其实是在生自己的气吧。我读了那么久,却写不出一个字来,只知道说好！好！好！可不让人生气嘛。

上次在苏北“汪曾祺为什么如此迷人!”的文学讲座上,听苏北侃汪曾祺,说汪曾祺曾经说过,读到好文章只要说一个“好!”字就够了。苏北还配合着一掌拍在讲桌上:“好!”

甚合我意啊。

那么,像我这样,能从内心深处说一个“好”字,也不算太掉价了。

三

“芹意”的意思是说,芹菜这东西有股特别的气味,有人喜欢,有人不太喜欢。可喜欢的人总以为别人也一定是喜欢的也必须是喜欢的,就一个劲地往人家碗里夹,虽然心意是好的,却让人哭笑不得。

对于汪的文字,我自然也就是一副“天下文章都给姓汪的一个人做了”(苏北语)的样子。动不动就向别人絮絮叨叨,很招人烦。有朋友就劝过我:“读书是要破万卷的呢。”其实,我心里也知道,那么多名著我都没读过,好文章更是浩如烟海,我什么时候才能“读书破万卷,下笔如有神”呢?

可再一想,平凡人生,能对一件事情对一个人心甘情愿地持久地入迷不也是一件幸福的事吗?

我想到我的父亲。父亲酷爱《红楼梦》,可以说《红楼梦》这本书他读了一辈子。晚年,父亲每日抄写《红楼梦》。他先把宣纸一张张裁好,一张张写,写够一本的页数,就用棉线手工装订起来。父亲已经抄了二十多本。他的那套《红楼梦》,已经翻烂了,可父亲对这套书已经有了感情,书页上留下了许多他的眉批,再旧他也不会去换一套新的。每年父母都来我这里住一段日子,父亲也要把这套《红楼梦》用布捆扎好带在身边。我想,如果没有《红楼梦》,父亲的人生大概会少了一份生的乐趣甚至是心灵的慰藉吧。

四

去年下半年，朋友说有一个去云南的旅游团报价很低，当时，正好孩子放假在家，我也想带她出去玩玩，于是没有多想，就跟着一道去了。

到了昆明，入住旅店，安顿好，已是晚上了。旅店大概离市区很远，从窗户望出去，破破烂烂的，灯光都少。我们想好歹出来了，不能浪费时间啊，出去转转吧。于是，便打的去市区。我不爱动脑子，反正有人领着，就跟在后面啥也不想。

上了出租车，我们就问司机昆明哪里好玩啊，有什么特色美食啊，司机是个30来岁胖胖的男子，戴副眼睛，有些迂迂的老实样子。他用有些像四川话的当地方言向我们介绍起来。他语速很快，好像担心他没介绍完我们就下了车一样。我不能完全听懂，但我听到了“菌子”“翠湖”。我本来很散漫的意识激灵了一下，在我的内心里，菌子，翠湖，似乎只存在于汪曾祺的文字里，只存在于我的精神世界里，并不在真正的现实中。我有些恍惚。

我吃到了“色如牛肝”的牛肝菌、“像一堆半干的牛粪或一个被踩破的马蜂窝”“中吃不中看”的干巴菌和“中看不中吃的”鸡油菌，看到了“菌中之王”鸡枞。

接着，我们去了翠湖。

我们到时，已经很晚了。进了翠湖的大门（回来后查地图，知道了那是位于翠湖西路上的西门，一个门楼，上书翠湖二字，不知道有没有铁栅门），就有门卫说下班了，不能进了。我们说大老远来的，看看就走。往里没走几步，就看到一条湖中小路，我便走了上去（好像有个铁栅栏，可以把路拦起，我们去时这门还没有关上），门卫便说：“不要待久哈，你们就直接走过去，从那边那个门出去吧。”我们一边说着感谢，一边往小路的深处走。——“翠湖是一片湖，同时也是一条路。城中有湖，并不妨碍交通。湖之中，有一条很整齐的贯通南北的大路。”（汪曾祺《翠湖心影》）

我不知道我们走的是不是那条“贯通南北的大路”，路在湖中，并不宽（可容两人并行），路上暗暗的，城市的灯光在远处，城市的喧嚣也在远处，这是个闹中取静的地方。湖边的灯光隐隐约约。有几朵硕大的茶花开在路边的花圃里——“云南茶花——滇茶，久负盛名。”“茶花女喜欢戴的是什么茶花？大概不是滇茶，滇茶太大。”（汪曾祺《云南茶花》）这是我第一次看到滇茶，也是第一次见到碗口大的茶花。

我想到《翠湖心影》里在轩中寂然而坐的老婆婆；想到那个“像一个道观，非常安静整洁”的翠湖图书馆；我四处张望，希望找到文中“四面有窗，入目都是湖水”的茶楼；想到当年常在翠湖“穷遛”的年轻的汪曾祺……

云南之行，在我心中变得珍贵起来！

五

我曾经的一个同事，她迷麻将，看我总是拿本书，她说她早上是绝不说“书”（书同输）字的，更不能碰。早上在家要是看到孩子的书掉在地上，她就只能喊：“把这个捡起来。”

可我身边也有这样一群朋友，读书如痴，爱书成癖。是一群彻底不怕“书”的人。

而我呢，从那本《蒲桥集》之后，再也没有离开过阅读。

关于读书这件事

李海燕

对于我来说，读书如同吃饭喝水一样的平常简单，却又不可或缺之重要。

从6岁启蒙上小学开始，到现在小外孙已经出生，可以说，没有哪一天我不去摸摸书本的。有时候会认真仔细地看一本书，有时候就那么在临睡觉前顺手翻一翻，还有的时候在方便时拿上报纸杂志或紧急想了解的书浏览浏览，知道了大致的新闻消息或故事梗概后，才能安下心来，把方便进行到底。这也是书本带来的别样享受。

自己从事的是金融证券工作，可是却特别羡慕那些会写书的人，对于作家更是带着敬仰和崇拜。那些能够把文字变成铅字，并且给人们带来精神享受的人，我就认为他们是精神贵族。每读一本书，我好像就是在和作者本人对话，作者内心深处的汹涌波涛或风花雪月或五味杂陈我都能深切体会，每每这样的状况下，我都感到很幸福。那么多文学大师，那么多千姿百态的作品，我不用苦心追寻或亲身经历，只要到新华书店，买上他们的作品，细细品读，你就可以是沙皇时代的翩翩贵族，亦可是法国大革命时代的冉阿让，还可是大唐盛世的诗仙诗圣，或者是陕北农村的土包子……人世间太多的角色，在书本中，你都能深切体会，细细揣摩，感受那不同的人生体验，振奋自己时常会疲倦萎靡的精气神。

所以，不用谁来告诉我书本有多么好，读书有多么重要，与生俱来的，我就是那么发自心底地喜欢读书，继而，中年后又喜欢上了写作。看来，余生是不会离开读书、写书这件事了。

这个4月，对于爱读书写作的我来说，意义更是不同寻常。4月21日，在世界第20个读书日即将到来的那天，安徽省作协主席、著名作家许辉先生带领我们一行15名作家来到了省未成年人强制隔离戒毒所，看望那些误入歧途的孩子，他们是更需要关爱的人群。我们带去了自己的书本，希望孩子们多读书读好书，珍惜生命远离毒品！这是一次公益活动，体现了作家们的社会责任感，对我们自己也是很大的触动。

当我坐在主席台上看着下面一张张青春的脸庞，真是百感交集！他们哪个不是家里的宝？哪个不是家里的希望和未来？小小年纪被毒品危害，对他们的父母来说，几乎就是毁灭性打击！对于社会来说，也增加了不稳定因素。这一切或许就是来源于他们的愚昧和无知。如果他们能够早一些爱读书明事理，是可以自觉抵制毒品危害的。

正是人间四月天，大墙外面春风拂柳百花艳，小鸟啁啾春水欢，多么美好的季节啊！这些十几二十岁的青少年，也是处于人生的春天，他们未来的人生之路还很长！真的好希望这些孩子能够乘世界读书日的春风，认认真真地多读几本好书，爱上读书，戒掉毒品，开创新的未来！

我和一位叫黄某的18岁男孩进行了面对面的交流。这孩子相貌端正，说话腼腆，你无论如何都不能把他和毒品联系在一起。他说他很后悔，当初无知跟在别人后面学着吸，不知道厉害。爸爸在他很小的时候就生病去世了，妈妈一直也没改嫁把他带大，现在每个月都要来看望他两次，每次来都哭，好伤心！说到这，我看黄某露出了忧伤的表情，他肯定知道自己做错了。黄某小学没上完就辍学了，文化水平太低，这也是他没有是非鉴别能力的原因之一吧。所以，我鼓励他多读书长知识，读好书增智慧，戒掉毒瘾，别再让妈妈伤心了，他说好。

我是相信黄某的，他那么年轻，可以说是幼稚单纯，他有改过的机会和条件。祝愿黄某和其他的孩子都能重获新生！

此后,我又连续两次参加了有关读书日的纪念活动。感受到了全民对读书的热爱。就在昨天,4 月 29 号,我和著名作家刘政屏君应邀参加一个社区的读书活动,带去的书不一会儿就被居民们抢光了。许多的老人拿到书后爱不释手不肯离去的模样真感人。

4 月里,空气中飘荡的不仅仅是百花的芬芳,还有这浓浓的书香。

时光流去，有些东西还留下

——也算与书有关

金　萍

雾霾深重,窝在家中,唯有读书度日,期冀纯美至真的文字,能医治现代之“病”。

前阵子,回娘家收拾旧书橱,满柜子的书,黄旧不堪,霉味扑鼻。都是有三四十年历史的老书了,科技的或英语的工具书;初中、高中、大学的旧课本,20世纪80年代订阅的英语世界,文学书籍和当时热门的心理学、哲学著作……多少次想整理,卖给旧书店或扔给收破烂的,终是不舍。

前几日,老爸打电话说,你的旧书不要就都卖了啊,3毛钱一斤。我踌躇片刻,还是说,卖了吧,反正都很旧很脏了,不会再看了。

心里还是一抽,仿佛被切断了精神的根。

读书与写作,对我意味着什么?

爱书的人,大约都有些相似的心路历程。

昨日刚到的朋友思呈的书,《我虚度的那部分世界》,她在自序中写道:“我想,人其实有两次活着,一次是此时此刻,一次是通过回忆……这个世界曾被我错过很多。由于晚熟,我曾与生活隔膜,像蒙眼走路的人。通过写作,我看到被我虚度的一部分世界。我也看到自己。当我叙述出我作为一个平凡脆弱的生命,所能感受到的爱、痛、怕、忧、喜;当我探测这些情感的底部，我感到，我确实存在过，我正存在着。”我在网上先读到其中一篇《不去问接下来的四季》，是忆念大学时代的文章，即被点中要害。思呈是我未谋面的作者，仅仅是从她的文字中，我感知到一颗深情、温暖而真诚的灵魂。在我想象中，她明亮、温暖、俏皮、豁达，有着巨大的善意，出众的幽默天才，她的自然、不装不端、不落窠臼的文字，每一粒都带着重量，犹如落雨纷纷，不知不觉中，砸在你心里，浸湿你眼眶。

作为人类，我们注定是那么孤独——这就是我们为什么要读书，为什么要写作的根本原因吧。我想。无论如何热闹喧嚣，谁没有一种深埋心底的忧伤？面对挚爱亲人的离去、爱情的悲喜、对这个失去理智的混乱世界的无奈，对生命的无力，以及蚀骨的空洞与虚无感……暗流涌动。长夜静寂，悄然升起的刻骨思念，惆怅、无助和痛苦，有谁能帮你走出这深沉的黑洞？只有靠自己，摸索，努力，咬牙在无边的泥淖里，踏出一条生路来。几乎与思呈同时，我经历了失母的切肤之痛，那种日月无光的日子，永难忘怀。我清楚思呈经历过的艰难心路，是写作救了她，一如，写作救了我——在母亲最后的日子里，和失去母亲最痛的那些日日夜夜，正是靠着梳理一粒粒文字，那么轻薄而又厚重的文字，靠着一页页地回忆与亲人相处的温暖瞬间，靠着这种不被时间打败的记忆，我们渐渐恢复知觉，恢复生命的活力——母亲的离去，带走了我生命的一部分，而通过回忆，通过一次次地重现旧日时光，我们团聚，我们重逢。

读书为我们不安的灵魂寻找到出口。通过阅读，我们找到同类，找到精神的双胞胎或姐妹兄弟；借由写作，我们疗伤，我们依靠文字的力量，让亲人再次复活。而我们自己，也在这个过程中，逐渐成长，逐渐坚强。

那些同气相求的友人

书，其实也可以算是我们的情人，对爱书人而言。

也许是读书人的痴愚吧，我谈恋爱，也是谈书，只字不提生活。读书读呆了，就觉得现实生活中的人，跟理想中的那一个，怎么都对不上号。于是，“理想爱人”迟迟不来。曾经最坚定的“爱情至上”主义者，崇尚一见钟情，抵死反对介绍人介绍相亲，最后，沦落到，还是靠介绍人的拉扯，找到自己的另一半——当然不是理想中那个模糊不清的影子，真真的打死都不会想到竟嫁了这样的人，温暖倒是温暖，却无半点文人气。回想起来，自己是如何发昏的？具有讽刺意味的是，他这个首届中文系新闻班科班出身的人，摸准了我的脾性，表现出对书的极大兴趣，天天准备了话题来吸引我注意，使我误认为自己遇到了至少能谈话的对象，好歹人家读过全套中国文学，对付我这个工科出身的“文青”绰绰有余。家里的人文类书籍也是有些品位的。

好笑的是，婚后，这个不曾写过一篇散文发表，号称不屑写这些无用的小东西的“书籍爱好者”，却极力鼓动我写小散文，甚至初期竟开出报社给多少稿费，他即给双倍稿费的鼓励政策（当然现在缩水了，按下不表）。每当他批评我懒惰不写字时，即大言不惭地说他是我的伯乐，是他发现了我“能”写东西的才能。我当然抗拒这个无才情无浪漫情怀的伪“文学引航人”的引领了。不过老实说，从读书到写自己的书，确实有他的推力在起作用。

我的朋友，大多数也都是因文字而相交。

基本都是些爱书之人。或为原先的作者，或为心仪他们的文章，就认作心灵的朋友，固执地以为，爱书的人，不会俗到哪里去。有的人，因为彼此性情相投，或欣赏其才情，或喜欢其为人，或感其真诚，或崇尚其品格，就从文字，走入了生活中。心里，当他（她）是亲人一般。

曾经写过与老马的相识。认识多年而彼此隔膜，走到一起，竟是一次文学社年会后的散步。夜色朦胧中，我们疾行在合肥环城林带的“翡翠项链”中，一路走一路聊，都是书人书事，谈读过的书，各自的感悟，与书相关的世界，在我们面前铺开，延展。猛然发现，我们竟有那么多的同感、共鸣，毕竟是同时代人，又都是农家出身的朴素之人，精神的渴求大致相当（当然她比我更有追求、见识和行动力），相谈甚欢中，隔在我们之间无形的篱笆悄然倒下，我们走进了对方心灵的客厅。聪颖、智慧、勤奋的她不断影响着我，她努力前行的姿态总令我感动，感佩。

与清风徐的交往，我多次写过。感情是深的，而这一切的基础，也是文字的力量吧。我们没有物质的交道，她在离开客居10年、伤透了心的合肥时，将她的一部分书赠予我，是她精心挑选的，适合什么人的书，一本本选出来，分赠给她的好朋友——现在，在我的新房里，没有这些书在身边，我还记得，有《在心灵最隐秘的地方》《永不永不说离开》《英子》等。有一阵子，我看到那些书名，就会有泪水在心底涌动——几年相处，精神上的交汇与扶助，已成为习惯。多么想，永不永不说再见，永远有你在身旁……一些人，因为文字而相亲相爱，也是人世间至纯的情缘。我感谢这缘分的美好，它们来自相互的认可与欣赏。一种热爱文字的人的心灵密码，彼此是可以破译的。

曾经最喜欢去的一个地方，是朋友胡的办公室。那时，她还没有去非遗中心当主任，不像现在这样工作家庭两头忙，忙到连喘息的机会都没有。我喜欢白天到她办公室（我那时上着报社的夜班，胡是我最欣赏的作者，不仅学问和文章有大家之风，更兼为人宽和有担当），靠着窗边的沙发上，与她没完没了地穷聊——我这个内向讷言的人，也只在对脾气的人面前活跃放松，以至成为一个话痨。多年后，她在为我书写的序中，提到我谈起喜欢的文学来，还是“两眼放光”。那时，正是我极度痛苦之时，母亲的重病，几乎将我击垮。或许，文字真有一种救赎的力量，救我们于万念俱灰时。

时光，如何通过书写而留驻

某日到单位办事，绕行到舒城路老报社。曾经在此工作过十年，那条路上中国槐的浓荫清香，和与此相关的人与事，犹难忘怀。

同事中最投缘的是堃，一个短发永远梳得一丝不乱，桌上永远一尘不染、衣服永远整洁讲究、思维敏捷语速极快行事果断才情横溢的女子。与我自由散漫、磨磨叽叽、稀里糊涂的性情正好是事物的两极。我们却成了好朋友，还是因为同样喜欢读书吧。她男孩子般干净利落的处事风格后面，是一双犀利冷静的眼，敏锐的心灵，常常能透视出世界的真相。这样的聪慧和深刻，也未必是好事，在嘻嘻哈哈的外表下，我总觉得，有一缕敏感忧郁的情思，藏在她洒脱无羁的表象之下。寒凉的时刻，谁与她共度？我们一起谈得最多的也是书，她最推崇陈忠实的《白鹿原》，谓“可以传世之作”。

多年后，她终于去了一家出版社，圆了她爱书的梦。她的书，送我一本，《谁说现实不是梦境》，扉页上写着这样的赠语：“光阴、爱与我们同在。”雅洁的封面，在书名旁，用淡淡的笔墨印着：时间的水袖，缓缓轻扬，所有的日子褪去缤纷的色彩，露出本质的苍凉。

在自序里，她写道：文字，宛若一位终身好友，始终伴我左右，在我欢欣的时候，在我郁闷憋屈的时候，在每一个如水般平静也平淡的凡俗日子。读与写，是我的两种常态。……感谢文字，总是在光阴节点上，为我留痕，让我回望人生时有迹可循。

“当光阴远去，桃花不再笑春风，往日模糊，唯有文字鲜亮。”

冬日寒风里，我走在熟悉的小街上。烟火人生，一切如旧。那些上夜班的夜晚，呼啸而来。曾经灯火通明的采编大厅，早已人去楼空——我们曾在那空旷的大厅里，度过多少殚精竭虑的不眠之夜？春天里郁郁葱葱的中国槐，在萧瑟中凋零得只剩光秃秃的枝条，在路灯下投下深重的剪影。我仿佛听到缥缈忧伤的歌声，自遥远的某个所在传来——

嘀嗒嘀嗒嘀嗒嘀嗒
时针它不停在转动
嘀嗒嘀嗒嘀嗒嘀嗒
寂寞的夜和谁说话
……

寂寥的夜，在“琵琶语”轻柔的音符中，我码着这些文字，这些与书相关的人与事，从时光的隧道里走来，仿佛就在昨天，仿佛就在眼前。

“我虚度的那部分世界”，其实并没有虚度。“过去的时光是如何通过回忆回到我们的生活，我希望能在写作中找到这个答案。”思呈说。

“……她在这场借由文字达成的旅程里，试探着那些不可知的深情后面到底收藏着什么？……真正的深情总是让人格外忧伤，可是，如果我们要得到真正的深情，我们唯一能做的，不就是与它们面对面吗？”思呈的好友黄佟佟深刻地懂得她。她为思呈写的书评这样结尾：“虽然很忧伤，可是正是那些忧伤让我们再度对人世饱含深情——你看，人类的内心可以多么辽阔，包容一切劫难，那其中蕴含的生命力一如春天的凤凰木，细碎飘飞的叶子摇出金戈铁马，乱云飞渡的岁月里，原有无尽苍翠。”

“人生何曾负我，说到底，我们都是幸运的人。”的确，与这些书、这些人的相遇，那些内心的共鸣，弥足珍贵。

深夜读书。雾霾继续，而心灵澄澈，生命温暖。

天柱山上作家村

理想主义者的浪漫情怀

——天柱山上办沙龙

刘政屏

7月底的合肥，骄阳似火，一年中最极端的酷暑肆无忌惮地围剿着这片土地上的一切生灵。28日的早晨，一群人登上一辆大巴，仿佛《圣经》里的诺亚和他的家人们，乘坐着方舟，逃离将要毁灭一切的大洪水似的，逃离了这座城市。

车子一直向南开，驶向一个叫作天柱山的地方。那里不但有茂密的树林、涓涓的山泉、别致的木屋、绿色的食物，还有一个叫作“天柱山安徽作家村”的地方，对于它的期待和梦想，让这群人兴奋和期待了很久。

想象着，在天柱山的某个地方，一群人聚在一起，聊一些很学术纯粹的东西，这样的事情，是不是有些理想主义，这样的场景，是不是过于浪漫了。但我们感觉这是我们想要的，是我们特别愿意去做的事情。天柱山上办沙龙，想想都会让人感到激动。

我们也知道，其实完全可以不必如此，热闹而正式的揭牌仪式后，大家在一起吃吃喝喝、说说笑笑，然后山上转转，四处走走，然后回到各自的家，写一些哼哼哈哈的文字，各方面的目的似乎也都能够达到。

但是偏偏我们都是一些不那么愿意循规蹈矩、按世俗的路子走的人，我们需要有些不一样的东西，我们想把一件很现实的事情做得有些情调和味道，我们想把一件很简单的事情做出一些不同凡响。

于是，就有了我的“卧龙讲堂”“作家村沙龙”的建议，有了“卧龙书屋”

及其别致的藏书章的设想，有了拜一拜文化大家张恨水纪念馆的创意。进而又提议许辉主席卧龙讲堂讲老子，建议大家可以进行各种形式的互动交流。

我的沙龙老搭档马丽春是个麻利的人，三下两下就搞定了主讲嘉宾。想想也是，高人云集，这点活儿自然不在话下。

住的居然是木屋，已经让一行人兴奋得不得了，办讲堂的地方还是木屋，那种高大宽敞的木屋，无疑更是让大伙儿惊喜不已。

许辉主席研读老子多年，请他来讲《道德经》自然是再合适不过的。我得承认，我的这个提议里，还是藏着一点点小私心的，那就是我想借着这个机会走近老子，进而逐步认识和了解老子。

卧龙讲堂如期举办，在"《道德经》习读 81 问"这个大题目下，许辉主席用浅白的文字讲解演绎着《道德经》，大家一边听一边记，唯恐错过了什么。"从容淡定，温文尔雅"，是我在微信里写下的两个词，许主席不疾不徐地说，大家全神贯注地听，讲堂内充满着一种难能可贵的气场。在密密麻麻 6 面信纸上，我尽可能全地记下了所有或浅显易懂，或高深费解的 81 问，虽然有些恶补时手忙脚乱，但收获还是很大的。学习这件事，在于引导和点拨，有时候尽管只是三言两语，却胜过冗长无趣的长篇大论。

紧接着举办的"作家村沙龙"有 3 位主讲嘉宾，分别是我省著名作家许若齐、程耀恺和桂严。在近 100 分钟的时间里，3 位作家从不同的角度，谈了自己对于文化阅读和写作的认识与感悟。

许若齐老师长期从事教育工作，身上有着一股比较浓郁的书卷气，通过他不算太多的谈吐，你能感受到他不凡的修养和底蕴。许老师在沙龙上的讲座题目是"中国传统文化之特点分析"，这样的主题和许主席的讲堂内容简直可以说是无缝对接，感觉意犹未尽的听众们在许老师的激情演绎中，得到了进一步的明确和充实。"中国文化在此岸，缺少彼岸的东西"，这样的判断发人深省。

说到激情，不得不提到许若齐老师的授课风格，清晰明快，激情洋溢，很抓人也很提神。

春天的时候，程耀恺先生还在三孝口书店做了一场关于《诗经》的读书沙龙，再早些时候的他还在撮镇给我和马丽春、李海燕等人开过一次小灶，此次应该是程老师今年第三次做沙龙主讲嘉宾。依然是笑吟吟的，依然是拎着一包的书，只不过内容改了："散文写作者的阅读视野"，谈一个人应该如何读书，读怎样的书。老先生身体很好，精神尤佳，现场发挥显然超过了前两回，说到激动处，站起身来，有些手舞足蹈的感觉。

给我印象最为深刻的，是程老师每天都要读一读《清明上河图》这幅画，以至于对于画中的每一个细节都了如指掌，真是很不简单。

桂严老师是第一次接触，她讲座的题目是"文学的魔杖"。在桂严老师看来，语言、感情、独特，是文学的三大魔杖，她从自己对于文学作品的阅读和理解说起，特别是对于一些文学细节和语言的分析，桂严老师和大家一起分享了文学的美丽和魔力。

温婉细腻，娓娓道来，是我对于桂严老师讲座的总体感觉。

沙龙结束的时候，我提议请"马村长"说几句话，"村长"也是干部呀，怎么也要有个就职演说不是。

马村长是轻易不上台说话的，因为她认为自己不擅此道，通过我和她的接触，特别是这次的即兴"就职演说"，我认为马丽春老师显然是不了解自己。不但说得好，而且很有感觉，无论是说作家村的由来，还是点评几位老师的讲座，马村长说得是简要得当，有板有眼。

第一场活动结束了，我也是松了一口气，从大家的反应来看，非常成功。无论是台下说的，还是台下听的，个个是有感觉在状态，达到了预期的效果。

其实，对于我这样一位"资深"的客串主持人，此次在天柱山主持沙龙，也是一种考验，怎样组合，如何掌控，准确的判断，恰当的串词，都需要我全力投入，不能有丝毫松懈。当掌声一次次响起，当汗水渐渐消退，那份放松和愉悦让我的心变得宁静舒展。

第三天的上午，第二期"作家村沙龙"拉开序幕，由于作家闫红的加入，其内容组合变得更加丰富多彩。

闫红自称没有准备，只是随便说说，她从一个编辑的角度入手，谈年龄、心态、知识储备等各种因素对文学创作的影响，谈她对于《红楼梦》人物理解的变化过程；谈我们的教育总是要求孩子们写一些看上去特别有道理的文章，而我们的大众写作，往往也是如此；谈写作、文采、文辞的训练，不如去伪存真的追求。平实、真切的话语，听起来很入耳，很受启发。

我和闫红在沙龙活动中合作过多次，总体感觉她越来越从容不迫、淡定自如，从写得好到说得好，闫红一直在努力，一直在改变。

童地轴的讲座题目是"作家的'人文情怀'"。对于这个问题，童地轴老师显然是做过充分的研究的，从关注人性、敬畏自然、研习历史、在意当下、静心读书、审美情趣六个方面，童老师条理清晰地一一道来。当然，对于当下那些粗制滥造、肆意妄为的伪景点，童地轴毫不掩饰自己的愤怒和轻蔑，敏锐的判断，犀利的语言，越过方言的障碍，直抵听众的心灵。

如果从专业的角度来说，胡迟的"非遗——点亮那些熄灭的灯"显然是与所谓的纯文学是有一段距离的，但如果从人文价值与思想深度来说，胡迟的讲座显然具有很高的价值。一切事物都是相通的，胡迟在非遗保护工作中的经历与思考，对于丰富大家的眼界，开拓大家的思路，都是非常有益的。

非遗工作，什么是非遗？如何保持？如何参与？胡迟文雅专业，娓娓道来，给大家带来新的角度和思路。

马村长点我上沙龙的时候，我回了她，但马村长一定让我讲讲有关书的专业一点的东西，说会对大家有所帮助的，我也就答应了。我想了一下，把讲座的题目定为"从《就这么简单》说起"，内容有两个部分，《就这么简单》这本书的经验教训，有关图书的基础知识（图书的封面、脊背、书号、CIP数据、定价、出版日期等）。

《就这么简单》是我第一本杂文随感集，许辉主席作的序，对于它我是充满了期待。但由于我的掉以轻心，沟通不力，致使它被过度编辑，为此我懊恼了很长时间。但后来我想明白了，毕竟所有的一切都是出于好意，原谅别人更要原谅自己，于是我决定把它发出去，让大家批评指正的同时，吸取我的经验教训，在以后出书时，避免犯和我一样的错误。同时，我还接受许辉主席的建议，将它的首发式放在了作家村。

这真是一个别致的图书首发式。在天柱山宽厚温暖的怀抱，在溪水潺潺的山涧的旁边，在充满自然气息的大木屋里，在一双双热情友善的目光注视下，《就这么简单》掀开盖了许久的盖头。

屈指算来，我参与沙龙活动近20年，主办主持各种读书沙龙、文化沙龙几十场，各种各样规模和风格的沙龙也都遇过，但把沙龙搬到天柱山，在这样一个景色秀美的地方办如此这般正式的文化沙龙，还真是没有想过。

应该说，如果没有一群深藏于骨子里的理想主义者，如果没有一群有着浪漫情怀的人，那么这个建议就会是一个笑谈，在天柱山上办沙龙就会是一件止于想象的事情。

但是现在，我们不但想到了，而且也做到了，理想主义者的浪漫情怀由此得到一次尽情的释放和巨大的满足。这样的感觉，如同清爽的山风拂面而来，幽幽的花香沁人心扉，深刻而难忘。

当年那场大洪水过后，诺亚方舟搁浅在了阿勒山上，如今，安徽作家村在天柱山安了家，两者之间似乎还真的是有那么一些共同点。忽然感觉，冥冥之中有一只手，在指引，让这一群渴望简单而纯粹的人，有一个精神上的家园。

当村长了

马丽春

我自三年半前变身为书画修行者后，先习国画，月前又开始染指油画，这修行两字是我余生最好的定位，没想到，我在月前又多了一个新头衔：作家村村长。

别人都莫名其妙。我变身为画家，就有人觉得匪夷所思了，这个村长头衔，更会让人一头雾水：是花钱买来的吧？

村长是中国最基层的官员，很多村长，的确是花钱买来的，就算不用人民币，至少也要出点血，我浙江老家那个村的村长便占据着村里最好的地段，盖了一栋最豪华的楼房，这村长的确很神气，大牛一个；可我这个村长，一分钱也没花，就到手了。

奇怪吧？在安徽作家堆里，我甚至算不上作家，只是一个吃文字饭的人，在纸媒做文艺副刊做了20年，过眼作家无数，我对作家始终有一些距离在，也从不视自己为作家，尽管出品文字不少，但多是速朽品，要说我是作家，自己心里都打鼓；于是，在半道上，我又从文字堆里跳出来，写字画画去了。半生过去，从医生混到媒体，从新闻涉足文学，从文学又开小差去往别的路途，我一直都在跑啊跑，视进入未知领域为人生最大梦想，未料想，去了一次天柱山卧龙山庄，我又忽生奇想，在此做个作家村如何？画家村安徽有不少，有的很知名，有的正在打造，摄影村也有一些，只有作家村，似乎是有过，但都没搞下去，而此地风景之美，人文之佳，正宜文人来此寄兴遣怀。适省作协许辉主席在，还有几个媒体同道，我们几番议论，这作家村似乎隐隐已见。

中国从不缺乏有想法的人，但缺乏立即行动派。知行合一者，少之又少。这作家村的催生，还得感谢微信时代。

当我2015年6月底在卧龙山庄组建一个微信群后，起始目的只是方便同行者传送照片和议事，当我有了作家村的想法并赢得许辉先生及同行者的支持后，马上把这个群更名为“天柱山卧龙山庄安徽作家村”（现名“天柱山安徽作家村”），并迅速拉了一帮朋友进来。我原先组建一个名叫“合肥姐妹”的作家群，这个群人数虽不多，但都相当活跃。“合肥姐妹”有7个人（杨修文、李海燕、王维红、马丽春、姚云、吴玲、王金萍），在2014年各自出了一本书，打的就是“合肥姐妹”这个名号（我出的书是《画画这事儿》）。这个群不光是这一群女性作者，后来又拉了几位先生进来，包括安徽省作协主席许辉、知名作家许若齐、苏北、童地轴和刘政屏诸位先生，还有一个走遍欧洲的著名驴客刘啸天。自他们也在群里出没后，这个群变得虎虎有生气，并不只是一派阴柔之风。

说到微信群，还要插点闲话。

这一年来，我被人拉进过很多群，有的群一阵喧哗后很快便沉寂下来，有的群虽很学术但都不好玩，比如我的大学同学群和研究生同学群，都是一帮高知、专家教授和学者，有很多还在海外混，但群里始终很寂寞，只偶尔见到一点声响。而更多的群，因为杂乱无章，我很快便退了出来。最好玩的是一个群，由一位著名肿瘤科专家组建，他也是我QQ上的老朋友，只一天，因群里聊天人多，群主受不了，自动解散了这个群。专家毕竟是要看病做学问的，哪有精力聊天呢。

刚组建的作家村群，出生虽只一个月，却很有生气。文学人毕竟不一样，会玩还有想法，动静真的不小。7月28日作家村揭牌那一天，群里红包满天飞，最大的红包是合肥姐妹群作家姚云发的。她是IT业精英，刚从国外回来，没时间去天柱山参加揭牌仪式，就发了几个大红包扔到群里。抢疯掉了,便引发了红包热。到现在作家村群里,还会时见红包低空飞过。我这个群主虽定了规矩,白天不准发,但还是会有人偷偷发。很快江湖上便有传说,"作家村里红包最拉风",这是作家村最好的广告吧?有的人很早退出了,后来看到我当村长的文章后,又主动要求重新加入作家村群。

最先喊我"村长"的是卧龙山庄葛结林庄主。那时,"作家村"还只停留在想法中,葛庄主便赐我新名号了。说来葛庄主也是个性情中人,还是个行动派,我的想法之所以能落实下来,还和葛庄主的积极行动分不开。那天我怂恿他找许辉主席一定要写个字留下来。许主席饱读诗书,作品无数,还是茅奖的评委,唯独写字的事他很谦虚,说写不好不能写。我说你就写作家字吧,不必写成书家字,作家字自有一股风流在,怕什么呢。这便留下了他为作家村题写的字。事实证明,他的作家字也是拿得出手的。大学者、著名美学家郭因先生便只读帖不临帖,如今他的字被很多文化人看好,以收藏他的字为荣。后来作家村的"卧龙讲堂"就是请他写的。头天我给胡迟布置的任务,让她找老爸题字。第二天6点多,这字就晒在微信上了。作为非遗研究专家,胡迟是我邀请的卧龙讲坛嘉宾,她的演讲我听得很认真,讲得真是好。别的作家讲什么都由他们自己定,唯独胡迟,我指定她讲非遗。她是真正的名门之后,也是我曾经的作者,我把她和闫红定位为本省一线女作家,她的文字大气,新锐,格调高雅。和父亲郭因有得一拼。卧龙书屋,则是我题的字。作为一个书画修行者,我这几年写字画画也是蛮拼的,能够为作家村题写字,自也很感光荣。

我们6月底下山后,作家村开始进入操作阶段。这时候,一个重要的人物被抓了过来。他就是我的读书沙龙老搭档刘政屏。政屏兄既是作家,也是策划人。他原先是安徽图书城的掌门人,后调任更重要的岗位,他一生和书难解难分。这人办事细心虑事周全人脉广泛,既能策划还能主持。我们俩这几年做读书沙龙,配合是最默契的。把他拉进来,再加上许辉主席葛庄主,便有了最核心的决策小组。经刘政屏提议,后来我又临时组建一个作家村管理群,把讲坛嘉宾也全部请到这个群里,微信办公,敲定事项,一切OK。

现在的作家村群里大咖牛人很多，我吹牛说，办份报纸都能找到全套的人马，从编辑到校对，从排版到插图。微信办公，的确伟大。

葛庄主也是蛮拼的，他很快办妥了一切事宜。市里领导也请到了，主办方也升级了，还给作家们很多优惠。他专门跑了一趟合肥，进城来和我们汇报情况，而我们则把想法和他进行沟通，他都全力支持。讲坛嘉宾也都是我的老朋友，给他们点题，让他们支持，也都无话可说。最感动的是70多岁的老作家程耀恺先生，为讲课，他还拎了一包书上山。那天讲课，是他最精彩的一次。我以为很闷的讲坛和沙龙，安排那么密集，居然没一个闷。奇怪了——有人说，“到了这个好地方，所有人都超水平发挥了，包括你”。哦，原来是这样。我这个“村长”，临时被安排讲了几次话，居然也很利索并没结巴——超水平。上天柱山，住卧龙山庄，喝的是比农夫山泉还好的水，结巴的人也不结巴了，你说是不是到了灵境了？我这个业余画家，是真心喜欢这里的。今后还想在这里画画呢。

上山前我特意挑了一张裱好装框的画送给作家村。那画题款“我见青山多妩媚，料青山见我亦如是”，说的是我和天柱山的缘分吧？那是一年前画的画。前世今生，真的难以言说。

这作家村，从创意到落地，一个月不到，便呱呱坠地。我这个“村长”，自然也就这样当上了。说起来，也是一个传奇。

散落在卧龙山庄的《诗经》遗珠

程耀恺

游客登临天柱山,无非游目览胜,涵咏情怀。文人造访作家村,不外聆听经典,激扬文字。不曾想今夏随省内文友,在卧龙山庄安徽作家村小住三日,竟意外发现,数千年之前,这"南天一柱"早就将登临览胜与聆听经典,完美地调制地一起,贮存在深山幽谷之中,单等后人来发现来欣赏来体味。

天柱山安徽作家村落户卧龙山庄。这山庄偎依在天柱主峰西南侧的卧龙谷的怀抱之中,山石荦确,飞泉淙淙,涧松萦云,鸣禽绕亭。十亩之间兮,蔚然深秀;一年之中兮,气畅景明。若说山谷,普天之下难以尽数,纵有奇石显、美竹露、嘉木立,也未必算得上天机清妙,而此谷不同凡响之处在于,她被大自然筛选出来,作为贮存《诗经》遗珠的聚宝盆。

天柱山在西周属于古皖国。皖国与孕育、产生《诗三百篇》的"十五国",被一条"忧心且伤"的汤汤淮水隔开来,与滔滔江汉,亦难以连镳并轸,然而《三百篇》里的草木鸟兽虫鱼,岂能受制于此疆彼界?鸟兽虫鱼暂且不论,单是《三百篇》中的草木,据近代学者胡朴安统计:草名 105 个,木名 75 个。剔除一物多名,草木约莫在 130 种上下,而我在卧龙山庄,用不足 3 天的时间内,就与 65 种以上《诗经》植物相邂逅。

世间真是无巧不成书:山庄的庄主姓葛,名结林。而一进山庄,最显著的莫过于一道两米多高的葛篱——这是大山儿子的天才创意!葛,在《三百篇》里被反复吟唱,《唐风·葛生》《周南·葛覃》《魏风·葛屦》《王风·葛藟》《王风·采葛》，不绝如缕。想当初，萋萋满谷的葛藤，刈之濩之，上机入杼，末了，转化为一尺又一尺的絺与绤（粗、细葛布），穿在身上，妙不可言。我小的时候，城乡稍微殷实之家，夏天的蚊帐，往往喜欢用“绤”来做，美其名曰：夏布。当今，夏布业已从人们的视线中淡出，而用葛根加工出来的葛粉，又借助养生之风吹拂，复被世人视若至宝。

坎坎伐檀之声，早已消失在“十五国”的历史天空里，然而檀树却绵延不绝。有一年我在江西广丰县的一条溪水旁，接受当地电视台采访，背后就有十几株檀树，我突发奇想：倘若给中学生讲《魏风·伐檀》，不妨把课堂迁到这样的“河之干”。卧龙谷之水湄，也不乏檀树的身影，在这里，不仅看到“乐彼之园，爰有树檀，其下维萚”，还可以看到“乐彼之园，爰有树檀，其下维穀”。我们的老祖先，用檀树来制造大车的轮与辐，这很实际，又用檀树比喻隐居的贤人，最后归结到“它山之石，可以攻玉”上来。志在回归传统的现代诸公，何不暂离纸上经典，到卧龙谷走一走，听鹤鸣，依檀树，试一试能否也有这样的眼前所见与心中所思。

“投我以木瓜，报之以琼琚”，这句诗对许多人可谓“耳能熟之”，这我相信，若说“故能详之”，那就未必。木瓜什么样？不晓得。琼琚为何物？更是茫然。好在卧龙山庄就有木瓜树，枝上正挂着椭圆形的果子。当作家村第一批村民的那几天，我对木瓜看了又闻，闻了又看，少年一般青涩，似乎有点营养不良，独特的酸香味，仿佛藏着掖着。但我还是喜欢它，我对它摆脱青涩，最终能长成黄黄的香香的木瓜，从而成为人们表达深情厚谊的载体，深信不疑。清代学者牛运震评《王风·木瓜》：“惠有大于木瓜者，却以木瓜为言，是降一格衬托法”，却没有说到点子上，木瓜何微？琼琚何贵？写诗的人，读诗的人，只要胸襟高朗，则世间物焉能重过人间情！

这个季节，薇在平原上早已青春不再人老珠黄了，可在天柱山，在卧龙谷，薇却生机勃勃笑容满面。薇，被田夫野老称作野豌豆苗，长在林下，生在田头，向来无人问津，至于可采可食，是升高中那年暑假，在老家读《史记·伯夷传》后才知道的“（伯夷、叔齐两兄弟）义不食周粟，隐于首阳山，采薇而食之”,在那个时代,采薇者远不止这两位老大人,因为可食,戍边的士卒,也常常采薇充饥,所以就有了《小雅·采薇》:采薇采薇,薇亦作止;采薇采薇,薇亦柔止;采薇采薇,薇亦刚止……接续下来便是:曰归曰归,岁亦莫止;曰归曰归,心亦忧止;曰归曰归,岁亦阳止。生命流逝,孤独无助,一声长叹,化成文字,遂成绝世情文,千古常新。

山庄向阳平台斜坡上,有一株挂满果实的李树,几个小家伙问道:那是什么?从一旁经过有“徽州员外”美称的许若齐,和蔼地告诉这些来自城里的孩子:那是野李子。是的,这种野李子,在《豳风·七月》里被称为“郁”,说是在农历六月里,和野葡萄一起,为人们提供口福。植物和人一样,同样有姓有名有表有字,有乳名与绰号,也是屡见不鲜的事。

我把葛、檀、木瓜、薇、郁理出来表述,纯属信手涂鸦,并非它们有什么特殊或重要之处,只要你怀有一颗抵达的心,《诗经》中的任何草木,都会伴随着你,沿着远古的诗歌小道,接近自然本身。

离开卧龙山庄前夕,我把笔记本粗略地整理了一下。眼前这条山谷,葛、檀、木瓜、薇、郁之外,还散落着《周南·夭桃》中的桃;《周南·芣苢》中的芣苢;《召南·采蘩》中的蘩;《邶风·匏有苦叶》中的匏;《鄘风·定之方中》中的栗、椅、桐、梓、漆;《卫风·淇奥》中的绿竹;《卫风·伯兮》中的谖草;《卫风·野有死麕》中的白茅;《陈风·泽陂》中的蒲与荷;《唐风·山有枢》中的榆;《秦风·蒹葭》中的蒹葭;《桧风·隰有苌楚》的苌楚;《豳风·七月》中的桑、萑苇、萋、葵、薁、瓜、枣、韭;《小雅·我行其野》中的樗;《小雅·苕之华》中的苕;《周颂·小毖》中的蓼;《鲁颂·閟宫》中的松、柏……至于《小雅·鹿鸣》中可供鹿群采食的苹、蒿、芩,我虽只与前二者邂逅,但不等于没有芩,它或许就隐藏在某处草丛中。总之,粗通植物分类如我者,在天柱山的卧龙谷,与65种以上《诗经》植物亲密接触,当是不成问题的。在这样的地方打造安徽作家村,许辉、马丽春、刘政屏、葛结林等人,真是别具慧眼。

天柱山掼蛋

许若齐

"饭前不掼蛋,等于没吃饭",这个句子不甚精练,亦缺乏幽默,却能流传颇广,其源盖出于完完全全的写实。本是吃饭的前缀与序曲,候人等菜用的,却常常"喧宾夺主",几成主事。这种事情世间时有发生,梁启超先生替蒋方震的《欧洲文艺复兴史》一书作序。大笔荡开,半月之间成洋洋洒洒三十三节,二十万字。梁启超觉得"天下古今,固无此等序文。脱稿后,只得对于蒋书,宣告独立矣",为《清代学术概论》一书。

此次上天柱山,是为安徽作家村开村,舞文弄墨者几十人结伴而行,不乏大家名流。当然,我等沉湎掼蛋者也混迹其中。其实,有此痴好者多矣。君不见,山中三日,多少"四人帮"在流水潺潺环绕的木屋里,在竹木扶疏掩映的阳台中,捉对"厮杀",夜以继日,淋漓酣畅。即便是在烟火味甚浓的农家,隔着几米外的灶间,闻着炖鸡烧肉的香味,也要过哪怕几十分钟的瘾!见之,我不禁扪心自问:于赌性十足的国人而言,此项无赌资的输赢,为何能广大而持续地存在,让诸多男女堕落其中、乐此不疲呢?

3 天里,我的掼蛋之处一般在海拔九百多米高的卧龙山庄前那块开阔平整地。有二三百平米,风景极佳。抬头不远处就是天柱山主峰,时而云雾缭绕,时而一览无余。时为夕阳山外山,天边晚霞集结,瑰丽璀璨,很自然地想起雪莱的诗:"这一刻,好像是从碧霄外飘来的时光;连弥漫在这里的日辉,也仿佛来自天堂。"可落座一进入牌局,这一切皆成浮光掠影,真是无可救药地可以,绝对是个山寨版的假文人!

对垒者,X先生与D女士。两人夫妻伉俪,X先生牌风沉着舒缓,以静制动;D女士凌厉急促,以快打慢。两年前,D女士始出道,尚稚;而今娴熟自如;况且与夫君搭档,二人厮守了几十年,那种默契相知与心领神会,何人能与之争锋匹敌?我的牌搭皆女士,前后共计四位。皆包容大度温和之人,对我所出臭牌、错牌,都嫣然一笑,绝对理解;若是男士,早恶语相向了。四人里,有旧友、有新朋。我笑曰:喜新不厌旧,日久不生情。

时为大暑,合肥气温36度,那里的朋友们亦在火热中煎熬。我等却在山中的清凉世界里自在逍遥,惹得他(她)们义愤填膺,微信圈里,声讨声一片。最怡人的是在傍晚的饭前饭后,太阳在西山头渐渐沉没,开阔地上,一张小桌,几把竹椅,一壶天柱山野茶,掼蛋且神聊,凉爽的风从背脊后、从腿肚间轻轻地拂过,惬意得一塌糊涂。"开饭了!"三催五促,方才恋恋不舍地离开牌桌。回头望,竟想起丰子恺先生的"一钩新月天如水"。正是:人散后,茶凉牌乱竹椅空。此境相通也。

饭后,继续。半个月亮爬上来。灯光与月光交相映照,如同白昼,不会出错牌的。那边,几位中年男女仍在喝酒聊天,饮至微醺处,便哼唱一曲儿歌:月亮在白莲花般的云朵里穿行,晚风吹来一阵阵快乐的歌声……时空穿越,此处此时十分妥帖、煽情。有"合肥绅士"之称的L先生与一曼妙女士翩翩起舞,引来喝彩声声。

于是,有人心不在焉,错牌迭出,这蛋就掼不下去了。

卧龙山庄，这边风景独好（外一篇）

董 静

推迟了多次的天柱山之旅，今天终于成行。开车的小伙言语不多，一脸憨厚相，当他双手恭敬地把名片递给我们时才知道，原来他就是天柱山卧龙山庄的庄主，大家和我一样惊讶不已。

一路上雨时下时停，庄主用他醇厚的声音和我们说起他那心酸的童年及创业历经的艰辛。父亲早逝，母亲领着他们兄妹六人度过了令人难忘的岁月，因为是家里唯一的男孩，因此他格外受母亲和姐妹们的疼爱。记得有一次他唯一的妹妹才9岁上山砍柴不小心砍断了手腕上的一条筋，无钱医治至今还留着残疾，就这样家人省吃俭用供他创业。业有所成的他深知感恩，更知责任，他说母亲在，不远游，一直陪伴在母亲的身边尽其孝道。如今姐妹们的子女无论是上学还是经济上遇到困难，他都是竭尽全力地资助。现在的他不光自己致富，还带动周边的老乡，尽可能地为他们提供帮助。他坚信：人在做，天在看。今年山里的一个孩子高考达到了一本线，家里的条件不太好，庄主主动邀请这个孩子在山庄餐厅帮忙，使其利用假期赚些学费。真诚地善待他人，淳朴的人品，这位70后经营的山庄名声越来越响，生意也像芝麻开花节节高。

我们正听得入迷，庄主突然改变话题告诉我们，根据他的经验，今天一定会在山上看到云海奇观。云海一般是夏秋时节雨后一定的条件下形成的罕见的云层，比较难得，庄主说天柱山区每年也就能见到一二十次，难道我们会这么幸运？大家半信半疑。说话时天空又下起了大雨，车子到达盘山公路的一个转弯处，庄主说这里是看云海的最佳位置，这时才发现大雨不知什么时候停了下来，西边的夕阳绚丽无比。大家欢呼跳跃，只见云海若隐若现，在山脉间自由飘荡，山峰、树木悬浮其中似真似幻，白云山下有人家，我们仿佛来到了人间仙境，抓拍这美丽的瞬间，让其永恒地留在各自的镜头里。葛庄主招呼大家上车，说山里的美景多得是，大家只好依依不舍地上车继续前行。

路边屹立的一块完整的巨石出现在视野中，上刻“卧龙山庄”四个大字，我们已经进入了天柱山卧龙生态园，农舍、菜园、猪圈、羊群、茂密的树林和错落有致的联排木屋慢慢地映入眼帘。车子在宽阔的地带停了下来，我们来到了海拔780米的卧龙山庄。庄主告诉我们，此地居无尘、食无害、夏无暑、夜无蚊，真是一处消夏避暑的宝地。入住山庄，洁净的房间，木制或竹制的摆设，绿树环绕，潺潺的溪水，依山傍水，满目都是纯自然的景物，山庄别墅，风格别具。傍晚坐在餐厅前的空地上，远处的天柱峰清晰可见，山清水秀的景色让人着迷，几人围坐在一起，饭前打两局当下流行的掼蛋。晚餐一盘盘有机菜，自给自足，黑猪肉醇香诱人，红烧小土鸡、红烧鲫鱼唤醒了麻木的味蕾，使我找到儿时妈妈做菜的味道，舌尖上的享受，怎一个爽字了得。

席间，大家七嘴八舌建议在这里建一个作家村再好不过了。在这样的人间仙地享受慢生活，交流创作心得，品赏绿色，捧一本自己喜爱的书边读边听鸟语溪唱，在清溪流泉里洗洗衣衫，衣服上留存着山泉的味道；累了，站在阳台观景养目，瞭望袅袅炊烟，或漫步在漫山遍野的美色中；整个山谷全覆盖的无线网也让你不会和外面的世界脱节；古朴与现代的融合，使山庄真正成为一个养人养文养心养性的休闲基地，说不定日后这里就会诞生像“老子”那样的圣人呢！世外桃源的原生态生活让人流连忘返！

白马潭漂流记

董 静

话说上次我们一行在去往天柱山的路上及席间，商议要在这美丽的山涧建一个作家村之事，从提议到成行只用了短短的一个月的时间，真佩服这一帮文人做事的迅速和务实的精神。次月的28—30日我有幸参加了天柱山卧龙山庄安徽作家村挂牌仪式。

28日真是个好日子，这天一扫前几日的连阴雨，晴空万里。天气好，与会者的心情也格外好，整个揭牌仪式用两个字来概括：完美！揭牌仪式后，7月29日自由活动，大队人马兵分两路，一路攀登天柱山；一路参观五庙乡。五庙乡是红色之乡，大将军刘秀山的英雄故事在这里广为传颂。能文能武的刘将军是我们同行小林姐的父亲，大家由衷地在先辈的墓碑前鞠躬默哀。

路过陪同我们的潜山县作协程主席的老家，我们顺便去拜访依旧住在这里的他的老父亲，厚道的庄主还特地停车买了两份礼品看望老人家。返回的路上庄主提议我们去漂流，庄主说，卧龙山庄与白马潭漂流是水吼镇发展乡村旅游两块重金牌。卧龙山庄我们早已领略了她那仙境般的美，今天能够体验一下白马潭漂流的魅力再好不过了。大家立刻应答：好啊，好啊！虽然骄阳似火，但是平缓的水面很适宜漂流，所以大家兴趣浓厚。

我们一行十二人坐在了一个竹排上，庄主一改平日里的老实相，调皮地蹲在竹筏上向我们泼水嬉闹，到达艰难的水路，善良的庄主还主动帮船老大划桨，竹筏先逆流而上，后顺流而下。船手是一位清瘦的中年人，赤着双脚站在水中，光着脊梁拉着粗粗的牵绳艰难地踩在水石之间往前行走，纤夫的辛苦自不必说。对面迎来一组竹筏客人，筏上的小朋友拿着水枪准备向我们喷水，让我突然想起了有一年也是在盛夏，在海南万泉河上的一次漂流，当时我是作为单位的先进工作者享受这一福利的，和同事们一起，大家玩得比较开放，出发前每个人都是全副武装，一次性雨衣、水枪、帽子，然后乘竹排。我还清晰地记得途中的人们不管是否相识都相互欢快地打起水仗，场面热烈，特别刺激，就连执筏的船老大也被我们的热情所感染，加入这个欢乐的人群中，大家高歌“我爱五指山，我爱万泉河”，嘹亮的歌声响彻云霄，真是过瘾啊！今天的这次漂流多数都是老师级的，大家比较矜持，我那颗孩童般的心没敢释放，同行的童老师实在是按捺不住内心的激动，带头唱起了闪闪红星的插曲：“小小竹排江中游，巍巍青山两岸走……”大家瞬间被感染了。我们坐在竹排上，山清水秀，空气清新，河水不时地掠过脚尖，我索性脱下鞋子，后排的摄影师心美女冒险站在摇摇晃晃的竹排上为大家抓拍了一张张开心的瞬间。我更是兴奋地站在竹筏或直接坐在竹排上嬉戏，摆了不少pose，不时地掬一捧清凉的白马潭水拂面，好一个清凉舒爽。这次文雅的漂流同样给我带来了别样愉悦的感受。

上岸，漫步在优雅的景观小道上，身后的白马潭山水相连，风景如画，美不胜收。右侧层峦叠嶂的山脉和山脉下清澈见底的潭水，左侧林木葱绿。路边的果树上挂满了小小果实，只见庄主敏捷地弹跳攀高，迅速地为我们摘下几个青涩的山枣，吃到嘴里竟然已有些淡淡的甜味，真是意想不到。此景此情，令人陶醉，每个人的脸上都洋溢着欢快的笑容，心美女凭着记者敏锐的直觉好像找到了亮点，快步跑到队伍前方，大家神采飞扬的一张张笑脸留在了她的镜头里，在这里我要为敬业的心美女点个大大的赞字，在这次活动中本人也收获了几张颇为满意的美照。

回到景点的服务中心休息片刻，室内空调温度适中。心美女的优质服务再次体现，她快速地为每人买了一只冰棒，让大家先降降温解解渴，在店里她还向我推荐一款小小的拨浪鼓，色彩靓丽，非常可爱。我拿着拨浪鼓噼里啪啦地摇了起来，自己仿佛回到了快乐的童年。

近日在作家村群里看到庄主这样一句话：感谢7月29日白马潭景区金总的安排！看到这里我坐不住了，故提笔写下以上文字，谨谢两位掌门人让我们领略了白马潭漂流的美及它的魅力。

美丽的天柱山,仙境般的卧龙山庄和同样让人痴迷的白马潭漂流,我还会再来的!

卧龙山庄作家村

叶　纯

大巴车顺着弯弯曲曲的山路蜿蜒而上，一路有很多急而陡的拐弯，坐在上面有些提心吊胆，不过司机很娴熟，镇定地操作着方向盘，正当被晃悠得有些晕乎时，车子稳稳地停下了，路口一块巨大的岩石上刻着，卧龙山庄。

省城的一群作家张罗着要创办一个"作家村"，选址在美丽的天柱山脚下。"班长"刘政屏讲，正好在你老家潜山，一起去看看吧，有些惊喜，有些期待，就这样搭上了顺风车。看了看临行前准备的宣传折页，很多的作家和文人基本上我都是认识的，这些年在书店工作的一大收获就是，可以站在离文化圈很近的地方看风景，时间久了，也就熟悉了。书店里设有"皖籍作家作品专柜"，近些年也操办过的诸如"周末七点档""新安读书沙龙""三孝口悦读会"等文化活动，积累和过眼下来，看到许辉、闫红、胡迟、许若齐、程耀恺、"合肥姐妹"等等的名字，自然不会陌生，他们或做过嘉宾，或有作品在书店陈列。

当天，天柱山作家村的揭牌仪式，"卧龙讲堂"和"卧龙书屋"的揭牌暨捐书仪式简短而隆重，许辉主席和当地政要的致辞，马丽春村长的赠画，各位作家们的捐书，有条不紊。"卧龙山庄"的名字很大气，也很贴切，不由得你不喜欢，潜山的潜，卧龙的卧，低调而不露声色，有蓄势待发的意味。

聆听两期的"卧龙讲堂"，获益良多，讲座个个精彩。许辉主席的《〈道德经〉习读81问》深入浅出，厚积薄发；《中国传统文化之特点分析》很有新意，

《散文写作者的阅读视野》让你深思,《文学的魔杖》强调了个性与创新,《作家的“人文情怀”》之敬畏自然一说让人拍案叫绝,《非遗——点亮那些熄灭的灯》算是一堂“非遗”的文化普及课,闫红的话题总绕不开“红楼”这个关键词,刘政屏《就这么简单》的新书首发式,在这样一个场合,算是别有一番味道。尤为印象深刻的是程耀恺老师,为了讲课,特地背着一大包书上山,对程老,只能用敬佩二字。“三孝口悦读会”曾经邀请程老师做过一期嘉宾,主题是“在春天里读《诗经》”,当时他带到现场的几本书,让我看了“大开眼界”,一本本被他标注的密密麻麻的关于《诗经》的书,摊了一桌,当时就不禁感慨,有多少书不重要,一本书只有读成那样它才真正属于你,只有把书读透的人推荐的书才是精品,程老读书的境界之一,就是“在过程中发现乐趣”。瞧,一本放大版的《清明上河图》,里面500多个人!他一一过目,还告诉你,图上的人物三教九流,还有小偷呢,服了。结束后,我“缠”住不放,“抓”住了小偷。

卧龙山庄的风景美不胜收,有幸与资深驴客刘啸天合住在一间位置极佳的木屋,刘哥从装束上看,是典型的“旅游达人”,豪放有见识。屋前有一口人工开挖的池塘,不大不小,里面养着不少的鲟鱼,山泉水清澈见底,鱼儿来回穿梭,自由自在。晚上睡在床上,聆听山风和各种昆虫的声音,甚是美妙,睡到深处,总觉有一种在城市里窗外突下大雨的声音,不绝于耳,遂起身查看,明月皎洁,原来是山泉之水,连绵不绝,心安。

来天柱山,肯定是要上山游览一番的。坐索道上山前,做了一件事后来看是非常正确的决定,买了一双鞋,我居然是穿皮鞋来的,想想还是买一双布鞋之类的为好,可惜附近没有商店。在索道口的长廊小摊前,问了一位村妇,有鞋吗?也许很久没人来买鞋了,她讲有,等哈子,马上拿来,说完不等我表态,一溜烟跑到不远处掏出一个麻袋就过来了,跟我说买鞋的人少,这鞋时间长了点被压得有点皱,问她价格,她讲早上开张给30吧,我没还价。把换下的皮鞋就商量着放在她这,我说下山过来取,她拿出一个塑料袋用心地包好,讲可以等我来拿,等我下山后去她那里时,她真的在那等我,索道口离山庄有不少路，她还顺路走小路把我抄近送到庄口，淳朴的民风令人难忘。

天柱山的景色是极其优美和有特色的。对我来说有些“不幸”的是，不知什么时候左腿膝盖处被扭了一下，弯腿时逐渐有些酸，后来有些疼痛了，这要了命了，现在的爬山，就是上下楼梯，都要弯腿的。下山我这个受罪，后来有了绝招，倒着走，一步一步挪下山，左脚先往后伸直，往下一阶台阶站稳了，右脚再下去，我这个努力呀。我们走的是东关，这是很多导游不愿带队走的一条路线，因为耗时长，离索道远，景色恰恰是最美的。我就“惨”了，转过一个又一个阶梯，心想快到了吧，眼前又是一段美丽悠长的阶梯，索性停下脚步，擦了擦额头的汗水，站在原地，目送一拨又一拨的游人先下，心反而静了，慢慢下吧，下一阶就少一阶，离终点就又近了一些。人生的境遇有时大致如此，不管你的状态如何，都是一场长行，戒急！风风火火中，需要有时间停下来，抬起头，心安理得地欣赏着与你同行的不同的人，他们的姿态和表情，或矫健，或蹒跚，或独行，或牵手，甚至和你互相对望时的眼神，都丰富多彩，这何尝不是一种别样的风景。景色引来人，人又成为景。如果只是一味飞快地前行，一定也会错过很多的景和境，岂不也是一种遗憾？

一座山，一个庄，一帮人，一个村。卧龙山庄作家村，不管是山引来了人，还是人发现了山，两者的牵手是一拍即合，自然而然的事，所谓缘分，大致如此，那么多山，偏偏是天柱山，这么多人，偏偏是这群人。

我想，2015 年的这个夏天，卧龙山庄作家村的名头，会成为许多人的记忆，它从此开始，前途可期。

我们来到了天柱山(外一篇)

李海燕

一、渴望的心

我们的身心都被日常凡尘琐事捆得牢牢地,哪儿也别想去!尤其是在炎热的夏季,要是有那么几天能到大山里休闲纳凉放松一下紧张的身心,当几天逍遥神仙,该是一件多么美妙的事情啊!特别还是和一帮意趣相投的文人雅士朋友一道前行,那更是一件令人特别渴望的愉悦美事耶!

这样的好事就让我遇上了,在等待出发的日子中,我每天都到台历前数日子,紧盯着那个7月28日不放,你快快到来吧,我要出发!人未走,心却有了放风般的轻松,这有指望的日子和没指望的日子绝对是不一样的!

我们的目的地是天柱山和山中的卧龙山庄,光听这名字,就把人迷倒了。而且我们还由省作协主席许辉先生亲自带队去完成一项重要的任务,就是为"天柱山安徽作家村"揭牌。这个村长也有了最佳人选,她是著名文化人作家兼画家的奇人马丽春女士,这次活动的主要创意就是来自她那个无限活跃的大脑。还有同行的文化界许多很有成就的作家学者,都是我仰慕和学习的人,这样近距离相处,本身就非常有意义。

省内不乏名山大川,长江、淮河、黄山、九华山、大别山、齐云山、荆山、涂山、冶父山、太湖山、褒禅山、八公山、桴槎山、大蜀山、小团山……山山水水我的足迹都曾经踏过,那种和山水亲近后的愉悦以及留下的美好记忆,都如甘露滋润着我焦灼干涸的心田。现在,我们的精神日益受到了钢筋水泥的困扰和轰鸣汽车的戕害,我经常是猫在家里不愿意出门,一段时间如果到乡村野外放放风,或者去爬爬山看看水,真的都快活疯的了(合肥土话)!

天柱山,是我心中非常向往的一座壮美大山,可是一直没有机会和它亲密接触,听说同行的朋友们大多都来过甚至多次,我好生羡慕。不过,把对它的思念和渴望留到现在,也是上苍冥冥中的巧安排啊!

二、卧龙山庄有仙气

出发前就知道,我们此次下榻的地方叫卧龙山庄——一个大山里的生态农业休闲山庄。在图片里也对山庄的风貌略知一二了,可是当你真正踏上这片静谧凉爽茂林修竹溪流淙淙空气清新的山坳时,还是产生了前所未有的喜悦感和解脱感,喜悦大山里有这么美好的地方,解脱了浑身的世俗纠缠!

山庄承办了这次的作家村揭牌仪式,周到全面,隆重热烈,与会者都感受到了这种喜悦和荣耀。在皖南的秀美山村里,早就有了大大小小的画家村,就是没有一个作家村,现在,安徽省第一个作家村正式挂牌并落户到天柱山的卧龙山庄,真令人激动!尤其是整个下午坐在流水潺潺的林中木屋卧龙讲堂里听许辉主席讲老子,听徽州遗少许若齐先生、散文家程耀恺老先生、作家桂严女士谈历史文化谈文学谈写作,或激情澎湃,或侃侃而谈,或温文尔雅,让我也跟着心潮起伏热血沸腾。尤其是第三天的上午,由我省一流作家闫红女士、胡迟女士、童地轴先生和刘政屏先生组成的文学以及非遗讲座方队,更让这次的天柱山之行,裹挟着馨香的文艺芬芳,弥久飘香。作为省作家协会的会员,我真有一种如沐春风宾至如归的家的感觉。这感觉很美妙!

我和安大老师崔春姑娘住在山庄主楼的三楼，这座楼整个的木质结构，略呈弯曲，朝阳的木墙全被葛藤覆盖，阳光下，棕黄的木楼、木楼上的红灯笼，还有绿茵茵的葛藤随风摇曳，所组成的画面，强烈冲击着人们的视觉。楼下有一片开阔平台，坐在这里能看到挺立的天柱山主峰和云雾缭绕的山峦，听到的是啁啾鸟鸣和潺潺溪流，呼吸到的是湿润新鲜的天然氧气，感受到的是舒适凉爽的丝丝山风，这不就是仙境吗？我们现在就是住在这里的神仙！

晚上洗过澡后换了身舒适的睡衣，我就迫不及待地下得楼来，实在不舍得去睡觉啊，在这样仙境一般的夜晚体会当神仙的感觉，这样的机会能有几次呢？

暮色四合，凉风习习，仙雾缭绕，与城里酷暑37度形成了强烈反差。白天的热闹喧嚣，此刻复归于寂静，我们几个人边闲聊叙家常，边倾听着大山的呼吸，身心来了一次彻底大放松，体味的都是惬意和美好！

一夜好梦。其实在深夜时分我曾经醒来，独自站在窗前朝大山望去，神秘朦胧什么也看不清楚，各种虫鸣忽长忽短忽高忽低，组成了深夜交响曲，伴随着寂静的大山迎接黎明的曙光。我非常享受这样的静谧。

山庄的早晨云蒸霞蔚空灵毓秀，每一口的呼吸都如饮甘霖！我和崔春姑娘沐浴着晨曦沿着山路朝小溪奔去，我的视线被一簇洁白的小野花吸引，跑过去要和它们合影，崔春姑娘则对着地上一片小黄花猛拍，清晨山野里的花鲜亮脱俗，自由奔放，以各种不同的姿态，迎接我们山外来客的到来。我们也以最欣喜的神色，回报它们的美意。

山间小溪的潺潺水声如跃动的音符，拨动着我们的心弦，如果说小野花还可到处看见的话，那这跳跃的溪流只有来到大山深处才能和它近距离接触，感受它的清冽透彻蜿蜒曲折欢快奔放了！这溪水哗哗从山涧流过，淌在岩石上，清澈得就想让人一头扎进它的怀抱！水是生命之源，看到这样洁净的奔腾不息的跃动的溪水，如同自己的生命也注入了新鲜的活力，真是爱你一万年，怎么也不多！

想起来了,昨天下午那些演讲者个个才思如泉涌口齿特伶俐,超水平发挥了自己的才干,都与这仙境一般的卧龙山庄有关啊! 这儿的山这儿的水这儿的空气都透着仙气,更能激发人的潜能!

三、天柱山我来了

29号上午,我们一行人兴致勃勃去攀登天柱山。

天空碧蓝碧蓝,如真正的蓝宝石那样的蓝,白云朵朵,结伴而行手拉手飘过,如同白衣仙女翩翩起舞,群峰山峦巍然耸立在蓝天白云下,轻柔的茅草婀娜摇曳,在群山的怀抱里分外妩媚娇柔。我透过茅草仰望山峦再仰望天空,正值缆车缓慢划过,这是多么壮美的画面啊! 站在龙窝索道口,一时间,我心迷醉,天柱山啊,我来了!

刚从缆车上下来,我们就被奇异的山峰和岩石给镇住了,那形状和往常攀登的名山有很大的不同,比如黄山的山峰都是尖尖的非常险峻陡峭,而九华山则是山峦起伏群峰连绵。而天柱山的山峰多是孤峰兀立自成一景,每一块石头都那么大气浑厚,或圆或方,端端正正,好像都是天外来客,它们携手并肩从天而降,怀揣独门武功任意遨游在群山的怀抱中。那或卧、或立、或躺、或靠的姿态给人以无限的想象。还有那长在岩缝中的松树,就是最美最美的天然大盆景。

我一边惊叹着数十亿年前大自然的鬼斧神工造化出了如此不可思议的山石状态,一边又后悔着来得太迟了。还是对这座大山了解甚少甚至有些小看了啊! 所以,整个爬山的过程,我都带着崇敬和虔诚的心态,生怕再辜负这迟来的良辰美景。

天空碧蓝碧蓝,如真正的蓝宝石那样蓝! 越往山上走,这样的感触就越深。想起了好友蓝叶子正在美国,几乎每天都要发来那里美丽蓝天的照片,好生羡慕啊! 现在,就在皖山上头顶着碧空如洗的蓝宝石一样的蓝天,可以自豪地说,我们家乡的蓝天一样夺人心魄啊!

终于来到了主峰天柱峰。面对着拔地而起擎天柱一样的天柱峰，它伟岸雄浑傲然挺立的姿态，深深震撼着我的心灵。我们皖地竟然还有这样的山峰啊！想起了孙悟空的定海神针金箍棒，这山峰就是镇妖降魔的金箍棒，守护着一方水土一方百姓的安宁，我相信它有这样的威力和仙气。难怪汉武大帝也会亲自来朝拜，并封其为南岳，亲临此地后，谁都会产生无比膜拜的心灵。我就不明白700年后的隋文帝为什么要撤销天柱山的南岳封号，而改为衡山。这是隋文帝一个历史性的错误决策，我对他很有意见。

青龙背是一个很险峻的地方，虽说两边都有护栏，但是在脊背下探的地方我还是不敢前行，合肥绅士刘政屏和旅行家刘啸天两位资深帅哥鼓励我一定要上去看看。我还是很害怕不敢前行，于是，两位帅哥一边一个扶着我，硬是帮我完成了站在最险峻青龙背顶端位置的壮举。

端庄秀美大气磅礴浑厚华兹深藏不露韵味无穷的天柱山啊，还有你怀抱中的仙境卧龙山庄，今夏与你们匆匆相逢，有幸当了几天山中神仙，千般万般的不舍，无奈还要回到尘世中去。就这也让我很感恩了。我想我必须还要再来的。

小溪小溪水潺潺

李海燕

来一次卧龙山庄真的很不容易。我要安排好只有7个月大的小外孙王开源的一切才能离开，而朋友们则有繁忙的工作，请假出去游玩太难张口也太难抽身。更何况走之前的好几天里天气预报播报的全是山里大雨，去？还是不去？真是很考验人的决心呢！

好像很令人纠结的事，在我们这一群山水控眼里其实并不纠结——大家早已下定决心，就是再坏的天气都要去！11月5号那天准时出发，今年的秋天就剩下最后三天了，时间不等人啊！

卧龙山庄就在天柱山的怀抱里，那里有大森林，小木屋，溪水潺潺，仙雾缭绕，蓝天白云，山峰耸立，小鸟欢叫，松鼠蹦跳，山花烂漫，植被丰饶……而我最钟情的就是那龙漱泉的溪水。

7月里曾经来过一次卧龙山庄。立刻就被那清澈透明哗哗流淌的山间溪水给迷住了，一个人坐在小溪边盯着那一汪欢笑的清水目不转睛，从上头看到下头，再仰望四周的山野，再极目远方，如此反复，久久不想离开。其实这里是看不到远方的，只能想象一下，这么清澈的溪水它会流向哪里？

我知道，我的心田是干涸的，有多久没有得到这么清澈山溪的滋润了？真是太久太久了啊！雾霾让我们心慌意乱，滚滚车流让我们烦躁不安，还有职场、家庭、社会等等，来自方方面面的生存压力，心窠落里那仅有的一点点水分也快被榨干了。

当我看到卧龙山庄溪水的那一刹那，真的有满血复活的喜悦啊！可惜时间太短暂，仅仅是和它亲近两个早晨后，就要返回到世俗的红尘中来了。所以，当合肥绅士刘政屏（他夏天也来过）倡议秋天再去一次卧龙山庄的时候，得到了热烈响应。和我一样感受的人真的很多很多。

人品好天气就好，这话用到我们身上真的是太贴切了。雨不仅没下，当我们第二天游玩时天空竟然放晴了。更令我惊喜的是这次就住在溪水旁的小木屋里。真是天遂人愿！

小木屋全是木头组成（就连挂衣服架子上的小钩也是用竹子做成的），高高的屋脚，依山而建。我的窗户下就是梦魂萦绕的潺潺溪水。龙漱泉，我又来了，这次真的就是为你而来。

龙漱泉，顾名思义就是龙漱口的地方。龙的嘴有多大啊，它要是漱起口来那该有多大的响动？所以，我看到的这泉水就是有一股勇往直前奔腾不息的姿态，哗啦啦哗啦啦，日夜不停。离这里不远的200米处就有一个上天柱山的索道叫龙窝索道，敢情这里的一切都是和龙联系在一起的。这更让人浮想联翩，油然生敬，中国人与生俱来的龙的情结——爱龙、喜龙、崇拜龙，因为我们是龙的传人。

我们是夜晚抵达山庄的。在小木屋里，打牌的打牌，唱歌的唱歌。喝上一口龙漱泉水泡出的山野茶，那馨香直抵心脾，涤荡着浑身上下的尘埃，大家都飘飘欲仙了。哪怕是摆脱尘世两三天，也是无比满足。这个夜晚弥足珍贵。

清晨，我踏着薄雾，吸着湿漉漉有着植物芳香的新鲜空气，在小鸟的啁啾声中，迫不及待地来到龙漱泉旁，感到了久别重逢的喜悦。昨夜开窗往下观看，黑黢黢的，什么也看不见，但是哗哗哗欢快的流水声还是令我精神兴奋遐想无限。

水依然那么清澈，流动的速度依然那么迅疾，弯弯曲曲绕过山石，越过断崖，昼夜不舍，哗啦啦啦啦……奔向了我看不见的远方。

我发现，在急速流动的溪水旁石头缝里生长着一簇簇碧绿的野草，好蓬勃旺盛。想起了林黛玉，她的前世就是三生石旁的一棵绛珠草，贾宝玉的前世是赤霞宫的神瑛侍者，他天天以甘露浇灌之。绛珠草跟随神瑛侍者来到人世间，用一生的泪水报答他的灌溉恩情。这些溪水旁的野草莫不也是仙草？曹雪芹一定也看到过这样的景色，才有了《红楼梦》最初的故事起源。

呆呆看了这些仙草(姑且就当它们是仙草)半天,精神游离了一会儿,我的视线和心思又回到了现实。还是掬一捧水洗洗脸吧,我从这块石头跳到了那块石头上,这样的跳跃在我这个年龄已经不多见了。跳过去的目的很简单,这样离溪水更近更方便掬水洗脸——真舒爽真透彻啊!一抬头,看到了好友,她正坐在溪水中的一块大石头上发呆呢。估计也是被这景色迷住了,她是第一次到卧龙山庄游玩。

早饭后,朋友们都沿着溪水探险去了,山谷里不时回荡着他们的欢声笑语。我只是想一个人静一静,一个人和这小溪来一番更亲密的接触。

如果说早晨是云雾缭绕朦胧美的话,当上午阳光照耀山谷的时候,整个卧龙山庄呈现出的是一派五彩斑斓的静谧丰韵之态!

我看到了最喜欢的野菊花,小路边山坡上随处可见,鲜嫩嫩金黄黄恣意张扬不染尘埃。想起了我在城里细心栽培的野菊花,虽说也是开黄花,虽说已经很亮丽,可是与眼前真正山里的野菊花相比,真是灰头土脸啊。还有茶树花,洁白的花瓣嫩黄的花蕊,淡淡的馨香,都让人爱到骨髓里。更多的是那些不知名的山野花,静静盛开在秋天里。

松鼠在不经意间从眼前跃过,看到松鼠了、看到松鼠了!如孩童般一阵惊喜。还有满地的松果,一个个就像小宝塔,层层叠叠,那里面夹着的小果粒就是松鼠的最爱。深秋,当然是植物色彩最丰富的季节。溪水旁数不清的植被绝大部分我都叫不出名称,可我看到一树的金黄叶片在阳光下如金子般耀眼或一树的酒红叶片在阳光下如红宝石般迷人,真的就顾不得这些树的名称了。总之,它们都是带给我无限美好快乐无比的“红枫树”。

木桐捧着相机过来了,美景使她手忙脚乱,金萍也是一个人在那捣鼓,美景让她意乱情迷。总之,都是一个乱,慌慌张张要把这美好时光定格在自己的镜头里、脑海中。大家都知道,良宵一刻值千金,机会难得的硬道理。

雨,还是下了,而且很大。不过是在我们游玩了一整天后,夜晚才下的。第二天一大早雨就停了,人品真是好到家啦。

龙湫泉经过一夜的大雨浇灌，可想而知的声势浩大，那水声近乎咆哮，那流速迅疾欢快，哗哗哗，哗哗哗，依然朝着我不知道的远方奔腾。

我们要走了，恋恋不舍，一步三回头。就在最后的时刻，我还是忍不住抛下行李来到小溪旁，把它奔涌的姿态用手机录了下来，回到家再慢慢欣赏。

我的心田不再干涸。我看到、听到、感受到那清澈的龙湫甘泉正朝我奔涌而来。

天柱山散板

王维红

出了城，心情就曼妙无比。窃想，原来这城市也是一个围城，时间待久了就有“城市综合厌倦症”，总想逃离，换一种活法，将体内注满一些新鲜的元素，再回归。

秋已深。窗外成片的秋季稻田上，泼洒着大把大把金黄。不由得想起春天的油菜花、夏日无际的麦浪。看来大自然也是偏爱黄色的，一年中居然有稻黄麦黄和菜花黄，季节一到，那些炫目的黄，就在田野阡陌间逶迤连绵。这样的黄，有很强的视觉效果，也会立刻灿烂人的心扉。好像几天前还是春天，这一晃，秋天又快结束了。高速路边整齐的白杨，在微风中簌簌舞动，想起那句：白杨多悲风，萧萧愁杀人。可人在旅途，朋友间说笑着，是没有那种悲秋感怀的。都说，旅行去什么地方不重要，和谁在一起才重要，很是赞同。

这一趟的天柱山之行，与我而言，目的倒不是爬山，其一，是想去体验和感受天柱山卧龙山庄作家村。这个村也算是内心中文学生活的一块归属地。今年夏季，作家村开业时的种种欢乐喜庆，各种形式的讲学座谈，文友间有关文字精神的碰撞，都在这里演绎过。而那时，我在遥远的美国，未能亲身感受。如今也算是了却愿望，作为无名的小作家，再来这里踏秋赏景，当几天村民，体验村里生活，也不错。其二呢，就是想把自己置身于山的环境里，看看天，发发呆，和同伴们一起和着开心而已。

车行至天柱山脚下，天已黑。寻一个颇为地道的小饭馆，吃了正宗的山乡土菜，继续前行，向着半山腰的卧龙山庄进发。

山里的夜晚过于黑暗，窗外的风景都被笼罩在夜的黑里。

没有见到传说中的葛庄主，好在有笑语吟吟的美女助理周到地接待和安排。我们被安排住在一套别具风情的独栋木屋里，提着行李走下台阶，来到木屋前，那木格子窗前暖暖的灯光，已经温暖周身，身体中那些快乐的因子瞬间就被激发出来。

七八个人，守着这样一座木屋，喝着青茶，说着话，打着牌，不觉间，时针就转过了一圈。新的一天，在热火朝天的牌桌上拉开了序幕。直到众人散去，清凉的夜晚，才恢复了平静。

寂静像一个巨大的器皿，将山中各类声音都装了起来。而所有的寂静沉寂下去后，唯一能听到的，是紧邻木屋的龙湫谷山泉汩汩流淌的水声。这水声，让卧龙山庄的寂静变得清澈，这水声，又如细密、柔软的纱布，滤过寂静，让寂静更细腻，更富有弹性。这样的夜晚，枕着绵长而清澈的一脉水流声，很好入眠。

清晨，同伴们还在酣眠，我轻声走出木屋。开门见山，站在过道上，感受着愉快的空气穿梭在鼻翼间，忽然想象着，这些空气与我们生活的城市中的空气是不同的，这里的空气还存在着其他的物质，有植物的气味，有花香、果香，有雾雨的气味，我贪婪地吮吸着这湿润的空气，翻阅着眼前的一片山。水汽氤氲的山体，犹如一幅幅刚画好的大写意的水墨画，大自然的调色盘，将各种色彩随意涂抹在树木枝蔓草叶上，红的黄的绿的紫的白的……长夜过后，在薄雾的清晨，所有的一切都是新的，自自然然原生态地呈现着。

门外的过道处，有一条木质的长椅，我让自己松弛地靠在座椅里，面对着空旷的山谷发呆。这样的时候，我既清醒地意识到自己的存在，也清晰地感受到周围。我和我的周围，不再有界限，整个人似乎都在自然的包围里，而自然似乎又进入了我的体内。与一呼一吸间，我的灵魂似乎也变得轻了，净了。

晌午，朋友们坐在山庄主屋空旷的露台上，闲适地聊天。露台前端的几个大缸里种植着碧绿的大叶卷心菜和蒜叶青菜，那些菜在雾水的滋润下，格外动人。农庄的厨娘，拎着菜篮走来，不一会儿工夫，就采摘了一篮子新鲜的蔬菜。这里的田园蔬菜基本是自给自足的，足以满足一日三餐之需吧。早晨的山岚几乎都被层层浓雾掩盖，我们说话的当儿，忽见云开雾散，那一刻我不由自主地又尖叫起来，呀，看啊，天柱峰！

是的，雄伟的天柱峰，就在不远处，撩开了她的面纱。那真是一个人间仙境，山的顶端瑞云缭绕、祥气笼罩。

秋阳朗照，大山环绕，索性一群人都坐在门前庭院里，看山吃饭。藤椅板桌，端着大碗，农家的鲜蔬与土猪肉，让人吃得舒坦而通畅，这才是人间清欢有味的美好。

下午小睡后，不见了同伴。独自一人对坐大山发呆。远处传来阵阵呼唤，大山里回响着我的名字。于是追赶着他们的脚步，走到索道口。时日已不早，太阳忽明忽暗。一群人断了登山的念头，就在那一带走走停停，拍拍照，看天看山看树。

走回山庄，刚到二楼回廊上坐下喝茶，天就落雨了。

山里的天，变化真快。这一日，雾晴云雨，让我们的收获颇丰。

雨一直下。晚饭后，几个人一溜排坐在一楼过道的竹椅上，听雨看雨，屋檐下，是一挂雨的珠帘。现在城里是看不到这样的雨帘的。小时候住在乡下，常见茅草房檐下有这样的雨帘，经年日久，那地面还会有雨滴滴出的一个个小空凹。那时，我最喜欢冬日雪后屋檐上长串长串悬着的冰凌儿，凛冽晶莹，犹如一支支棒冰。常和小伙伴们，搬个高凳子去摘下，当冰棒吃。岁月一路奔流，看着昏黄的路灯下这一挂白色的雨帘，不由得就想起往事，想起童年，想起游戏，想起家，笑声，温暖，还有春天。

天柱山的夜雨，隔绝了人和世界。我们安静地说话，发呆；一只短矮的小黄狗，在我们的脚前来回穿过；忙碌好山庄厨务的几个村妇，在另一条走廊上打着手里的毛线做着针线活。时光恍若凝滞。有人提议,还是唱歌吧。雨的夜,我们翻唱着一支支老歌,在散板的旋律里,一任温情和安详暖暖地泛上来。

原来自然最可亲

市　桐

天柱山是皖籍名山，既名“天柱”，就可以想象那擎天一柱直插云霄的气势。而卧龙山庄正建在天柱山半山腰的密林深处，抬头即“天柱”在望。今年7月，作家群的朋友来到山庄，举行“安徽省作家基地”的挂牌仪式，一帮文人从喧嚣的都市来到这自然的山水中，哪里还能按捺得住，天柱峰的嶙峋奇绝，山间的毓秀风光，还有切磋交流、赏花观景时的那份舒心和惬意都融入他们的文字和图片里，让没能成行的我好一顿懊悔。

群里几个和我一样没有去的朋友就约定：这趟旅程一定要补上。

可日程定下来了，车子也安排好了，临近出行天公却不作美了。天气预报上说，当地连续几天都是雨，中雨到大雨。

哎呀，心里开始嘀咕了：大雨天进山很不安全哟；不要说天柱峰登不成，只怕一片雨雾里，山峰的影子都难看到呢；人困在房间里，想出门都不方便啊，湿答答的，要不推迟到下周？

还是木槿姐姐做事果断，她可是放下几个月的小外孙，好不容易才脱身出来的。她没有一点我们的迟疑多虑。姐姐说：下雨就看雨景嘛。别犹豫，出发吧。

和朋友们一起出行本身就是一件开心事。车一出城，人自然而然就卸下了职场的拘谨，变得轻松活泼起来，天上的一朵云啦，高速公路旁成熟未收割的金黄色稻子啦，装了一车猪的大货车啦。那些平时见到都无动于衷的景致此时都成了我们“喝三喝四，喊七叫八”的理由。几个小时的车程没啥感觉就到了。

到达山庄天已黑透。除了弯弯的山道，什么景也没看到，可我们精神头还足得很，一个个情绪高亢，不能安静，更舍不得去睡觉。打牌打牌！于是，在我们入住的小木屋里，会打的、不会打的都掺和进来，图的就是短暂的放松和热闹。

第二天醒来一看，雨是没下，可天阴着。还没来得及遗憾，我们就惊喜地发现，出了小木屋走下几级小石阶，便是一条欢快流淌着的小溪。听了一晚上汩汩的流水声，原来这木屋是枕着溪水的呢。沿溪慢行，才发现山庄里各式各样的别墅式的小木楼，木楼依势而建，又有满山的树掩映着，你不走近，便难发现。小溪在林中蜿蜒，水极清，或活泼跳跃，或平静流淌。天气已转秋，菊花在路边石缝里开得这一丛那一丛的。林子里也是秋色斑斓，各色相杂却有你说不出的和谐，这是大自然的手笔，你只能觉得美，只能一个劲地说好，想努力搜出好词来竟又不能。林中的大多植物不认识，有挂了牌子写了名字的，我们就凑上去看一看，可也像猴子掰玉米，记了这个又忘了那个。而天竟出我们意料地渐渐地明亮起来，雾淡了，有疏朗的阳光照到林子中，镀了光的叶子顿时就有了神采，我们的心情也变得透亮透亮的。呼吸着这山间新鲜得不能再新鲜的空气，我们一个个面色红润，在山间雀跃，高声朗语。

中午，去山庄的餐厅就餐。这是一栋三屋木楼，门前是一方平台。中间一株桂花树长得高大茂密，形如纺锤，边沿上几只陶缸里种着大包菜、青菜、大蒜，都长得青翠欲滴惹人爱。山庄的三只小狗混在我们中间，我们拍照它们也忙着入镜。这里是山庄的最高处，视野开阔。远处层层山影皆在云雾中。“天柱峰就在那儿。”来过的朋友向平台左手边的方向指过去，可此时山上云蒸雾绕，只看到山下一行索道吊篮。中午在平台上正吃饭呢，阳光突然直刺刺地泼下来，晃人眼。不一会儿，就有人喊：看啊，蓝天！蓝天！正抬头看天，又有人喊：看！天柱山。我们又一齐向平台左手边看去。只见天柱峰终于将拂着它的云雾退去，一峰矗立，瓦蓝瓦蓝的天幕下，白色山体洁净如洗，与周边的绿色山峦迥然不同，让人惊叹自然之力，鬼斧神工。大家都兴奋地放下碗，急着拿相机、拿手机去拍照，可一瞬间，一缕云飘来，山峰又隐去。我们接着吃饭，不一会儿又有人喊，出来了！出来了！于是又撂下碗去拍照。五次三番，一个个都像是多动的小儿。而餐厅的女工们早已收拾妥当，坐到那棵桂花树下，织毛线，打纸牌，聊天，三只小狗也躺倒在地，睡得四脚朝天，对我们这些一惊一乍的“土包子”理都不理了。

山上的天气变化快，晚上，果然下起了大雨，山间只听得雨声一片。到早上，满山云雾，细雨如毛，一切又都变得朦朦胧胧起来。平台上那几坛菜，叶片上挂满了亮晶晶的雨珠。想着山上的植被，或雨或雾或阳光，轮番地滋养着，怎么能不灵秀呢？我真羡慕它们呢。

人在山中，像是得了大自在。山涧小溪，石缝中兀自开放的小黄菊，飘忽不定的云雾，忽然而至的一场暴雨，连同那几只自由散漫的小狗，都让人喜欢。人在城里待久了，总想往乡间跑，大概就是久失自然心生焦虑的缘故。

原是自然最可亲。

说到自然，前些时候听许辉主席讲老子，明白了“道法自然”中的“自然”不是大自然的“自然”，是“自然而然”的“自然”。此时，面对眼前的景致，我突然想，这大自然或许可以作“自然”最好的代言人，像大自然一样的“自然”不就对了吗？我们常说：“自然就好了！”这寻常的话语里，意味深长啊。

沉浸在Ta的世界

去查湾，看海子

姚　海

本以为可以不费任何力气就能够感应到诗人的气息而寻到他，结果还是周折了一番。出了合肥，一路向南问着、跑着，180多公里的路途下来，我已经腰酸背疼。驶进高河，在确定了通往查湾的方向以后，已经中午1点多了。妻子女儿都叫饿了。找了饭店坐下，我就开始打听海子，竟然说不知道!？隔壁是一家文具书店，我想他们一定会知道！我小心地向店主问道："你知道海子吗？一个诗人。"话音刚落，一个十几岁的小家伙突然跳到我身旁大声地说："你找海子啊？我知道，他是我大伯！"

这是海子的侄子，来这里买文具。我说："那你等我吃完饭，你带我们去。"这时店主也说话了："我怎么会不知道？我和他是同学呢。"我们聊起了海子。她说她和海子是一届的，不是同班。海子是文科班的，年龄很小，学习很好，每次作文都被老师当作范文读。说海子的死让她们很吃惊，觉得跟爱情受挫有关。并拿出海子的书指着那张留着胡须的照片说一点也不像了……

高河自2001年底就是怀宁县的县政府所在地了。县城还是显得有些嘈杂，通往查湾的路就在车站边。

除了在一开始的百米左右有些破烂，后面一直就是路况不错的黑色沥青路面了。妻子说："是不是因为海子的原因。"我说："未必，海子恐怕享受不到这个待遇。"若干年以前我还在报纸上看见有记者在陈独秀墓前感慨其荒凉的境遇。一代叱咤风云的政治领袖也不过如此。安庆是个名人辈出的地方,高山响鼓的名字可以列出一大串,海子是墙内开花墙外香,要受到当地的高度重视,还得假以时日……顺着路向里,有种云深不知处的幻觉。路不宽,几乎看不见其他车辆。我和小家伙交谈着,确定他就是海子的大弟弟查曙明的孩子,今年十五岁。我问他:“我可以和海子的父母随便谈吗?”他说:“注意一点就是。”我说:“你这说得还很像个‘人话’哦。”然后我们都笑了……

大约驶有3公里远,按照小家伙的指示,在一个路口右拐,100米左右就看见海子的家了。门口坐着一位老人,我想应该是海子的父亲查正全,小家伙说是。我一直把车开进了院子里面。是一片水泥地坪。老人家接待我们。这时我才看见房子的门头上挂着一幅横匾“海子故居”。

这四个大字是我国一代书法大师邓石如的后裔,当地名家邓晓峰题写的。一进门的正对面就是一幅巨大的喷绘,是怀宁县政府对海子的文字介绍。左侧是海子的简历和诗作《面朝大海,春暖花开》,右侧是海子生前的一些照片写真和一些大家对海子的评论摘要。老人领着我们参观了海子的房间:四个书柜,两个自制的,两个是县里资助的,满满的书,估计也有好几千册。一张大床和粗陋的写字桌,一台破旧的电视机。还有两个铝合金玻璃矮柜,盛放着与海子有关的书籍。一个奖盘,老人说是“人民文学奖”,这个奖还有5000元奖金。我们正看着,海子的母亲操采菊老人也回来了,我们就在堂屋里坐下闲聊了起来……

这次来查湾,原本是安排在海子的祭日3月26号这一天的,因为特别的事情而耽误了。后来知道,当天,很多安庆师院的学生和一些热爱海子的朋友们在这里一起举办了一个规模不小的纪念海子的活动,可惜我没有赶上。同样值得庆幸的是,我避开拥挤才得以和两位老人家单独地交谈了两个多小时。

本来是没准备写下什么文字的，再加上事先小家伙的那句“人话”，我和两位老人的交谈中，总是尽量放松随意而谈。不想把气氛搞得紧张或忧伤。老人似乎也比我想象得要出色得多，看不出明显的反应，谈得很顺畅。间断地聊了很多人和事。值得一说的是：海子的父亲看起来虽不像乡下人那么粗鄙，但也绝不属于很有学识的人，说话也有些口无遮拦；海子的母亲正好相反，看起来不像有文化的人，更像一个典型的农村老太太，但是说起话来，让人觉得很是经过“考虑”的。后来才知道，父亲没有文化，而母亲是念过私塾的。

现在写此文，实在是有一些话想说，对海子父母的言语我也只能记得意思，故不再加引号了，不愿为他人作文提供依据。

海子高考那年15岁，当年文科满分400分，海子以375分安庆地区第一名的成绩考取北大。毕业分配时，海子不愿意到安徽司法厅或南京中级法院，为此，父子俩争执过，海子的意见是：别人都想往北京去，我到了北京，难道还要回来吗？后来分在了政法大学，基本上是每年回来一次。正全老人说，海子很少寄钱回来，自己都不够用，两次去西藏；还要买书。一本书买了150元。我问什么书，他说忘了。老人说话声音很大，似乎有些气鼓鼓的。海子母亲柔和很多，说海子从小就聪明，记性好，就是读书的料。我们说起诗人西川，老人很感激他对于出版海子的诗集所付出的心血，海子最好的四个朋友，一禾也死了，老木现在不知下落，只剩下西川了。我没有刻意去谈及海子的爱情，一来是怕引起老人的误会，二来我估计这些事情，海子生前也未必愿意与父母提起。我小心翼翼地问了一个关于“芦花”的问题，海子母亲立刻说，你说的是周玉冰的书吧，没有这个事情。并认为在那本书里面描写了大量的关于海子爱情的事情不妥当。接下来，话题转到了很多编写海子文章的作家，其中还有《海子传》的作者余徐刚和《海子评传》的作者燎原等，以及一些出版海子诗集的出版社，老人对人民出版社和上海三联出版社的“规矩”表示了肯定。还介绍说，一家日本出版社选登了海子的几首诗，付了1万日元，是西川通知的，折合人民币约700元。对于一些为了写出海子传记的作者流露了一些微词，用正全老人的话说是“书一出，就不见人了，电话也打不通了”。老人还拿出几份与出版社的合同和一些杂志给我看，说很多作者为了写文章来这里收集资料，写出文章后就再也没有“回音”了。我向他解释道：出版社涉及的是版权的问题，是要支付稿费的，而一些单独篇幅的文章，除非刊登你们提供的照片需要经过你们之间的协商，作者是不需要再另外支付费用的。我说，我在网上发表文章时顺便告诉这些作者，请他们再次与你们联系好不好？或者寄一些出版的书给你们？海子母亲连忙说，好啊、好啊……

关于海子的文章和书籍我也看了大量，其中以今年1月出版的诗人燎原的《海子评传》最为上乘，圈内圈外口碑最好，是近年来一部难得的了解海子的大观；我省中青代作家周玉冰先生的《面朝大海 春暖花开——海子的诗情人生》，严格地说，还不能算一本传记，认真的读者从书中人物场面、心理活动的描写可以看出，内容上有很多假设和猜测，更像一部半实半虚的小说，但是这本书的价值在于：使得更多局外人有兴趣认识了海子；“80后”大学生余徐刚的《海子传》一面世就遭受阻击，专栏作家郝岩冰在《新京报》上发表署名文章刻薄地指责其“提供给我们的只是一堆不忍卒读的五号汉字”。结合起来看，郝岩冰的批评不无道理，但是我更愿意理解为是余徐刚在写作能力上的问题。

所有与海子有关的文章和书籍，无论作者是出于怎样的动机，客观上都是对海子及热爱海子的人做出了贡献。我们都应该给予“严重感激”。我的意思是想说，如果我们真的十分热爱海子，请为他的父母再多考虑一点，原谅他们作为乡下老人的“自私与市侩”，他们认为他们为你们的写作做出了帮助,应该得到一点报偿。毕竟农村很穷,一分钱也会看得很重。

我们聊天的时候,来了几位县里和镇里的领导,我殷勤地为他们介绍海子,指着墙上的诗说,这首诗2001年开始被列入全国高中语文教材;指着谢冕教授的名字对他们说,这个人现在好像是中国作家协会的副主席,有人答道,是的是的。正全老人向领导提出希望能够将海子的墓地整修一下。我乘机说:"还应该在公路上设置一些指示路牌。"领导连连点头,我不知道这算不算是答应了。他们临走的时候准备买两本海子的诗集,书房的书柜里有不少《海子的诗》,大部分是海子的三弟从他的小书店里拿回来的,还有就是出版社寄来的(每出版一次赠送5本),正全老人拿出两本说是赠送,领导执意要付钱,老人执意不收。

他们走了以后,两位老人还抬了几句杠,一个埋怨为什么不收钱,一个说怎么能收钱!我赶紧插话说:他们至少是文化站的领导,会有所表示的。海子母亲仍然有些闷闷不乐……

我指着墙上的两张照片(一张满脸稚气,一张胡子拉碴)问相差多大,正全老人说也就两三岁吧,"这张是大学毕业时的"然后指着另一张"后来写诗就写成这样了"。说得我忍不住笑了起来,老人自己也跟着笑。海子母亲走上来,用手在胸前比画着说,回来的时候,胡子到这里,他父亲很生气,才剪了的……

这次造访海子家乡,我想我对大家了解海子至少可以提供两个小小的帮助:一、关于海子生死同日的说法并不正确。海子生于1964年的农历二月二十日,推算起来,应该是公历的4月2日;1989年的3月26日,是农历二月十九日——并非传说的那样神奇。二、"海子"的正确读音应当是后面读轻声,而不是第三声,与孔子孟子的发音规律不同。

如果有人问我对海子的印象,我或者脱口而出的会是同情,依次还有不解、遗憾,最后才是崇拜。对逝去的生命是遗憾,对选择主动死亡是不解。海子很年轻,在选择死亡的时候,不知道他是怎么考虑家里处境的,我不想猜测。死亡的事实是我对海子以及其整个家庭的同情。安徽的农村很贫穷,我自己的姑妈家就是我最熟悉的例子,姑妈一共5个孩子,我的大表姐在连续两年落榜之后,家里实在没有能力再支持她读书了,是我的父亲承担了表姐一年的所有费用,她才得以在第三年终于梦想成真跳出了农门。接着,表哥、表弟也陆续出来了,家里的日子在几个人的帮助下才彻底地摆脱了贫困。海子的家庭应该说从海子算是开了个好头,大弟弟第一年高考重点差4分,第二年差了十几分,海子的死使全家没有了方向。

我问海子的母亲,在海子的诗中有几首关于母亲的作品"妈妈又坐在家乡的矮凳子上想我,那一只凳子仿佛是我积雪的屋顶……"你能感应得到他的心情吗?采菊老人缓缓地点头,眼角也开始闪出泪花……

天空不知道什么时候阴沉了下来,我向妻子使了个眼色,妻子拿出准备好的一点心意交给海子母亲,她半推半就地收下了。正全老人却在一旁大声地说不能要、不能要。海子母亲说:"要不你们拿几本书去?"我说:"不用了,也不早了,我们还要去墓上看看海子。"妻子和正全老人一起去买爆竹和纸钱,我鼓起勇气问了海子母亲一个关于这些年海子稿费的问题,她并无顾忌地回答了我,前前后后总共有十几二十万吧——哦,这个数字比我想象得还要好一些。

海子的墓地在我们来时的路途中,就是说,我们去拜过海子就可以直接回去了。海子母亲从屋里拿出两块糕点,妻子不收,她又给我,我估计这可能是当地的习俗,有"礼尚往来"的意思,特地还问了一下是不是一定得收,老人说是的。

我已把车掉了头，发现海子的母亲似乎还想跟我说什么，我下车来到她面前再次告别，老人擦了一下眼睛，这回是真的哭了。拉着我的手问，什么时候还会再来吗？我的心猛地一揪，在内心也同样问了自己一遍，我还会再来吗？我下意识地看了一眼正全老人，他站着，一言不发，不知道什么原因，我眼前突然闪现了我自己父亲的身影。我对着海子母亲说，会的！你们多保重身体！

在车子即将驶上正路的时候，我回头看了一眼，两位老人还在路边朝我张望……

海子的侄子带我们去扫墓。这回有三个小家伙了，海子大弟的两个孩子和三弟的一个孩子。从这条公路向海子故居同样的方向拐弯（大概是西北方向），泥石路一两百米的样子，就看见海子墓地了。

这里像是一片荒地，离开村子不远，从海子故居往这来是一个明显的上坡，所以在有的人的文章中会说成“上山”。这是皖南丘陵地带的特点，大大小小的土包和洼地。四周没有一座山，我也没有注意这个叫查湾的村子究竟有多大，只觉得比较零散地排在公路的两边。停下车，一边是墓地，一边是地势很低的水稻田。旁边几座不起眼的小坟衬托得海子的坟更显得气派一些。慢慢逼近他的坟墓，心里纠缠着一丝温暖与疼痛。墓冢不是水泥浇灌的，应该叫作浆砌块石的墓，圆形，墓前有十平方米的水泥地坪，两棵柏松。26日的纪念活动还留下两只花篮摆在墓前。墓的右边镶嵌的两块喇嘛教经石，每一块也有二十多斤吧，是海子从西藏带回来的，也看不出和普通的石头有什么区别，表面是两个彩色的菩萨，不知道是画上去的还是刻上去的。墓冢顶上，半人高的荒草随风摇曳，女儿说很像麦子——对，很像！荒芜的草就像成熟的麦子在海子的头顶飞扬，她是高贵的！海子，你把麦子写进诗歌注入了人们的心中，麦子也没有忘记至死陪伴在你周围，她是执着的！

烧纸、送“钱”、鸣“礼炮”。风很大，我和几个小家伙围成一个半圆，挡住风，我一边烧一边恶狠狠大声地喊：来，海子，拿钱去，几百万啊！从此，你不再是贫穷的诗人，你是富有的皇帝，诗歌的皇帝！女儿问我，你那么凶干吗？孩子们继续烧，我点根烟，也替海子点了根，插在墓前，我坐在旁边和他一起慢慢品尝，抽完一根，我再点一根……

也许有人会问，你喜欢海子，你读懂了海子的诗吗？

我不太懂，特别是长诗，看得我晕头转向也不知其意。如“太阳”系列那些类似“天书”的作品，总汇了宇宙、生命、文化和精神，我想这些都恐怕只有真正走进海子的生活和思想里面才能寻找到支撑其诗歌的知识构架吧。骆一禾说：海子的诗应该进入可研究的行列。而海子的大部分抒情短诗，却叫人能够有所感知的。我理解海子的短诗，在语言风格上除了具有朦胧诗的特点之外，在意象上是超越了朦胧诗特定年代的基本框架的，朦胧诗的整体宏旨不变，基本是反思、追问和批判，海子则是在宏大的生命背景下抒发一些个体经验和感受。我惊叹海子奇妙的想象：“寂寞的花朵是春天遗失的嘴唇”“海鸥是上帝的游泳裤”“白鸽是屈原落在沙滩上的鞋子”和一些普通词汇表达出来的如“万人都要将火熄灭，我一人独将此火高高举起”“姐姐，今夜我不关心人类，我只想你”“远在远方的风比远方更远”。既有高度又有深度，还有相当的美感。

海子自己也肯定了在抒情诗歌上的成就，但是他不愿意或者说不满足于一位抒情诗人的身份，海子这样想也许并没错。海子要成为中国的但丁、歌德，要成为诗歌的王。若仅仅以这些抒情诗歌为阵地，几乎是不可能的，甚至永远也难以超越“三个半”诗人。于是海子攻长诗，在作品中，以大量的绝对个体的经验和我们并不熟悉的西方哲学、宗教、神学上抽象的意念作为创作的主要语言，很多“拿来”的部分为其诗歌涂上了斑驳的色彩，也戴上了神秘的面纱，好像有些故弄玄虚。但是从其语言的活力，想象的空间中，我也能领略到一种奇幻的美。海子不在意诗歌语言的完整或凌乱，不刻意去把握声音的节奏和质地，他只在乎本能的情感，这是一个诗人的自信！我读海子的诗，可感而不知，有点蒙娜丽莎的味道，只知道其名贵，却不知其价值所在。也许我可以回到罗马神性的宗教年代，回到伟大的文艺复兴背景中去领略那个微笑的含义，海子却叫我找不到起点。我说，海子的诗歌主旨始终没有离开中国诗歌的本源、意境。宽大而丰富，有明显的追求美学价值的痕迹。就抒情诗而言。

我认同海子对“流浪、爱情、生存”的理解，却怀疑他对“诗歌、王位、太阳”的追求是否正确。

我坐在海子的墓前，远处是零星的村落，并没有大片的麦地，没有一条河流，甚至没有一棵像样的大树。眼前唯一能产生一点诗意的是村子边的一方小池塘，正对着海子的墓碑，距离我们几十米远，落差也有十来米。池塘荷叶破败，还看不出任何一丝春意。海子也在这个土坡上看村庄、池塘绿了又黄，黄了又绿，春去秋来十七次了。一个洗衣服的村妇刚刚离去。村庄和池塘都在我的眼下，我幻想着一个叫“芦花”的姑娘在这里与海子会面，诉说衷肠。尽管我也庸俗地认为海子的死应该与感情的挫折有关，但是我还是希望有更多的女子能够走近海子，给他姐妹般的关怀、情人般的爱恋。生活经验告诉我：不完美的爱情总是很折磨人，但是带来这种痛苦的最初必定是最让人感到温馨和甜蜜的，比较起完美更加能叫人生死相望。海子就是在天国，也时刻在俯瞰着他一直热爱的土地、麦子、村庄，还有母亲、姐妹。

不远处,有一座座像是墓冢的小房子,女儿和海子的三个侄子在玩耍,我听见她怯怯地在问:那边的小房子里面是什么啊?"死人!"一个小家伙漫不经心地答道。女儿赶紧跑到我身边问是吗?我说没有什么可怕的,这里的习俗,人死了以后放在棺材里,搬到墓地放三年,再下葬。那海子也是这样的吗?我说,不是,海子回来的是骨灰,放三年下葬的。女儿待在我身边再也不离开了。我问她,你说,风的后面是什么?她想了想说,不知道,不还是风吗?对!我说,海子和你想的一样:风后面是风,天空上面是天空,道路前面还是道路。女儿莫名其妙,我也是……倘若按照海子的逻辑推理下去:失望过后也永远是失望?贫穷的未来还是贫穷?在诗人眼里,未来是永无止境的绝望。在 1988 年的《远方》中说:远方除了遥远一无所有!

人的一生,无非两方面:物质和精神。也只有这两方面的极度匮乏才有可能导致人的彻底放弃。海子自己和家庭没有无忧的物质,爱情已去,事业无成。海子仍然强作勇气:"你们不能说我一无所有,你们不能说我两手空空"——很显然,这叫喊是言不由衷的,是有气无力的。但是海子的心很大,他要以中国的土壤为基础,建立一个比肩但丁、歌德的世界级的诗歌帝国:东起尼罗河,西达太平洋,北至蒙古高原,南抵印度次大陆。海子是真正的那种心比天高、命比纸薄的人。这话放在今天说更容易理解。

海子的一生,遭受太多的曲解和轻视。人们没有给他相匹配的注视,诗歌内部当他是异类,老诗人否定加批判,新诗人藐视带攻击;圈外很多人也就把他当作一个朦胧诗人,那时的朦胧诗更多的是为了博取人们的注意而标新立异。诗人无异于疯子一般可笑。海子短暂的一生是委屈的,这委屈不仅仅是他长期是"物质短暂的情人",而是从来就没有被人们认可,他不能容忍自己用生命完成的作品必须通过朋友的关照才能成为一种成就。带着遗憾、生命之痛和绝望,选择了离开,按照他喜欢的诗人蓝波的提示,生活到别处去了,倔强地走了,头也不回!

海子的诗歌有很多死亡的意象,特别在后期这成了他的诗歌的最为重要的命题,而最后向世人宣告死亡的,无疑是作于1989年3月14日的《春天,十个海子》。这些迹象表明,海子的死不是突然的!那个得出海子患有精神分裂症的报告让我很是困惑和不满,我至今也不知道,在医学上是不是可以对一个已经死亡的躯体做出这种判断?真的不知道。

我也反感在海子身后那些毫无内疚感的圈内人士大而无当的任意吹捧,你们早干什么去了!海子的诗歌究竟好不好,你们比谁都清楚!从这个角度说,今天,我们这些热爱海子的人是多么应该感谢海子生前的朋友骆一禾、西川,他们是真正配得上"朋友"这个称呼的!

我曾问海子的母亲:你觉得海子的诗好吗?老人说不知道。我对她说:好!但是我说不出哪里好。我跟她举了个例子,就如同我们村里一个人,大家都觉得他很好,突然有一天,你问我他到底好在哪里,那得让我好好想想才能说清楚。

对于海子的诗,我们不能深解其味,理解不了,这并不是什么羞耻的事情。我们可以去猜测,错了也没关系,即使对他的死因,也不例外。死,是一个有趣的话题,海子的死使得他一夜之间成为众人关注的焦点,人们以最快的速度、最大的热情来谈论海子,西川说:"这很难说这里面没有一点围观的味道。"围观就围观吧。但是,我们不该去主观否定甚至恶意攻击,很不厚道!所谓"病句走大运"就是一例!我想,对于诗歌这种文学形式来说,这个观点的本身就是很外行的。诗歌创作能够从常规的语法辞章的角度来衡量吗?如果这样的话,我们怎么理解"悠然见南山"?到底谁是主语?怎么欣赏"春风又绿江南岸"?形容词又怎能充当谓语?我们甚至要指责李白的

“归时倘佩黄金印，莫学苏秦不下机”——这根本就是错用了典故嘛！

海子的诗歌，在很多时候让人怀疑是词不接，意也不接。我们不妨反证一下：十几行、几十行甚至几百行的“胡言乱语”，你来试试？我倒是试过，几句都困难！

海子的悲哀也许正在此。孤独，像一条青蛇，慢慢吞噬着他的生命……

我回头，看着海子的墓碑，心里悄悄地问道：海子，我说得对吗？风，吹着“麦子”瑟瑟地响，孩子们已经跑到了不远处的池塘边玩耍，天地间忽然因为几个跳跃的小身影而变得生动起来。

我突然有所醒悟，我身边埋着的是一位诗人，并很可能是伟大的诗人。他是不是一定要见到我的作品才肯理睬我？哦，那让我试试：

诗人，你笃定的脚步
停在了哪一个路口
太阳和麦地，在你的身后

远方，可有你看见的闪电
可有你珍贵的幸福
远方不远，就在身边

你用土地般的苍白
描述着人类的祝福
我们把你收获
而你一无所有

风从你身体吹过
带着荒草的气息
温暖而湿润的家乡没有春暖花开
只有你，还有静静的山坡和村庄

海子，我走了，我不能再停留了，心里难受！

才发现，脚下的土地上还盛开着很多不知名的小花，我一路践踏，离开……

在高河镇，我停留了片刻。看着无名的小城，海子就是从这里一次次出门又归来，出去的是一只土公鸡，回来的是一只金凤凰。现在这只凤凰永远地安栖在一个叫查湾村的某个山坡上了。

原来，还有一条高速公路可以通往合肥。车子好开多了，一脚油门，村屋在身旁一座座远去，10岁的女儿问我：

“爸爸，我们还会来吗？”

“不知道，估计你应该会吧。”

“爸爸，海子的诗到底好不好啊？”

“你背一遍给我听听！”

“从明天起，做一个幸福的人。喂马、劈柴，周游世界。从明天起，关心粮食和蔬菜。我有一所房子，面朝大海，春暖花开……”

“你觉得好吗？”

“好，可是为什么要明天？”

“你说我们为什么总喜欢把很多事情放到明天？”

“懒！”

“算对吧。第一个原因是今天我不想做，第二个原因是今天没有能力做到。是不是？”

“是。”

“美国有一个著名的大作家叫梭罗，他曾说，一首真正好的诗，在于环绕它的气氛。你在这首诗里感到什么气氛了吗？”

……

“你有没有感到一种无可奈何的强作精神，还有一份绝望？知道幸福是什么，但是得不到。”

“有。爸爸，海子为什么要自杀？”

“因为人们太庸俗，这么好的诗都不懂！”

天空阴霾，像我此时的心情。终于下起了雨，我庆幸我们选择的是今天，而不是明天。

2006年4月8日

一个人的乡音

王张应

儿时读的唐诗,“乡音无改鬓毛衰”,那一句始终是记得的。如今,把这句诗用在自己身上,还是满贴切的。

一个人的乡音是改不掉的。如同人的胎记,自娘胎里下来,就先天的成就了。后天,若想改变,是不可能的。最多只能掩饰一下,不可抹除或者丢弃。它会伴人一辈子,你走到哪里,它就跟到哪里,和你如影随形。

年轻时当过几年中学教师,上课时坚持讲普通话,学生称赞我的普通话讲得好。那时,我还真的以为自己的普通话讲得很不错了。现在回想起来,那时我所讲的普通话,不过“潜普”而已,最多算是“皖普”了。

后来的工作中,尤其在会议上发言,为了让人家听得明白我在说什么,我时常提醒自己,尽量讲普通话。普通话讲是讲了,讲得怎么样,自己就不好说了。只觉得自己撇得很累,也不知道人家听了累不累。若是累了人家的耳朵,岂不是我的罪过。所以,许多时候,我总是事先声明我的普通话说得不好。言外之意,我讲得不好,你听得累了,请不要怪我,多多原谅了。

实际上,我的乡音还是蛮好听的,怕只怕我自己说得不地道,才会不好听,让人家的耳朵受累呢。远点说,我的家乡可是“进京徽班”的发源地呀,当年的“大老板”程长庚就是我的同乡人。若是乡音不好听,“大老板”的戏也不会让那位天下人都难以伺候好的老佛爷着迷。近点说,我的家乡还是黄梅戏乡,人人爱听黄梅戏,人人也多少能唱几句黄梅戏。20 世纪 40 年代,一位名叫斯诺的外国记者说过,在中国,有两个地方的方言最好听,一个是重庆,一个是安庆。特别是安庆,那地方的人说起话来,话音如鸟音,婉转动听。

所以,从骨子里面我就从来没有想过要把乡音抹除。在很多场合,我还是自觉不自觉地说起了乡音,特别是到了那个名叫黄岭的村子里,我就从来不说普通话,只说乡音。比如,在黄岭村说吃饭,我从来不说吃饭,说"七饭"。若是别人问你"七饭"没有,你就说"七了",或者"没七"。千万别说"吃了"或者"没吃",那样说,人家会觉得你很假,是个"洋货"了。人家自然会联想到当年的那句顺口溜:"一年土,二年洋,三年不认爹和娘。"所以,每次回到黄岭村,乡人见面总会问候我一句:"咖来喳(家来了)?"我就笑嘻嘻地回答人家:"咖来着(家来了)!"而后,我和乡人的"俺金"里就会同时闪着亮光。"俺金"是什么?估计也只有我的乡人明白了,"俺金"就是"眼睛"。在吾乡,"眼睛"就是"俺金"了。黄梅戏传统剧目里有句很好笑的台词说"'俺金'掉着灰里了",怎么听着,都让人觉得是"眼睛掉到灰里了"。这还了得,眼睛都掉到灰里了?不了解情况的,会觉得太血腥了,挺吓唬人的。实际上,不是这个意思,乡人是说有灰尘掉进眼睛里了。吾乡人习惯这样,把话倒过来说。比如前面所说的回家了,乡人不说"来家了",而说"家来了"。

想起这些,我更觉得我的乡音很亲切,很可爱了。

2015 年 7 月份,我有三个作品集交由合肥工业大学出版社出版,诗歌、散文、小说各一本。我当时的想法是三本分开出。朋友提醒我,何不一起出,出一套文集,既节约了资源,又形成了合力。我当然明白朋友的意思,三根指头的单独力量,无论如何也是抵不过一个拳头的。茅盾、巴金出个《茅盾文集》《巴金文集》,很正常了,不出才不正常呢。但是,不才若是也出个"不才文集",岂不笑人齿落?朋友头脑活络,看出了我的担心,便开导我说,没关系,除了"某某某文集"之外,还有很多选择呢,咱老祖宗创造的语言文字博大精深啊,只要深入研究,总会有所收获,总能找到你所需要的答案。

受到朋友启发,回来一想,果真有头绪了。我这三本作品,无论是诗歌,还是散文和小说,当中都少不了乡土和乡情,洋溢于字里行间的,是无处不在的乡音。于是,我就想到了以乡音来为新书命名。想过直接用“乡音”二字,又觉得太大,也有些突兀。想过用四个字“乡音不改”,又觉得过于直白,且用否定的句式做标题未免有些狭隘感。最后,还是想到了在“乡音”之前加上若干限制词作为定语,使其成为“谁”的“乡音”了,这样就不会让人觉得太大、太突兀了。那么,到底是谁的乡音呢?当然是不才的乡音了,属于不才一个人的乡音。终于,“一个人的乡音”就这样诞生了。

“一个人的乡音”系列文集出版后,得到了许多读者的认可和有关方面的关注。2015 年 10 月 25 日应邀在《合肥晚报》“读者节”上与读者见面、签售。12 月 6 日参加了安徽图书城主办的“第四届皖籍作家作品展”,在安徽图书城与读者互动。12 月 13 日在安徽省委党校“读书会”,承蒙安徽省作家协会、《清明》杂志社、《安徽文学》杂志社以及合肥工业大学出版社厚爱,联合为我举办了作品研讨会,与会的著名作家、评论家们对《一个人的乡音》给予了很高的评价。

至此,我便更加坚信我选择“乡音”是对路的。“乡音”,其实也是我的福音。

而且,在未来,我的文字一定不会离开我的“乡音”。一个人的乡音,也许就是他的文学基因了。

2015 年 12 月 20 日写于合肥

闲读山水(外一篇)

李学军

清人张潮在《幽梦影》中写道:"文章是案头之山水,山水是地上之文章。"如此所云,潜心阅读无异于观赏一路风景,一路行走则如同品读佳作名篇。

在交通便捷的现代社会,"行万里路"早已不是难事。不少人把"走遍中国"甚至"走遍全球"作为自己的旅行目标,有人还尝试起"太空旅游"。陌生的远方,因为知之甚少,总是有些神秘,让人心生向往。

很是羡慕那些时常周游四方的远足者,能够观赏他乡风光,可以体验异域风情。作为一个土生土长的安徽人,我少有远行的机会,更多的时候,只是行走在江淮大地。然而,我对于这片土地,关系密切但时常熟视无睹,非常亲近却往往知之不深。

一个在职场上奔走的人,如果只是忙碌于稻粱之谋,极易因此而忽略身边的诸多精彩,就如同登山途中只顾埋头赶路,错过并辜负了一路美好风光。对于安身立命而言,工作和事业无疑非常重要。然而,一个缺乏人文情怀的人,终究难以安顿此心,有些愚昧可悲。多年已过,蓦然回首,自己一直处于迷茫之中。

值得庆幸的是,赖以立足的这方土地底蕴深厚。自然风光,独具魅力;豪杰名流,出类拔萃;历史遗迹,灿若星辰。这一切,不仅让人着迷,而且令人敬重。

于是,得闲之时,逃离俗务,抽身置于近处山水,或醉心于山川秀色,或沉湎于遗存古韵，或感怀于往事踪影，行走之间，体会作为一个安徽人的骄傲和自豪。偶尔涉足他乡，也会下意识地与家乡联系起来，有时还会产生一见如故的感觉。其实，他乡与故乡未必能够截然分明。

更多的时候，独坐灯下，一卷在手，在字里行间神游前尘往事，享受借助文字穿越时空的畅快。从世事万象的变迁间，从风云人物的际遇里，从先贤前哲的点拨中，感受人世的无常，觉察人性的难测，体会人情的冷暖，领略人生的悲欣，丰富自己的生命体验。每当此时，现实生活里的所有烦扰总会淡然而去。每个寻常的日子，因此变得有滋有味，变得富有情趣。

这样的内在体验，对于原本比较平庸的人生而言，应该属于一种虚拟化的自我超越吧。有点类似沉迷于网络游戏的玩家，更像是戏路宽广的影视演员，在另外的空间中成就幻化的自我，非凡而神奇。这种特别的感受，令人乐此不疲。

故园乡愁，时常萦绕在梦里；山水往事，则可尽兴揽入情怀。每当立足于俯瞰岁月沧桑、气象万千的历史制高点时，个人总是那样渺小，生命总是如此短暂，眼前的得失往往变得无关紧要，一些看似过不去的沟沟坎坎也终究能够跨越或绕过。天地悠悠，云淡风轻，入眼都是景色，一路风光无限。

有人说：思想和身体，总该有一个在路上。尘世间，每个人都是匆匆过客，人在旅途其实就是我们的生存状态。所谓游览，虽说与外在的远近相关，但是更在于内心感知的多少与深浅。就像多维度的人生，除了时间轴的长度，还有思维轴的广度、学识轴的密度、境界轴的高度，以及健康指数、幸福指数，如此等等。人生旅程，独行在所难免。旅途中有时单调而无聊，孤寂且无助。然而，如果有山水相伴，有文章相随，这样的旅行也就不太乏味了，甚至还会渐入佳境。

无论山水，还是文章，贵在仔细品读。“读为益智，读为陶情，读为明理，读为修身”，不涉及功利，只关乎自我。或许，这才是游览与读书真正的令人愉悦之处。

徽风皖韵，美不胜收；乡情故土，久读不倦。一方水土，不仅养育着我们的身体,也滋养着我们的心田。于是,不再刻意追寻那些传闻中的奇观异景,而是更加在意和珍惜每一段似乎是注定相遇的山水情缘,如同与各位良师挚友幸会相识的情分。行迹所及之处,兴致所起之时,每每情之所至,时而思之所发,点点滴滴的感受,随键盘的敲击声在指间流淌,汇聚成一行行文字,乐趣自在其中。

风景看不够,往事读不尽。边走边读,体会很多,于是就有了这本《皖美如初》。如初即如故,是追寻本真的回归;如初即如新,是有所收获的发现。皖美如初,美在朴实依然,美在常读常新。

“不忘初心,方得始终”,或许,感受皖美如初,需要我们始终保持着那份初心。

其实,不管何时,无论何地,初心若在,好梦就在,好运也会自然相随。虽说难以置信,往往的确如此。其中缘故,可能只有上苍知道。

老潘写大字

李学军

用毛笔写字，俗称写大字，专业话说练书法。老潘，喜欢用毛笔，写大字。

老潘不老，40来岁，只是脸上皱纹不少，看上去像饱经风霜一样，不过笑起来倒是慈眉善目。由于体壮腰粗，熟悉的人当时都叫他“胖子”，他笑着答应，并索性把“可爱胖子”作为自己博客上的名字。

老潘名申义，是我的老同事，曾在办公室从事文秘工作，他的毛笔字有些功底。那时，公司发通告之类文书需张榜公布时，他就操起毛笔，一挥而就。

分别几年后，听说老潘业余时间拜师学艺，练起了书法。再见面时，看到他的习作，颇有长进。老潘喜好行书，字体丰满圆润，运笔流利飘逸。不过，看似挥洒自如、起笔收笔像模像样，可是和他以前的字相比，看着如同一个着妆后的女子，虽然白里透红，非同寻常，基本模样却没有多大变化。

明人丰坊的《笔诀》有言：“书有筋骨血肉。”有人对此解说得很到位：“骨贵劲健而筋贵灵活，故书，点画劲健者谓之有骨，软弱者谓之无骨。点画灵活者谓之有筋，呆板者谓之无筋。”老潘此时的书作，看上去血肉丰满，但随意有余，劲健略显不足。

老潘生性有些豪放，因为书法水平小有进步并得到诸多鼓励而信心十足。这个时期，他给不少同事和朋友写过字，自我感觉挺好。

有段时间，老潘表现反常，变得深沉起来，对求字之事也一再推托。原来，有行家一针见血点明了他的字毛病所在，并指出基本功对于提高书法水平的重要性。老潘如醍醐灌顶，顿然醒悟，一门心思专心临帖、研帖，观书展，看书论。有次与他闲聊，他说看自己以前写的字会有不好意思的感受，有撕掉重写的冲动。

看来，苦练基本功似乎让老潘有了“得心”的感受。只是“得心”虽然不易，若是“应手”乃至“应笔”或许更难。

这时看他写字时的神态，少了些张扬与随意，多了份从容与谦和。所谓“绝虑凝神，心正气和”，可能就是如此吧。再看他的字，笔墨显得凝重，棱角较为分明，依稀可以看到临帖的痕迹，颇有女大十八变的感觉，有些“看山不是山”的味道了。

常言道：功夫在诗外。书法也是如此。李日华在《论屋漏痕》中谈道：“闻嘉陵江水声而悟笔法者，悟其起伏激骤也。见舞剑器而知笔意者，得其雄拔顿挫之妙也。”显然，这种体悟非一日之功。不过，老潘倒是闲来看看山水，有时还拜师学画，而对文学的爱好更是一以贯之。

经过一段时期的历练，老潘又活跃起来，频频应约给有些单位以及一些重量级人物挥毫泼墨，据说有的画廊也青睐他的书法作品。此时，他的字整体看上去，笔画之“力”、结构之“和”、墨色之“活”已交融于一体。细细揣摩，一笔一画，柔中有刚，遒劲自然，仿佛又跟以前的字有些像了。莫非，这就是开始进入“看山还是山”的佳境？

有一次，老潘在博客上晒出他在省书法家协会举办的“书苑新人作品展”参展作品，上书苏轼的《南堂五首》。其中的一首是：“暮年眼力嗟犹在，多病颠毛却未华。故作明窗书小字，更开幽室养丹砂。”我在其后留言：“东坡诗中为老者，胖子书苑是新人。”看似调侃，实为助兴。

老潘有中文专业的科班底子，还有担任政府机关秘书科科长的经历。他一直鼓励我业余写作，并笑称是看到我的文章自叹不如就改练书法了，如果我要练书法他就改学作画。其实，老潘的文字水平很强，曾任公司内刊编辑，是我的“多”字之师。然而，多年来我的写作水平一直徘徊在业余阶段。但是老潘的书法技艺进步神速，没过几年，已成为省书协会员，步入“书法家”行列，并在一些书画展中获奖。《书画世界》的“中国当代书画家”特刊还专门对老潘及其作品进行了推介。这让我有些仰慕，虽然老潘的个头并不高。

有人说:“书法是人类抽象审美情感之表现。”其实,书法与绘画、文学创作等其他文艺形式类似,无论“抽象”,还是“形象”,要获得出色“表现”,不仅涉及天资,更与勤奋密切关联。

艺无止境,业精于勤。现在的老潘,练习书法的劲头仍然很足。每天工作之余,都会挤出时间舞弄一番笔墨。看他痴情于书法的样子,或许还会更有长进。当然,我也有些担心,一旦名气再大一些,老潘的那些“大字”就变成了“墨宝”,求字可能就没有现在这样容易了。

值得一提的是,写大字只是老潘的业余爱好。作为长期位居电信经营一线、负责省会城市营销工作的领军人物,老潘平时被人称作“潘总”。他骁勇善战,带兵有方,业绩不俗,是企业的一员虎将。老潘认为,练习书法可以缓解紧张的工作压力。或许,这就是他工作中能始终保持饱满热情和充沛精力的秘方吧。

据我所知,练习书法对老潘的影响实际上并不仅限于此,更深的感触和诸多领悟老潘只是没有谈及而已。

本职工作出色,应对从容,游刃有余;业余爱好高雅,小有所成,自得其趣。人生若能如此,也不失为一道独具魅力的亮丽景致。

要债与读书

袁 平

无休止的讨债是中国的特色，也是我们这些商人习以为常的事情。

但是，上个星期去要的这笔债就比较特别了。大约十二年前，我做钢材、水泥生意，一个本来和我比较熟，叫马柏的人盖房子，他告诉我要些水泥，我就给他送去大概四十吨水泥，大约八千元钱。送去后他说一个月内结账，我想都是熟人，八千元钱也不多，一个月内给也行。从此，这笔不大的债务成了我的心病。

我本来是很少发怒的人，最近一两年，只要打电话找他要钱我就发怒。因为，八千元的债务，这可恶的家伙让我要了将近十三年，还没有影子。

最近，我一想到这事就怒火中烧。其实，我本不在乎这八千元钱，不要了也无所谓。可是，我不能不要，十几年前马柏这家伙用我送给他的水泥盖的别墅式的房子，房价起码翻了五翻，最少也值两百万，我的那点水泥的本钱他不给我，这还有天理吗？他这人的脸皮真是厚实得让人不敢相信。每次找他要钱他都说等几天或者下个月给，就这样我要了十三年，电话费和车费不知道花了多少，真是一想到这钱我都快要崩溃了，觉得心里非常窝火。

我要去掉我的这块心病，不能总为这点小钱生气伤身体。这样没有诚信的家伙，我要让他难看一回。上个星期二上午，我下定决心去找这个恬不知耻的家伙要钱。我将公司事交代好，驾车去他打工的单位。

我将车开到他所在的单位里，找到他后告诉他，今天务必要将钱还我。

他说要我过几天再来，他正在筹钱。我说不行，你这样“烂皮条”似的人，我再也不信你的鬼话了，今天必须给钱，给你到晚的时间。如果不给钱，三天后我这钱就不要了，我叫社会上的人来要，到时候砸断你的腿可别怪他们残忍，因为你皮太厚了，今天我在这里就不走了，在这里等你筹钱还债了！（我在心里想，这次如果马柏不给我钱，我真的不要这钱了，找几个小混混去要这钱，要了归这些小混混，我也乐意。我要让他们帮我出这口气。）

说完我将车开到他们单位大门口边，下车找水将车子里里外外擦得干干净净。快到中午的时候，马柏来叫我去吃饭。我告诉他，没有钱我还是不吃饭了，我已经给气饱了。说完后我到车子里准备睡觉。

我上了车子，不经意间看到车子后面的座位上马丽春送我的《季羡林口述史》，便拿起来翻看。这一看不仅让我忘掉了要钱的不痛快，也让丁玲这位很著名的已逝老作家在我心目中的美好形象彻底变了样。

我不知道季老和丁玲之间有什么问题，书中访谈者蔡德贵和季老絮絮叨叨说的其他事情我都没有怎么太在意，季老对丁玲的评价我却过目不忘，感到惊愕。季老这样描述丁玲：丁玲的长相，没法评论，最多六十分。中人以下，中等个，不黑，很容易记起模样。身宽体胖，那一类人。她这个人怎么说呢？我对她当时也并不了解，也不想了解，我一个学生么。反正她那个丈夫教书，胡也频。她来了么，那时候名声很大，反正是妇女所有的特点，就是美，她可以说不沾边。美，谈不着。人看到她，绝对不会想到妇女的美，没有这个。

季老的这番话彻底改变了丁玲在我心目中的美好形象，我一直认为丁玲是个儒雅、慈祥、气质非凡很有女人味的老人。季老对丁玲的描述让我眼前闪过大街上走的那些肥肥胖胖的老年女人。

季老对丁玲没有好感。他很直白地说，如果不是沈从文，我不会理她的。他对丁玲的文章也一样嗤之以鼻。他在评丁玲《夜会》时是这样开头的：这也许是幻觉吧——一想丁玲，总有两个不同的影子浮现在我面前——一个是前期的，是一个典型的小资产阶级少女形象；一个是后期的，这个影子很难描述,大概总带点儿普罗味……我的妈呀,青少年时期崇拜的"丁玲奶奶"的形象让季老给击得粉碎。

书看到这里,已经是下午三点多钟。平时无论在家还是公司,都因为电视或电脑而不能安安静静,一心一意地看书。今天,竟然一口气看了近三个小时的书,可算是找到看书的好地方和好方法了,真是一个很好的发现。以后闲一点的时候,带着干粮和水,驾车到一个僻静的地方看书,譬如大蜀山脚下、天鹅湖畔、董铺岛上,还有我家乡的田野上……可以躲避电视、电脑的诱惑和干扰,一定是很惬意、幸福的事情。

我放下书向窗外看看,那个欠我债的马柏没有还钱给我的迹象,也不理我。我心中的怒火又开始燃烧,满腔愤怒让我要骂人。我从车子里下来跑到他办公室,看到他悠闲地在那里看报纸,我顾不了我的美好形象了,也不管他办公室很多人,开始歇斯底里地大叫:王八蛋马柏,我从今以后不来要钱了,明天让别人来找你要钱,他们让你死活我不管,你看着办吧!说完我掉头就走。

马柏连忙起身说,我带你到我房子那里去,别人说给我房租,给了我马上给你……

事到如今,我能怎么办?我只好跟着马柏去要他那房租,能不能要到钱鬼才知道!

花戏楼(外一篇)

刘学升

皖北亳州,不仅出过枭雄曹操、神医华佗等历史名人,这座古城还有"药都"的美誉。而坐落在亳州涡水南岸的花戏楼、大关帝庙,便是清代康熙年间来亳州做中药材生意的晋陕商人筹资所建,至今保存较为完好。

慕名参观花戏楼,正值酷暑炎热天,游人稀少。虽然花戏楼显得安静,但我从那些设计精湛,明显有着历史印记的砖雕、木雕和彩绘建筑上,依然能够感觉到这里往昔的热闹与喧嚣。

且把时空倒退三百年。彼时,晋陕商人辞别妻儿老小,不顾山高水长,不顾舟车劳顿,千里迢迢来到亳州。谋生异地他乡,难免饱尝艰辛。晋陕商人在生意忙碌之余,注重文化建设,将精神依托于戏本之中,于是不惜重金,建起了我面前的这座美轮美奂的花戏楼。

看戏,戏是有魂的。勤快的伙计在一张方方正正的梨花木八仙桌上,摆放了一盏茶、一壶酒、几碟小菜,请主人从容淡定、闲适优雅地坐赏《十五贯》《秣陵春》《牛头山》《长生殿》《桃花扇》……戏台幕后,鼓咚咚,锣咣咣,吹拉弹唱;戏台面上,生旦净丑,让那些痴情的女、负心的郎,书生小姐,娘子相公,文臣武将,生生死死,悲欢离合,一出又一出不同的情缘,一场又一场不同的因果,随着水袖长衫、裙裾飘飞的动作,随着雄浑亢奋、咿咿呀呀的唱腔,将人生酸甜苦辣之精华,淋漓尽致地融入戏中。"一曲阳春唤醒今古梦,两般面貌做尽忠奸情",想必晋陕商人的心情,亦会随着各种戏情而产生几多欢喜几多愁吧?

一粒尘,被风儿一吹,无论去还是留,都称作历史。如今,花戏楼尚存,而那些头戴瓜皮帽、蓄着大辫子、身着长布衫听戏的人,却早已随风远去了,留下的只是眼前的一片空寂。我想过人生如戏,每个人都在戏台上,时而扮演主角,时而扮演配角,至于扮演得成败好坏,全在于自己把握了。相约花戏楼,我却在酷暑炎热天猛然打了个寒战:呀,我那曾经的联想,此时在花戏楼前,还是肤浅得多。你看,岁月悠悠,大好的光阴年华如涡水流逝,唯有花戏楼一直在原地固守,且精神犹存。这,恰似当年在亳州创业的晋陕商人,他们以诚信与执着,上演了一出好戏、一出大戏——晋陕商人不负岁月,不负人生,他们的生命虽然逝去,却为亳州中药材市场的稳定和繁荣夯实了根基,使古城“药都”之美誉得以传承,并将其发扬光大为时下闻名遐迩的“中华药都”。

晋陕商人曾经在亳州建立的伟业,谁都无法抹去。就像大关帝庙前那对与花戏楼同样年龄、依旧耸立的实心铁旗杆,直指天空十六米,一股叱咤风云的英豪气。花戏楼呢,理所当然是晋陕商人不朽功绩的见证者。

人生处处是戏台。离开花戏楼时,我仿佛听到一个历史的声音向我发问:作为后人,你如何在人生的戏台上,演一出精彩、卓越的戏来?

难忘儿时看电影

刘学升

这些年,我很少到电影院看电影了。回忆起小时候看电影,酸甜滋味俱存,现在的孩子是感受不到的。

儿时,我在农村看的是露天电影。我家门口是村小学的操场,只要看到有人手持铁锹在操场上挖两个坑,并在坑里竖起高大的毛竹,用土填实,然后挂起银白色的幕布,我就知道晚上要放电影了,便会及时告诉小伙伴无喜、大伟和小定。当天,村里的家家户户会提前吃过晚饭,"倾巢而出"。他们或手拎小板凳、椅子,或扛着长条大板凳,拥向操场,寻占有利位置。家住村头的王老太,胳臂上挎着一只竹篮在人群里穿梭着,竹篮里摆放着用书纸包着的炒瓜子,分大小包出售,小包每包两分钱,大包每包五分钱。

电影放映前,放映员须将放映机向电影幕布对光校正,只见一束白光投射在银幕上,校正后,便有特别权威的大队干部宣布:大家不要讲话了,马上放电影！人们立刻安静下来,电影开始放映。偌大的操场上,唯有电影对白声响彻夜空。村里因故迟到和邻村赶来看电影未占到好位置的人,有站在大板凳上的,有站高处的,也有脚踩砖头、石块的。看电影的孩子们,有被大人扛在肩头的,有骑在墙头上的,也有爬到树上的。一些孩子干脆直接跑到电影幕布的背面看。看背面电影的人比较少,因为电影人物左右是反着的,看起来有点别扭。当时,我看过的黑白电影有《白毛女》《地道战》《地雷战》《上甘岭》《斗鲨》等,后期看到了彩色电影,印象最深的是《洪湖赤卫队》和《闪闪的红星》,影片中的韩英、潘冬子等人物至今在我的大脑里完整清晰。每次电影放完,人们都感到意犹未尽,我和小伙伴们亦不例外,真希望再放一遍。直到大人摘下电影幕布,我们才各自恋恋不舍地回家。

我九岁时从农村转入县城上学,觉得在城里看电影与农村截然不同。

农村放电影的消息凭的是人们口耳相传，而城里放电影靠的是彩色海报，并用彩色颜料在白纸上写出电影的名称、放映时间等，张贴街头广而告之。在农村看的是露天电影，而城里有电影院，距我家最近的人民电影院，门旁有两个售票口，平时买票的人如果不多，便开一个窗口，人多时开两个。深而窄的售票口只容得下一只手塞进去，我因个头小，买票得踮起脚尖。那时候，电影票是一角钱一张，只有彩色宽银幕电影的票价是一张一角五分钱。电影院门口有卖瓜子的，有卖粗茶的，夏天还有卖冰棒的。电影院放映效果比农村要好得多。放映前，银幕上出现一个"静"字，待人们安静下来，先加映十分钟左右的宣传片，有时是《祖国各地》，有时是《祖国新貌》，有时是《解放军生活》。加映片放过之后，才开始放正片。一部电影基本上能够连续放完，偶尔也会出现"断片子"的现象，其实那是"跑片子"。城里除了人民电影院，还有百花电影院和红旗影剧院。若放同一部电影，三家影院会排好放映的时间，此间有人专门送、取影片拷贝。如果因故影片拷贝没有及时送到，跟不上正放映的影片拷贝，观众称之为"断片子"，会耐心地等待。如果等得时间稍长，便纷纷鼓掌催促。学校有时组织学生集体包场观看电影。我参加学生集体观看的电影有《四个小伙伴》《大虎》《少年犯》等。我第一次在城里看的宽银幕电影叫《少林寺》，海报上宣传的是"香港彩色宽银幕武打片"，由李连杰、于承惠、计春华等全国武术冠军主演，与现在的一些武打片相比，《少林寺》显得真正名副其实。我在星期天去看了一场，被整个剧情和打斗场面震撼了。后来我父亲的单位给每位职工发了电影票，父亲舍不得看，要我母亲去看。母亲经不住我的央求，瞒着父亲把票让给了我。但还是让父亲知道了——当我如痴如醉第二次看完《少林寺》回到家，火冒三丈的父亲拿着一个鸡毛掸子边打边撵我滚，就那样，也丝毫不影响我看《少林寺》后的浑身的热血沸腾。不久我回到农村老家，得知小伙伴们没看过《少林寺》，便兴致勃勃地将故事情节讲给他们听。正说得开心，小伙伴大伟忽然问我：少林寺是男的还是女的？我一时竟被他问得答不出话来。

一天家里来了客人，父亲向我介绍说："这是你叔。"我仔细一瞧，心里不禁欢喜:面前的这位叔叔,正是在人民电影院查票的!我有一次看电影逃票,还被他抓住过,不过我趁机逃脱了。叔叔笑着对我说:“我叫刘家康,与你爸是同族的兄弟,以后你到电影院看电影就找我。”后来我去看电影,买不着票就找叔叔,他就直接领我进去。有时看电影的人太多,叔叔还把我带到楼上放映室里看。这样看电影的情景,充实了我的整个少年时代。

世事流转,一晃30多年过去了。如今电影、电视和电脑非常普及,看电影不仅很方便,而且也不再是奢侈的事。虽然露天电影时下几乎消失了,电影院也已经冷清了,但儿时看电影的时光,至今萦绕在我的脑海。对我来说,那不仅是集体的记忆,还是时代的印证,更是乡愁般的怀念,让我终生难忘。

与书相伴的日子

刘政屏

前几天,因为某项评选需要,几位朋友到我家里实地查看了一下我的藏书,这让我稍稍慌乱了一下,因为这一年里,我那原本整洁宽敞的新居已经变得有些凌乱无序了。当初感觉有了一套大一点的房子,便可以好好归置一下自己的藏书,谁料分散在几处的书尚未整合完成,大批新书又蜂拥而至,以至于到了不可收拾的地步。

今年的书的确是买得有些偏多,其最高峰应该是秋天,文化惠民季的种种优惠措施和第十一届安徽黄山书市的叠加优惠,让我有限的自制力瞬间崩溃。于是,掏钱,刷卡,然后将一包又一包的书抱回家去。因为心里只想着便宜了多少多少,便浑然不觉口袋里的钞票掏了一张又一张,家里图书渐渐堆成一个小书山。

买来书自然是要读的,我的习惯是有塑封的拆去塑封,然后翻看一番序和跋,时间充裕的话,兴许还会站在那儿看上一会儿。有些书是之前读过的,属于纯粹意义上的收藏,这一类书,有时不拆塑封就收拾起来。

翻看图书自然是为了对这些书多一些了解,因此,因为一本书而将一套或者一个系列的书搜齐买下,也是时常会有的。

我今年读的第一本书,是皖籍名家许春樵的长篇小说《男人立正》,和部门同事们一起读的第一本书,则是阿富汗作家卡勒德·胡赛尼的长篇小说《追风筝的人》,这两本书有一个共同点:人性的挣扎与救赎。《追风筝的人》

2003年出版，一直处于国外各大排行榜前列，2006年被引进中国后，也一直受到读者的热捧，近几年长时间占据开卷畅销书榜首，它是今年1—10月唯一一本每个月都处于畅销榜前十位的图书。

了解畅销的图书、阅读畅销榜榜首图书是我对自己的一个要求，从这点意义上来说，读书也是我工作的一部分。通过了解、阅读畅销榜图书，我对当下图书市场的现状和走势，有一个基本掌握和判断，这对于我现在所从事的工作自然也是有帮助的。

应该说，当读书成为工作的一部分，是一件很好的事情，它让读书这件事又多了一个很充分的理由。但也正因此，压力也就随之而来。因为工作需要读的书与个人爱好之间的共同点还是不多的，而且时间上的要求也是一种压力。

今年每月一期的“三孝口悦读会”加上世界读书日主题沙龙，一共请了12位主讲嘉宾，策划主持每一场沙龙之前，我都会或多或少地读一读他们的作品，整本完全通读的至少有6本。其中记忆最为深刻的，是第十期“安徽的茶文化”，为了能够主持好这期沙龙，我在总共不到一天的时间里，认真通读了主讲嘉宾丁教授的专著《中国茶文化》后，才感觉心里稍稍有了点底。

9月份举办的第十一届安徽黄山书市，一共有六场见面会暨签售会。在我主持的五场活动中，央视著名主持人敬一丹的那一场，对我来说是个挑战。为了做好这场活动，我除了查询有关资料，还在第一时间拿到她的新作《我遇到你》，然后利用一切可以利用的时间，以及活动前的那一个夜晚，通读了这本300多页的书，并做了不少的笔记，整理出一些对话的话题，为活动的成功举办打下了很好的基础。

不过，这样有压力的读书毕竟还是少数，更多的时候，读书给我的感觉还是很不错的，特别是读一些名家的作品，以及就生活在我们身边的皖籍作家的作品，尤其如此。10月上旬的时候，邂逅法国著名作家、诺贝尔文学奖获得者阿尔贝·加缪的作品，一下子痴迷上了，并在很短的时间内想方设法，基本搜齐了他的作品单行本，硬壳小开本，精巧雅致，捧读这样的书，绝对是一种难得的享受。

读完书后，写一篇读后感之类的文字，是我近年来养成的一个习惯，这样做的好处，是“逼”着自己去琢磨、思考，在自己能力范围内，尽可能地放大阅读的收获。

去年年底离开图书城的时候，我还在想，离开卖场之后，和书的距离该远了许多了吧？没承想，生活中的书非但没有少，反而越来越多，越来越近，呼啦啦直接上家里去了。当这一切渐渐成为一种常态，当内心渐渐安静了下来之后，日子随之变得从容、充实。

与书相伴的日子，云淡风轻，滋味悠长。

书店的模样(外一篇)

叶 纯

一家书店,应该有个什么样的标准或模式,才会是你期待中的样子?你可以把想出的任何词汇都套在它身上,它可以很大,它也可以很小,可以千篇一律,也可以特立独行,它可以是出身名门,也可以是草根芥末,但终究殊途同归,花开花落,各有精彩。

2015年11月29日,被誉为台湾"文化地标"的诚品在大陆的首家旗舰店——诚品生活苏州正式开业,"苏州诚品开业的第一天,人们蜂拥而至,都是去追寻美好的事物"。有意思的是,新的店名并未出现"书店"二字,对外宣传是"一座人文阅读、创意探索的美学生活博物馆"。书店近15000平方米,分为5大书区、4个特色空间和3家店中店,展售15万种50万册的中外书籍,它的开业,广受关注。而在月初,11月8日,安徽图书城一楼大厅,《最后的旧书店》举行了特殊的首发式,作者朱传国是合肥增知旧书店的老板,大家习惯称他为"老朱",也有人称其为"文化摆渡人",意即是把一些人不再需要的旧书,摆渡给那些需要的人。今年4月,53岁的老朱罹患癌症并打算关闭旧书店的消息传出后,引发整座城市爱心涌动。经过媒体人和文化人的帮助,老朱写下的四大本"收书笔记"结集成《最后的旧书店》出版,长长的签售队伍串起这座城市的记忆与温暖,尽管老朱的增知书店面积只有几十平方米。

实体书店的现状不容乐观,经过倒闭潮后,一个新动向是转型升级和资本涌入，各种“最美”“创意”盛行，吸引眼球。资本的本质是逐利，成也资本，败也资本，一味专注于体验的背后，是书香渐去。开一家书店，以书为主还是以书为媒？是哲学，亦是差别。

巴黎的塞纳河畔，有一家历史悠久、闻名于世的书店，极不起眼却成为一处名胜，门面不大，两尺来宽，空间狭小，挤得密密麻麻的书架时刻提醒你，来者是客，书才是这里的主人，这就是莎士比亚书店。它的传奇岂是手握资本就可复制？有勇气断然拒绝卖给德国纳粹军官珍藏的最后一本《芬尼根守灵记》而受到威胁，宁可被逮捕坐牢的风骨，成就了书店不死的灵魂。有灵魂的书店足以使卑微的事物变得强大，读书人心中雄伟的精神大厦顷刻树起，人心向往，书店永恒，把书店开成传奇，仅此一家。

“为什么要去书店？”理直气壮的背后衬托的是一种无奈，一篇在华印度工程师的帖子《令人忧虑，不阅读的中国人》刷爆微信圈，数字阅读的兴起，和现实生活中满眼低头刷屏的情景，是否警示着这样一个事实：现实中的我们对书店的模样其实是听之任之的。

书店本质上是文化传承的一种载体。文化是干什么的？它从哪里来？它将把人类带到哪里去？这是文化的终极命题。社会学家费孝通在他80岁生日那天，以“各美其美，美人之美，美美与共，天下大同”概括提出了文化自觉的概念，他认为生活在一定文化中的人对其文化有“自知之明”，明白它的来历和形成过程，把握住具有的特色和发展趋向，加强对文化转型的自主能力，取得新环境文化选择的自主地位，就能在多元文化世界里确定自己的位置，他的“从文化自觉到文化自信”的思考，对今日中国文化的建设有着积极意义。基于此，我们明白，书店对于一个国家和民族，是极其重要的立基之本，是不可能消亡的，它可能会一时萎缩，一时迷茫，但随着这个国家文化自信的提升，它终究会找准方向，再续辉煌。

“毛体”书写的“新华书店”四个字，曾一度是体制的符号，遍布城市繁华的角落，成为一代人的记忆，似乎离开了“新华”便不是书店。时光荏苒，晃眼而过，直面网络时代的突袭，市场的逐步放开，时代正在翻篇。思考和改变，正在发生，资本上市，多元化经营，24 小时营业，从体验式书店到文化创意式书店的蜕变，新华书店作为特殊的“书店”，必将承担起历史赋予的责任和担当。

书店的模样，千姿百态，从实体到网络，从富丽堂皇到小巧精致，从规模连锁到安于一隅，从喧闹杂乱到宁静致远。其实，书店的模样就是你心中的那份情怀，因为喜欢所以在意，或喜或怒，或哀或乐，变与不变，在你的生命中，文化始终对你不离不弃，意蕴悠长。

沉浸在Ta的世界

叶纯

只是拿在手里，对望了一眼，就决定要了，因为那种感觉，实在奇妙。有人说，从一个人的喜好，可以了解他是一个什么样的人，也许吧，只是当我重新面对着这些小人书，除去亲切，还有一种像是遇到故友的温馨。

今年的文化汇活动真是给力，积分兑换的力度很大，加上书店里的优惠，算下来，折扣没的说，赶紧下手，其实早已暗地里物色好了，想淘书，就要经常来转，比营业员还要勤快。三孝口书店新进了不少品种的小人书，上海人美版。现在很多新出的小人书，无论是外观，还是开本，尽管显得豪华大气，但总觉得缺些什么。后来我明白了，原因在我，是我在怀旧，我怀恋的是那种老版本的或是老样式的小人书，很多时候，甚至与内容无关，那念念不忘的情怀，情不自禁。这次新到的小人书，是老版新印，经典连环画阅读丛书系列，一口气抱了一大摞，《民间传说故事》《中国古代民族英雄》《外国文学名著故事》《莎士比亚戏剧故事》《包公故事》《高尔基经典作品》《卫国战争英雄谱》等，摊开一桌，心花怒放，思绪万千。

小人书摊，现在应该是消失的老行当了。如今，资讯满天飞，电视、电脑、手机、网络，将人一网打尽，儿时那种封闭，依靠书信联络，文化生活相对贫乏的环境里，一本本小人书是多少孩子的快乐源泉。

记忆里，街头巷角，花花绿绿的小画书靠墙摊开，几条长凳，一张方桌，几碗清茶，看摊的老爷爷，低头不语的孩子，一切像是静止的油画，从容不迫。风来了，树叶微微晃了几下，有个孩子抬起头，呀！作业还没写呢，抓起书包一溜烟不见了踪迹，老人在打盹，头都没抬，睡着了吧！

外公曾经就是一位摆书摊的老爷爷，很多的小人书还是托父亲从合肥的书店买的，然后捎回老家，近水楼台，这就是我与小人书的缘。那段时间里，摆个小书摊成了外公不多的精神依托。我清楚地记得，外公走后，舅舅发现了很多包的整整齐齐的纸卷，里面是一分、二分、五分的分币，外公把它们按面值分别卷好，长长的，结实牢固，没有人知道他是什么时候做这些的，那时，看一本小人书几分钱。

伴随着我的成长，记忆永远不会抹去。后来，小人书在人们的视线里渐渐消失了，甚至它成了所谓的收藏品，有些老版本的小人书早已价格不菲。那又怎样？除去商人的逐利，它依然是它，只是如今的孩子，面对着花花绿绿的彩图世界，他们会熟练地滑动平板电脑，会沉浸在各种游戏的世界里，那普通的没有彩图的小人书会是他们童年的记忆吗？我不看好，这是时代的变迁，与你我无关。

一代人有一代人的记忆，慢慢寻回的小人书其实是你我在追寻过去的时间碎片。《三国演义》连环画，上海人民美术出版社，全套60册，摊开满满一床，《桃园结义》《煮酒论英雄》《三顾茅庐》《智取陈仓》《五丈原》《三国归晋》，这是连环画的精品，就算是新版的，也值得收藏一套。《杨家将》《西汉演义》《儒林外史》等中国古典文化的连环画，你遇到了不会空手的。还有这套《中国历史人物(一)》有十本，陈化成、鲁班、张衡、扁鹊、辛弃疾、张骞、白居易、于谦、苏武、李时珍，了解他们，看人物传记要许久，这里每人薄薄的一册，图文并茂，一网打尽，定价才50元，超值。可以说，连环画是文学、绘画、历史、艺术的完美结合，绘画与文字浑然天成。我在想，中国的艺考炙手可热，可那是应试，千篇一律。干脆，选一个场景，比如，《三国演义》第三十一回《三气周瑜》一册，有一页文字是“周瑜亲自带领水师，他坐在船头上，笑容满面，以为孔明中计”。得，以此配画，你会画吗？如何布局，画几个人，怎样表现，这样的选拔，没有统一的标准，但会真正体现艺术的创造性，创新才是艺术的生命所在，画不出来也没关系，39页印着呢，自己看去。

小人书的世界，包罗万象，一册在手，世界净收眼底。无论你是藏，是喜，还是把它当成股票一样去炒，它的文化价值始终在那里，虽然只是一介印刷品，想投机却也不易，你总要找人一页一页地去画吧，文字内容的连贯性就那么好把握，我看难。

以后遇到上眼的，我还会买，因为沉浸在小人书的世界，心甘情愿。

老屋的"穿堂风"

隐 居 梦

姚 云

我心中一直有一个很美好的隐居梦，想象有朝一日，找一个幽深的村庄，盖上一明两暗那么一座房子，青瓦白壁，望之俨然，前窗有桃李，后窗有芭蕉，小院外是几株依依杨柳，像苏青家门口的那些柳树一样，一到春天，就抽出金色的枝条。冷夜雨，我躺在堂屋的竹榻上，听雨落如深潭，听时光的脚步轻轻碾过，忽有故人来访，门扉被敲响，我披衣惊起，看夜色中裹着一身肃杀寒气的这人，已是别后经年。

这是好友闫红一遍又一遍，在几个友人小聚时勾画出的她的隐居美梦，虽然她调侃说，到了最后这隐居梦有点像自娱自乐，未曾实现，但她确实在心中“疏狂”过一阵子。

前段时间，湖南卫视节目主持人汪涵，也公开表示要退出娱乐圈，开始为期 4 年的归隐生活，他已在千年古镇靖港买下一处小院子，未来 4 年将彻底回归平静生活。

汪涵因主持《超级女声》而红遍大江南北，更因湖南卫视脱口秀节目《越策越开心》被封为“策神”。汪涵感言，12 年的辛苦打拼，自己从抬桌子到台柱子，从幕后小弟到台前一哥，12 年的主持经历在人生阶段中已至最好，本以为可以就这样一直保持下去，但因身体透支生了一场大病，一下子改变了他从前的想法，他想停下来好好休息，写字、读书、练古琴、游山玩水，待四年过后再战江湖。所以他给自己买了一个小院子，准备好好修行一阵子。开门即闹市，关门即深山，后面有条江，弄个小马棚，搞个乌篷船，夜里赏赏月，算是红尘俗世中一片小小的宁静。

看来在让人疲惫的城市生活里，每个人都怀揣一个隐居梦。

在现今社会里，人人力争上游，工作超额，俗事缠身，身体透支，还有钩心斗角，政治较量等，让人不得不心存戒备，不能打开心灵，大口呼吸，畅快表达。每个人内心都纠结着要保护自己的隐私，物质和精神从此顾此失彼。隐居，或者叫躲起来，可能是远离复杂社会的最好方式。

隐居，不是现代人才有的想法，这在古代早已有之。古人曰："大隐隐于朝，中隐隐于市，小隐隐于野。"过去文人出路狭窄，最高理想就是治国平天下，热衷做官，一旦做不成官，就纵情山水，消极遁世。但，千军万马过独木桥，毕竟做官人数有限，自然失意者颇多，于是，古代就产生了大批的隐士。

这些隐士，常常是政治的异见者，他们总是与社会、山林和庙堂处于一种极其复杂的纠葛之中。在记载中，中国最早的隐士是上古时期拒受禅让的许由和巢父；继而，商代遗民伯夷、叔齐为守节不食周粟，成为历史上最牛的隐士；孔子在周游列国时，也见到许多对政治灰心、悄然退避的隐士：接舆、长沮、晨门、荷条丈人等；再有就是"弃经典而尚老庄，蔑礼法而崇放达"的竹林七贤；明清三大学者王夫之、顾炎武、黄宗羲……再到曹雪芹、郑板桥、蒲松龄等等。他们或许是志慕仙佛的修道者，或是筑庐读书的著述者，或是结炉炼贡的服丹者，或是终生不仕者，或是辅佐君王功成身退者……

隐士分为这样的几类，一类为绝对隐居，独自修行，不涉红尘；一类是在悟道前隐居清修，悟道后入世教化，以出世之心，行入世之事，如诸葛亮、虚云大师；一类隐于城市，和光同尘；一类是当国有难，入世救万民于水火，功成遂退，隐居林泉。

如今，归隐自然、超尘脱俗、隐逸清高等已成为中国人普遍崇仰的人生哲学。据新浪网上一项调查，中国有83.17%的人想隐居，其中39.07%的人在衣食无忧之后才考虑去隐居。一边按照世俗标准为生活事业打拼，一边苦于高压和浮躁想要逃离，显示了中国人隐居的矛盾心态。

向往隐居者多为文人、商人和政要，也许是他们对精神生活的期许和向往更高。他们可能是写《麦田守望者》的塞林格，写《瓦尔登湖》的梭罗，写《挪威的森林》的村上春树，也可能是在湖南岳阳农庄种菜的韩少功，以及早在雅典奥运会就想隐居的许海峰，还有离任后去美国北部小镇建屋隐居的小布什……

但说到底，隐居是个奢侈品，没钱的人只能随便找个地方躲几天，末了还得出来挣钱养家，不得不为五斗米折腰。上班打卡的工薪族，虽然没有什么时间和财力去隐居，却也知道周末、节假日去郊外玩玩。每年的7、8月份是欧美人雷打不动的度假月，而中国人黄金周、节假日碎片式的分割，让远游变得不太可能，只得在周围有山有水的地方转转，向往一下“悠然见南山”的境界。有钱的人往往会在城市近郊辟一块土地，砌山种树，建屋引水，悠然“市隐”。

还有在红尘中挣扎的商贾官僚、社会名流，时不时也会玩“失踪”。我的一个在深圳某公司做董事长的同学告诉我，他常常不堪压力，关了手机，背起行囊独自去远游，有一次他又玩“失踪”，一个人撇下公司飞去美国，在那里晃荡了大半个月，不是为了工作，只是无所事事地游荡。一下飞机，他就租辆车带上地图，从密西西比州一路开着，遇到好玩的想停就停，想住就住下。他说，走在路上和躲在小镇里的感觉实在太好了。如画的风景、宁静的生活，让他暂时找回了自己。

大部分想隐居又无法隐居的人，只能在嘴上畅想如何“隐于野”：依山傍水，造一座小木屋，屋前开一小块田地，种点瓜果蔬菜，养几只鸡、鸭、狗、兔；如何“隐于镇”：选小桥流水的周庄、西塘，租住或自建一座带天井的房子，在镇上摆个小摊开个小店，不求赚多赚少，只图找个活计儿打发时光。

至于我，现在还是觉得不能完全离开城市生活，只好想象着“隐于市”：离城市不远，在郊外，有一个大大的带草坪的庭院，种上一垄竹子，放几块湖石，附庸一下高人逸士的风雅。的确，庭院才是让人可以从容自如的地方，在楼房里待久了总觉得胸闷，人怎能离开蓝天白云和绿地呢？一直在寻觅这样的住所，除了希望可以远离尘嚣亲近土地外，图的就是门前能有不小的院子，碧草连天，繁花盛开，让人可以畅快地呼吸，或是慵懒地坐在院子里什么也不做，就是晒晒太阳发发呆。喜欢易安居士笔下“暖风庭院落梅初”的感觉，在墙脚，再种几株牵牛花，一架丝瓜棚，正面向着田野，一侧临河，我便舒服地靠在藤椅里安享春光之媚，一口一口地啜茶，任阳光一寸寸地在身上游移，睁眼是一片油菜花黄，转头是河边杨柳依依，城市的灯火或现实生活暂时就成了隔岸灯火。

更畅想自己老年能隐居在徽州这样的地方：城市不大，人口不多，历史不短，风景不差，故事不少……去徽州老城租一个院子，和友人比邻而居，夜色降临，在积水空明的庭院中，摆两把藤椅，我们攲斜其上，聊一聊闲事，待月色更浓，沏上一壶清茶，月光洒在其中，我们相笑而啜，品那一段流年。

红绿下姜村

程耀恺

对于大地，千岛湖就像一捧璀璨明珠，对于千岛湖，下姜村则是一粒雕珉明珠。

作为外省人，我是今年夏天通过中央台《远方的家》栏目，才知道浙江淳安县枫岭镇有个下姜村，是包括习主席在内的四任省委书记的基层联系点。到了深秋，我竟然奇迹般出现在造访下姜村的途中，车上还有三位，都是声名远播的诗人，他们应邀参加"枫岭镇第五届双色采风节"活动，我本是搭顺风车到淳安秋游，车抵下姜村后，主办方没有视我为不速之客，热情安排我这个邻省的散文写作者，列席参加本次采风节活动。

下姜村卜居千岛湖西南岸，距淳安县城58公里，亦有山乡公路通往邻近的建德、常山，虽是山重水复，却也柳暗花明。温情脉脉的枫林溪，在皈依千岛湖之前，呈"U"字形流经下姜村，下姜村遂成"前有照、后有靠"的风水宝地，又因这前照之水为"U"形，且应了"水转三湾，福寿安闲"的吉语。

早晨从杭州出发，缘杭（州）千（岛湖）高速西南而行。此行若是在南朝，所见当是"风烟俱净，天山共色，从流飘荡，任意东西。自富阳至桐庐，100里许，奇山异水，天下独绝"，然而现代交通带来便捷的同时，却让我们与"夹岸高山"与"游鱼细石"与"急湍"与"寒树"与"泉水"与"好鸟"失之交臂。好在还没来得及懊恼，轻车已由淳安穿城而过，扑面而来的竟是一派青碧，云青青兮欲雨，水澹澹兮生烟。面前的千岛湖，宛若大家闺秀，朗朗如朝霞之入怀，前方的下姜村，恰似小家碧玉，濯濯如春月之映柳。

举办过四期的采风活动，被冠之以“双色”，双色者，一红一绿也。

下姜村的绿，铺天盖地，生机勃勃。

此时虽不是“南浦春来绿一川”的季节，然而千岛湖四围，依旧“绿阴冉冉遍天涯”身旁，江碧鸟逾白；远处，山青花欲燃。虽然来去匆匆，只与下姜村有一宿之缘，然而感觉她就像是绿的渊薮：高山上覆盖着绿树，河道里流淌着绿水，绿叶在轻风中喜笑颜开，翠鸟在蓝天下自由翱翔。苔痕上阶绿，草色入帘青，是下姜村寻常不过的景观。下姜村当然也有不寻常的绿色景观，那便是村外远近高低各不同的青山，那些壁立千仞的大块的绿，无论从哪个角度看，俨然东山魁夷的巨幅画卷。是不是有人把东山大师的《雾的山峡》《山峡清晨》《静寂的黄昏》《山灵》《绿溪》等杰作，来一场乾坤大挪移？也许不是，也许是。不过，在东山魁夷，当是巧夺天工，在下姜村，则是天开画图。

跟随村书记在村里转了一圈，看村路、看廊桥、看农舍、看碑亭，最后来到村头的香樟树下，蓦然发现，目力所及，无论是花盆里的绿，菜园里的绿，田野里的绿，山林里的绿，浑然连成一气，不分彼此，淡得随风飘，浓得化不开。这绿，仿佛精灵，让山川村墟，充满生机焕发青春。

下姜村的红，大气磅礴，历久弥新。

本次采风活动，东道主安排一个下午参观红军标语墙和瞻仰红军北上抗日先遣队烈士纪念碑。红军标语墙始现于 1934 年 9 月，经受 81 年岁月磨洗，而 24 条标语永不褪色。为缅怀红军北上抗日先遣队“白马之战”中献出生命的战士，1984 年淳安县修建这座纪念碑，碑塔若红星闪闪，四围青松环护——这不是普通的墙与碑，它是用鲜血与精神作为建筑材料而垒砌起来的墙与碑。此墙彼碑，不只是让后人致敬的，更重要的是作为四野山水、一方民心的红色之源而存在。有了这红色之源，下姜村（乃至枫岭镇）的红，既不同桃红柳绿的自然之“红”，也不是灯红酒绿的人世之“红”，说是万绿丛中一点红，也不恰当。下姜村的红，在历史的天空里闪耀，在蒸蒸日上的日子里体现，在和谐的民风民俗里传承，在村民的心田里流淌，在蹲点领导的笔记本里抒发……只有“红雨随心翻作浪，青山着意化为桥”里的红，才有资格表达下姜村的红。

在下姜村，随着季节推移，桃花、杏花、映山红、红蓼、一串红、三角梅、红梅，包括红于二月花的霜叶，你方喝罢我登场，让村里村外，充满红飞翠舞的诗情画意，即使到了林寒涧肃的季节，大棚里一畦畦草莓相率成熟，像一粒粒鲜红欲滴的南珠玛瑙，让人目迷心醉，况且时届年关，家家张灯结彩，户户新桃换旧符，下姜村依然姹紫嫣红一片。

我们在下姜村的那两天，四处是“秋水才深四五尺，野航恰受两三人”的深秋景色，村头溪水里，竟也少不了悠然戏水的鹅群，“白毛浮绿水，红掌拨清波”，又是红与绿的自然搭配——下姜村的红与绿，随时随地都能谱写出别具一格的乐章。“红入桃花嫩，春归柳色新”，这两句古诗透露的信息表明，装点世界的是红与绿，改变世界的亦是红与绿。红桃呈艳，绿柳垂线，对于下姜村来说，不只是某个季节的物候，而是这个山村的全息图像。

万山头上发脉

王张应

记得那是两年前的某一天，我从省会合肥驾车回到我的家乡潜山县。我是在车轴寺出口下的高速公路。车轴寺是个很古怪的地名，在我的家乡潜山县的地图上还找不到这个地名。如果硬要找它，那就只有去邻近的怀宁县地图上寻找了，会在怀宁县版图的最西边的拐角处找到它。

车出车轴寺收费站，西行不足三百米，就是潜山城外的皖河大桥了。过了这座桥，就算进了潜山县城。一桥分为两县，桥的东边一段是怀宁县，桥的西边一段则是潜山县了。住在车轴寺的人，虽然户籍是在怀宁县，但他们心里都把自己当成了潜山人。因为，他们离潜山县城实在是太近了，同潜山县城里的人，喝的是同一条河里的水，吃的是同一块地上的粮，讲的是同一个地方的方言。出门走上一座桥，走到桥当中，车轴寺的人也就来到潜山县的地盘了。

车轴寺所在的那个乡镇叫作小市乡，也就是汉乐府诗《孔雀东南飞》那个悲情故事的发生地。至今，那里还存有一座孔雀坟。小市乡的地名“小市”二字，当是来自诗中的“小吏”了。在刘兰芝和焦仲卿所在的那个年代，潜山、怀宁还是一地呢，应是书上记载的那个“庐江府”了。

那天，过了皖河大桥，一进到家乡潜山县城的地界上，我的眼球立刻被桥头的三岔路口边一尊高大的雕塑吸引住了。我不得不打亮右闪灯，将车靠往路边，寻找一处合适的地点，用以临时泊车。车停了，定睛一看，雕塑原来是座人像，一尊古形古象古衣古冠的古人雕像。很大的一尊雕像，高十来米，宽五来米，是一尊坐像。我一时没有看明白，这雕的到底是哪一尊神仙呢？我的目光遂在雕像的浑身上下游移，打量着，寻觅着。终于，在雕塑下面方形的底座上发现了两个字，但字是篆体，有点难认，看了半天，想了半天，才知道眼前的这座神仙是谁了，它就是那位存在于这块土地的精气神中的“皖公”。

提起“皖公”，外地的朋友也不一定就能听得明白。虽然大家都知道，皖，即安徽省的简称。这“皖公”难道就是安徽省历史上的某一位“公公”？哈哈，这样来理解，未免就太简单、太片面、太狭隘了。

原来，我的家乡潜山县，春秋时期曾经是一个诸侯国，号称皖国。那位“皖公”，当是那个皖国的第一位君主了。几千年后的今天，在进入县城的门户处，竖起了这样一尊雕塑，自然不是随意而为了。我的理解是，家乡的经济发展很可观，有能力来彰显一下这个地区的形象了，弘扬一下本地区悠久的历史文化。

史书上记载，过了春秋之后，这个皖国就变成皖县了。这一说法，我曾经无意中在一个地方得到了印证。那地方，就在湖南省的洞庭湖边，岳阳楼下。有个小乔墓，估计是衣冠冢了。墓前立有一碑，碑文曰，小乔是三国时期皖县人。正好，在我的家乡潜山县城，曾经发掘过一口古老的水井，据考古学家说，发掘古井的地方叫作乔公故址，那口井名叫“胭脂井”，即当年大乔和小乔对井为镜梳妆打扮的地方。古时女子的装扮，总是离不开胭脂，对着井水抹胭脂，不知是大乔还是小乔，一不小心将一些胭脂落到井里去了，遂把井水染成了胭脂红。那口井，后来就被人称为胭脂井了。说到这里，会不会有一种嫌疑，人家会不会以为我在这里炫耀自己的家乡自古就出美人了？其实不然。我干吗要炫耀这个，我又不是个女子。若身为女子，倒也还有可能做出一点借光的自恋状。实际上，我仅仅是想论证，我的家乡这个县，古时候真的就叫作皖县。

说到皖县，虽没有炫耀，自豪感还是有的，而且很足。咱整个安徽省，一共七十多个县，它的简称为什么不选张三，也不选李四，偏偏就选了咱潜山县的古名皖字？这不能不让人产生些许的骄傲。我记得，有一年我去过黑龙江省的龙江县，有幸受到了龙江县的县长大人的热情接待，那位县长大人的见面寒暄语就说了这样一句话，我们龙江县可是咱黑龙江省的首县了。那次，我第一次听到了“首县”一说。在这里，我想借用那位县长大人的话来表达一下我心中的自豪感吧，我的家乡，可是咱安徽省的首县啊！

在我的家乡这个古名皖县的地方，山水之间，总能觅到古皖的踪迹。山有皖山，水有皖水。皖山自古就是一座名山，山势雄伟险峻，风光奇特秀美。山上有一峰，如一柱擎天，故名曰天柱山。相传，汉武帝南巡时，曾经到此一游，看到山上的美景，不禁龙颜大悦，遂下令封天柱山为“南岳”。后因湖南的衡山又被册封为“南岳”，这个有些失宠的天柱山遂朝后退了一步，更名曰“古南岳”。昔日的古皖县，今日名为潜山县，细想一下，也有来由。皖山虽高，但它隐没在群山之中，终年云遮雾罩，亦如古皖人的内敛与低调。

皖水就是皖河。这是一条直通长江的河流，它的源头在大别山中，因从皖山流出，润泽了古皖大地后便注入长江，遂被称为皖河。

其实，在我的家乡，乡亲们称皖山，不叫皖山，也不叫天柱山，大家习惯于叫作万山。虽然，“皖”和“万”，同声母，又同韵母，仅仅只是声调上不同，但乡人还是分得清楚的。“皖”就是“皖”，“万”就是“万”。乡人叫皖山或者天柱山为万山，其实也是有缘由的。一曰“万山”就是高山，天柱山自古被称为“万仞高山”。二曰“万山”来自“万涧山”。在天柱山的北麓，有一个村子，名叫万涧村。天柱山旅游尚未开发的时候，人们要徒步攀登天柱山，一般都会从万涧这个村子里经过。若是有人问他去哪里，他会告诉你，去万涧山！其实，万涧山的说法还真形象，从天柱山上发源的溪涧，真的是成千上万了。

万山就是我的家乡那一带方圆几百里最高的山峰了。在夏天，会不会有暴风雨突然来临，乡人在观察天象时，一般都是先看万山的“脸色”。只要万山的“脸色”一黑一沉，不久准会响雷下暴雨。

在我的家乡万山脚下，乡人批评某人时，爱说一句口头禅，万山头上发脉！意思是说，某人说话啰唆，不得要领，短话偏要长说，让人半天不明白他在说些什么。

哈哈，今天，在这里，我也尝试了一次，万山头上发脉！供君一哂了。

2015年11月6日凌晨写于蚌埠

台湾的慢(外一篇)

阿　兰

在台湾待久了,自然地接触了更多当地人的生活。逛商场,进超市,买便当,去诊所,还有每天的散步。通过这些平常的生活接触后深深体会到,女神"志玲姐姐"的嗲,其实还真不是矫情。在台湾,女生嗲嗲的声音,无处不在。不管是店员、导购还是护士,甚至在路边散步偶遇的大妈,声音都非常轻柔,语速都是慢慢的。有时我都觉得不好意思开口,几十年貌似淑女的我,怎么在这里,一开口就有点急不可待,甚至有"声如洪钟"的感觉。

在台湾待久了,感觉这里整个生活的节奏比内地慢了很多。

台湾人不仅说话慢,还非常爱说话。在社区的小公园里,总可以看到成群的老人在聊天。去商场导购都会跟你热情地打招呼,不是推销商品,不管买与不买都要聊聊家常,聊聊孩子。亲家母就说过,不聊天?每天的生活怎么过!爱聊天的人,我想至少是有时间也有心情的人吧。

台湾人开车慢,从桃园去台北的高速为单向四车道,路宽,路上的车也不少,高速上限速是100码。每每经过,很少看见有车急吼吼地来回变道。大家都是不急不慢在自己的车道上循序渐进。在市区的马路上遇到红绿灯,汽车没有鸣笛的,满街的机车,也会慢慢等待,哪怕丁字路口。感觉每个人没有那么抢时间,即便再普通的小巷子两边停放的满满的机车都会摆放整齐,可见停车的时候也不是那么急促。

台湾人爱锻炼,奇怪的是在南嵌溪边公园的林荫道上,不论晨昏,上午下午,也不分男女老幼,总是看见有人在跑步。大白天看见青壮年时就会很诧异,这个时间段不要工作吗?而校园里的孩子总是晒得黑黑的,甚至很低年级的小女生都爱打篮球,我曾站在旁边看,担心那么娇小的孩子能不能投得到篮板。结果无论男女,完全没有问题。即便周末,操场上也有很多打球的孩子,没有感觉他们有着急回家写作业补课的。

台湾很多人不讲究,尤其是穿着。在大陆一片雨雪霏霏的瑟瑟时节,这里气温一直在20—29摄氏度之间。典型的初秋的温度,我常常带着外孙女穿着短袖出门,小宝贝不仅短袖,而且基本是光着小脚丫。可出门总遇着穿着棉衣裤的小宝宝,相比之下,有点我在虐待孩子的感觉。而成年人呢,很多人脚下一双人字拖,短裤,而上身则是一件轻薄羽绒服,如此奇怪的打扮!可他们完全不在意别人怎么看。我常想难怪台湾人最爱说的口头禅是:超夸张。

我感觉台湾人还有些“不思进取”,因为就连挣钱也不是很上心。女儿家楼下的一间饺子馆,取的名字很响亮:八方云集。味道还真不错,我最喜欢他们家的韩式辣味和咖喱味饺子。跟我们平时常见的香菇猪肉大白菜、芹菜猪肉馅完全不同啊,这里的饺子个大馅饱满,吃起来很过瘾。生意也不错,常常排队。你说一家饺子馆,有酸辣汤,有锅贴,这不是典型的可以吃早餐的店吗?人家愣是上午十点才开门,而且周六关门休息。与此相同的还有一家烧腊卤味店,这个店同时卖便当,一份玫瑰鸡腿饭,一大盘鸡腿,三个蔬菜,满满一盒,九十台币相当于人民币十八元不到,好吃,营养又方便。生意也很好,但是人家也是雷打不动,周日休息。类似的还有眼镜店等,都有周末休息一天的习惯。可不是连挣钱都不积极嘛!

台湾人对待感情更是慢,很多人用一辈子去谈恋爱,却不谈婚嫁。他们认为既然房价高了,买不起房子了,那么就不要结婚生孩子,不给自己压力。一场或者数场恋爱谈着谈着就老了,因为一辈子并不长,轻松点快乐点就好。不养孩子的台湾人,喜欢养狗狗消遣。常常散步的时候远远地推过来的婴儿车里放的不是宝贝是狗狗,是不是也超夸张。

台湾的经济也慢,曾经的亚洲四小龙,据说从陈水扁的“闭关锁国”开始,至今已经十几年,经济几乎没有发展,但是房价也和大陆一样长了不少。这也是儒雅的马英九先生饱受诟病的主要原因。

据说若干年前,台湾也和我们一样,不是这么慢,也有炫富的时期,街上豪车遍布,穿着体面。这在风靡一时的琼瑶小说里多有体现。而现在的台湾,究竟是进步还是倒退呢?

一首《从前慢》在内地触动了无数人的心弦。我们经过多少的努力去改变曾经的慢!马车慢,我们有了高铁、飞机。邮件慢,我们有了电子邮件、短信、微信。做饭慢,我们有了快餐。打豆浆慢,我们有了速溶豆浆。一切的一切都快了,快到连我们的心也静不下来,快到哪一天突然听到一曲《从前慢》,我们竟然会湿了双眼。

几十年前我们都穿棉布的时候,多么向往一件的确良衬衫,而现在我们常常挂在嘴边的是全棉;若干年前,我们多么渴望餐餐有肉吃,而现在的我们一直叫着少吃肉多吃素;母亲说,他们曾经最大的渴望就是每顿能吃上一碗白米饭,而现在的我们到处找寻各种粗粮;曾经的我们觉得走路太辛苦,多么羡慕有一辆汽车,而现在的我们有了汽车却那么惧怕开车,开了车回到家,晚上却在跑步机上再走路。

有时想,这世界是否和人生一样也在轮回,此一时彼一时也。或者我们永远站在此岸,眼睛却遥望着彼岸。到底是台湾慢了还是我们自己太快了?

那些年夏天吃的野菜

阿　兰

人们常说没菜吃，我觉得这其中包含两种含义，一种是季节不对，菜的品种少，没法换花样，那属于真的没菜吃。还有一种是指没胃口，夏季说没菜吃就属于这种。其实到了夏天，去菜市场稍微轻点手指，辣椒、西红柿、冬瓜、丝瓜、茄子、豆角、苋菜、木耳菜、青菜、土豆等最少也能有个十几样，但是夏天人出汗多，睡眠少，没精神就没胃口，因此，还是觉得没菜吃。

我小时候家在长江边，水资源丰富。那时候没有空调，甚至没有电风扇，更没有反季菜。到了夏季也总是辣椒、西红柿、冬瓜、丝瓜、茄子、豆角这些老花样，所以天一热再加上夏季的忙碌，大人们也总说没菜吃。于是放暑假的时候，我们兄妹可就有事做了。可以名正言顺地跟哥哥去玩水、下河捞野菜。

最先吃的是藕带。藕带一般须早，最好在六七月间，荷叶刚刚发芽浮出水面，顺着藕干向泥的深处，顺藤摸瓜，轻轻一抽，白嫩的藕带就出水了，会采的一会儿工夫一大把，回家洗洗用青红辣椒丝一炒，你就看吧，青的红的白的，又脆又嫩，好吃又好看。

暑假过半的时候，吃的就是鸡头米干了。吃鸡头米干可不同吃藕带，要困难很多。因为鸡头米从叶子到干到果实都包着密密麻麻的刺，一不小心碰上疼半天。我们都是在一根竹竿上面绑上镰刀，从水下割，这样叶子下面的干都浮上水面，然后用烧大锅的火钳夹起来放进篮子里，回家戴上手套用剪刀轻轻地撕去干上的刺皮。遇到粗壮的，拍开，用盐稍稍腌制一会，洗净后也同样放上辣椒丝炒一炒，再放点醋，酸溜溜，脆生生，也是美味无穷，夏季特别开胃。一直到几十年后才知道，鸡头米的果实还有个很文的学名叫芡实，据说能防癌补肾，要几十块一斤呢。我们小时候很少吃，因为太硬，也没什么味道,不像莲蓬那么甜。

最后吃的一道水里的野菜是野菱角菜。野菱角结的菱角长不大,很硬,几乎没法吃。因此河沟里的野菱角很多,常常被人们当菜吃。野菱角的藤很细,捞回来后摘去叶子,细细的藤子很长,洗的时候用力揉,去掉涩水,然后切成小段,跟红辣椒和大蒜瓣一起炒,也是非常开胃的下饭菜。

这些水里的野菜,小时候每到夏天必吃,年年复年年。现在离开了家乡很多年,在合肥这样水资源缺乏的城市很少吃到这样的野菜,偶尔吃到都是欣喜。

现在一些饭店讲究土菜精加工。去年在一次饭局里上了一盘藕带,雪白的高级瓷盘上放着少量的藕带,又白又嫩,嫩到入口即化,那一刻就有点不是滋味,好吃是好吃,疑惑地想那还是我记忆里的藕带吗?就像丑姑娘去韩国整了容回来,既熟悉又陌生,似曾相识却不敢相认。

游白金汉宫(外一篇)

杨修文

今年夏天我和先生到伦敦探望女儿,女儿告诉我们,每年的夏季,因为女王要外出度假,宫殿最古老、最豪华的部分房间会对公众开放,允许世界各地的游客参观。但门票很紧张,经常是一票难求,需提前在网上或者电话申请预约。如临时购票,不仅排队时间长,而且还可能会因为限制人数而买不到票。

在一个伦敦难得的太阳温暖着的上午,女儿陪同我们来到了白金汉宫。白金汉宫位于伦敦威斯敏斯特区,是英国的代表性建筑。它的正门用黑色铁栏杆围起来,配上金色的装饰,门上悬挂着王室徽章,无不透着典雅和端庄。门前是一个大广场,广场是由雕塑群组成,四周的四座人狮石雕,簇拥着广场中央大理石雕塑的高大的维多利亚女王纪念碑,在碑的下方为维多利亚女王的坐像,上方为金色胜利女神雕像。雕塑细腻美轮美奂,令人震撼。彰显着白金汉宫的神秘和辉煌。

在白金汉宫左侧有一个看起来很不起眼,很简陋的小门,参观者从这里进入,安检工作人员一脸的严肃,但却是极其耐心。在通过严格的安检后,免费发放讲解器,有中、英、法、韩、西班牙等多国语言,并被告知不得拍照后,就可以进入白金汉宫了。

白金汉宫本是白金汉公爵的府邸,1762 年乔治三世将其买下,成了王室财产。维多利亚女王继位后,将王室官邸搬进白金汉宫,从此白金汉宫就成了王室的象征。白金汉宫是一座四层正方体灰色建筑群。建筑并不高大雄伟,但很精致,与四周环境搭配得极其和谐优雅。中间是一块翠绿的大草坪。草坪旁放着金灿灿的,世界上最豪华的金马车。英国的国王,都是坐着这辆金马车去参加加冕仪式的。金马车是用镀金的木头制成,上面有小天使、皇冠棕榈树等雕塑。而最让人称奇的是,车上还用了英国一百多件著名的历史遗迹作为装饰。如:二战王牌飞行员的徽章;五月花号上的木头;最让人震惊的是其中的一块木头,据说是来自砸到牛顿的苹果树。所以金马车又被称之为"移动的历史博物馆"。

白金汉宫共有690个房间。供游客参观的,只是其中极少的一部分,但很具有代表性。它们都是作为接待的厅房,全部位于宫殿西侧。它们被画廊串了起来,有着一致的装修格调,运用黄金和象牙、大理石雕刻、王室肖像、紫红色地毯,营造出了辉煌的视觉感受。豪华的厅室里还收藏了大量的古董家具和艺术珍品,堪称博物馆。"皇室舞厅"是专门为维多利亚女王修建的,最耀眼的是悬挂着的巨型水晶吊灯,非常大气和美丽。而"蓝厅""白厅""音乐厅""宴会厅"是用来外交接待和宴请嘉宾的。进入到"蓝厅",有仿镐玛瑙的石柱,还有一张桌子,那是拿破仑一世的指挥桌。拿破仑失败后,法国路易十八将桌子赠送给了英国皇室。"白色客厅"是用白和金两种颜色装饰而成,给人一种清新雅致之感。室内古典而精致的家具,大多是英、法工匠的艺术品。室内还保存了维多利亚女王加冕时的御座等。"音乐厅"的房顶别具一格,是圆形的,很高,需要仰视。它是用象牙和黄金装饰而成。维多利亚女王和丈夫艾尔伯特常在此举办音乐会。"国宴厅"很大,长长的餐桌呈马蹄形,上面摆放着精美的餐具。高高的墙上装饰着巨幅油画,屋顶悬吊着六盏巨型的枝叶状水晶吊灯,可谓金碧辉煌,令观者惊讶和震撼。

宫殿的出口位于白金汉宫的后花园,花园是英王四世时期所设计的。很大很美,碧绿的草坪,明澈的湖泊,各种珍奇而叫不出名字的花卉,形态各异的参天的古树,通幽的小径。还有歌唱的鸟儿、在你身边蹦来蹦去的松鼠、高傲悠闲的天鹅及稀有的火烈鸟。它们在金色的阳光照耀下,在游走着的白云投下的素雅的景象中,似是一幅幅不断变换着的油画。浓墨重彩,斑斓艳丽。这种令人难以用语言形容的美,令所有的游客陶醉。我疑心自己是否走进了童话中的森林世界。

游白金汉宫,更多的是领略到了在它绚丽豪华之后的历史与文化。在这个舞台上,英国的王室一直在上演着一幕幕的悲欢离合,英国的民众更是看得如醉如痴,历经百年从不厌倦。因为英国王室沉淀下来的故事,比现实更为精彩,如:25 岁的伊丽莎白一世,在举行加冕典礼时,女王将一枚结婚戒指带到了自己手上,她为了国家放弃了自己的幸福,把自己嫁给了英格兰,被后人称为"童真女王";后来爱德华八世演绎的却是一个"不爱江山爱美人"的故事,他爱上了一个结过两次婚的美国平民女子,遭到英国朝野的反对,在江山与美人之间,他选择了放弃王位。而如今的王室还在继续演绎着明天的历史。

白金汉宫代表着的是英国王室的权力,同时,它也承载着英国厚重的历史。

花儿　麦苗　蒜苗

杨修文

这本是几种不相关联的植物，而我却在无意间让它们有了关系。

我很喜欢养花，可是我养不活它们。我骨子里极喜欢牡丹、茶花、杜鹃等蓬勃、冶艳、热烈甚至嚣张的花儿。但是也不知道什么原因，它们在属于我之后很快就凋零了。随后，枝干也慢慢干枯死去。无奈，我退而求其次，养那些不张扬、淡雅、香气怡人的小花儿，如兰花、米兰花、小栀子花等。我虽精心地照料着它们，但它们就像是事先约定好了似的，花儿从未为我开放。但结局似乎比张扬的牡丹好了许多，不再“宁死不屈”地死去，而是成了蓬蓬勃勃，只长绿叶、不开花的绿色植物。我很无奈地接受了这个现实。但慢慢地我发现，虽然它们的枝干和禀性各不相同，但它们却能形成一个气场，给了我和我的家一种极贞静的气息，是湿的，是润的。滋润着我的心灵。

从那以后，我就痴迷上了不开花的绿色植物。花市的品种已远远满足不了我的需求，我另辟蹊径，把苹果、橘子、葡萄、枇杷等水果的果核，和从公园捡拾来的花木种子，栽种在花盆里，它们可爱的小模样都是我从未见过的，给了我极好的心灵和视觉享受。等到花盆里容不下那粗壮的枝干时，我就把它们移栽到院子里。我乐此不疲地不断发现和栽培着新品种，成了我一大生活乐趣。

一日，我在商场的一个化妆品柜台前，发现了放在柜台里面，用玻璃器皿装着的翠绿的小草般的植物，在彩色灯光的照射下，美极了，美得竟生出了一种不真实的感觉。我让售货员拿过来让我看看，并询问是什么，答道：是麦苗。我惊讶地睁大了眼睛，我是认识麦苗的呀，可从未见过这样的麦苗。我问多少钱一盆，售货员说不卖，是赠品，购买一定数量的化妆品就可以赠送一小包特制的麦种。我实在经不住诱惑，在详细地询问了栽种技术后，就买了一大堆我并不需要的化妆品，换回来两小包麦种。

回家后，我立即找出漂亮的水仙花盆，放上土，把麦粒均匀地撒在里面，浇上水，就静等它们出世了。第三天，麦粒就整齐地发出了白色的、小狗牙似的颗粒状的小嫩芽。它们的生长速度极快，向上伸展着，很快就变成了一盆鹅黄色。清晨，每株麦苗上都挂着一滴晶莹的水珠，在阳光的透视下犹如是挂满了名贵钻石的艺术品。白日里，我似乎都能听到它们生长拔节的声音。等它们长到有一手掌高后，就停止了生长。它们成年了。那种单薄和柔软的绿，实在是让人心疼。它们的美，犹如《红楼梦》里的林黛玉。

先生嘲笑我把麦苗当花儿养。极力说服我种蒜，并举例说明蒜苗的食用价值。为了不让时常下厨的先生失望，我又找出一个水仙花盆，种上了蒜。蒜子很快就发芽并茁壮成长了，它比麦苗要健壮得多，很是挺拔和鲜嫩。

蒜苗可以用来做汤了，先生喜滋滋地说，蒜苗掐了还可长出来，可以掐多次呢。而这时，麦苗却开始逐渐枯黄。它们拖着那病态的躯干，即将走到生命的终点。

我忆起了故乡的冬小麦。故乡的冬季是缺乏绿色、缺乏生机的。而在深秋播种的冬小麦，那嫩嫩的绿，却给予苍凉的大地以勃勃的生机。萧瑟的晚秋紧紧连接着寒冷的冬季，肆虐的寒风，漫天的大雪接连在它们身上施虐，但它们却能顽强地生存着。等待着温暖的春天，迎接着炎炎夏日。走过四季，它们成熟了。饱满的麦穗在风中低首自赏，犹如母亲在幸福地等待婴儿的诞生。它们是在等待着农人下镰收割。人类从远古走来，正是有了麦子的养育，才创造出了灿烂的文化，铺就了历史的辉煌。

故乡的麦子，它生命的根基深深地扎根在广袤的土地上，是大地母亲那丰沛的乳汁哺育了它们。而我种的麦苗，它们离开了“母亲”，一出生就是畸形儿，注定了生命的悲剧。我让它们走了没有后代没有结局的一生，我心中很是不安。

正当我为了麦苗深深自责时，蒜苗的根，也就是那些作为种子的蒜子，也开始萎缩干枯了。蒜苗也将离我而去了。我莫名地又生出一种失落。就此又想到了故乡的大蒜。故乡盛产的大蒜在全国都很有名气,是那种个头很大的紫皮蒜,很香。

故乡的大蒜,如同麦苗一样,也是秋天入土。它是一种极为朴素的乡间植物,无论土地丰腴或贫瘠,它都不嫌弃不挑剔。蒜叶水灵灵、青展展地伸向天空,犹如大地写下的诗。等到蒜薹收割后,它们的后代就在黑暗的土壤中逐渐长大。夏季来临之前是大蒜收获的季节,我清晰地记得姥娘熟练地将还带着潮湿秆茎的新蒜,编成大辫子似的绳结,一串串挂在屋檐下。故乡人几乎顿顿都离不开蒜,那蒜的辣,蒜的香,让清贫的农家日子多了许多美好的滋味,也让我有了更多美好的童年记忆。

而我养在花盆中的大蒜,它们同麦苗一样,也没有机会走完生命的全程。

我不辞劳苦侍弄的花儿、麦苗、蒜苗,让我清醒:生命虽然是顽强的,但也是脆弱的。地球上每一种生命都有着它们各自不同的生存环境。任何一种生命都有其存在的意义和价值。正是无数息息相关生命的存在,才构成了多彩、缤纷的世界。它们需要我们的尊重、关爱,还有敬畏。

从大山村到普尔曼

王维红

去过四次大山村,来过两次普尔曼。

这一个暑假从大山村走到普尔曼,我用了12天的时间。一放假,先行去大山村度假一周,接下来回家调整几天,整理好行装,又从上海转机西雅图,来到了普尔曼。

有时候我们就是因为一个人而爱上一座和自己毫不相干的城市。儿子(超哥)在美国西部华盛顿州的普尔曼读博。普尔曼与其说是城市,不如说就是美国的乡村,最多也就相当于国内一个小镇大小。这里和大山村一样是一个能让人放下一切的地方。

在大山村的日子里,晚上枕着溪水入眠,清晨又会被自然界的交响乐叫醒,那是各种鸟儿和虫子的声响,其中最闹腾的当属知了,几乎从早到晚都能听到老王家屋后那些知了扯着嗓子的嘶鸣。这种声息,总让我想起童年乡下的场景:热夏的午后,那些蝉鸣声越叫越烈,在父母目送下,姐姐们冒着酷暑出门,下田割稻或插秧。傍晚时分母亲会将早已冷却好的绿豆汤盛好,等候着姐姐归来。母亲的关心和温情都在那消暑的绿豆汤里。仙寓山的大山村,是最近几年暑假我休闲避暑的好场所,它让我的心那么贴近农家和土地,也总让我想起一些袅袅不散的往事。

美国的小城普尔曼,有着大山村一般的凉爽,早晚的气温不过十七八度。初来几天,因为倒时差,我特别地好睡。好在这里的一切都是懒洋洋的，鸟儿也懒得叫早，直到窗前的阳光洒满小屋，我才会被那些清亮亮的光影唤醒。

普尔曼静水流深的日子是安静的。这种安静让我手足无措，有几天的不适应。

超哥的小屋掩映在绿树丛中，特别凉爽。这是一栋三层的House。一楼地势较高，窗外的那些草叶，仿佛伸手可及。门前是几棵高大的松树，西边有一棵皂荚树遮天蔽日，树上挂满形如长豆角的翠绿皂荚，有时看到发呆，总想爬上去，摘回一把炒上一盘。平日坐在家中，就可看窗外云卷云舒，听门前松涛阵阵。时常就会发现门前草地有响动，等到目光所及，那小松鼠早已爬到树上探着脑袋向你张望。出门走几步，还会偶遇一两只从草地里蹿出的小兔。超哥说，有时候还会见到小鹿，不过，他们开车时很害怕这些横冲直撞的小可爱。

超哥的屋后是一座教堂，不是周日，很少见人。门前的花坛里，有各色的花儿在阳光下静悄悄地开着。那一簇簇米粒般大小的小白花，散发出清芬的草香。

想起在大山村的日子里，喜欢走那条我们称之为稻花香的水田路，远处是群山，那条路蜿蜒在无际的碧绿之中。水稻刚开始抽穗，沿途你能真切地闻到稻花的香味。我们每天穿着民族特色的红花衣裙，走在那青山绿田间，仿佛把自己镶嵌在山水画中，等待着朝霞和夕阳的渲染。

如果说暑天里的大山村是一幅田园山水画，那普尔曼的夏季就是一幅浓烈厚重的西洋油画。

记得超哥刚来普尔曼时，将自己的QQ签名档改为——麦田守望者，我无法想象他所描述的麦田是怎样的辽阔和壮美。那一年我来时已是冬季，普尔曼方圆几百里都被厚厚的积雪覆盖，一片素白。

普尔曼是丘陵地貌，四季景色各异。这一回赶上了麦子成熟季。你很难想象，当你驱车几十里、几百里，甚至上千里，在蓝天白云的背景之下，山上坡下峡谷路边到处是一望无际的金黄，这种极富线条感的画面，缓缓波动，对你视觉的冲击有多么大！大自然的调色板上，黄色成了主色调。傍晚，那万顷麦地被金晃晃的阳光染得更浓了，偶有几棵古朴的大树，朴素的木房和红色的收割机点缀其间，有油画般生动的美。

清晨和傍晚，我的脚不自觉地走向那一片片麦地，在一波又一波舞动的麦浪里，我的思绪回到遥远的过去，仿佛看到童年的我挎着捡来的满满一篮麦穗回到家中，看到母亲温柔赞许的目光，仿佛看见姐姐们在场基中打麦和扬场，仿佛闻到贴在锅沿边大麦饼的香味。

从大山村到普尔曼，我心中那难以割舍的对土地的情怀又被轻轻地唤起。

超哥原本还在计划着我的纽约东海岸旅行，但我却没有多少兴致。我更愿意多一些时间陪着他，留在这个小城。守望麦田，守望着心中朴拙而静美的田园。

甜　蜜

市　桐

自从知道了市场上的蜂蜜多掺假，买蜜成了头痛的事。

家里有好几瓶蜂蜜了，都是买来吃了一些，觉得不对劲，放下了。

哪儿不对劲呢？说不好。

有时自己觉得味道不太“纯正”，可纯正的蜜到底应该是什么味道呢？有人说有点酸，有人说还有点苦，无奈我既尝不出，也嗅不出，只能无端怀疑。电视上看过品茶师品酒师，面前几十种茶汤或酒水一字排开，先闻，后尝，吐掉；再闻，再尝，再吐掉。这样就能分辨出每一品种之间的细微差别，简直像是有特异功能，一般人只怕很难做到的。要不说蜂蜜掺假，专家也难辨别呢？

听别人说过瓶底有结晶的就是掺糖太多，掺糖也就算了，还有可能是掺了廉价劣质对身体有害的甜味素。可上网一查又说结晶是正常的，但结晶要松软，结晶硬就是假蜜，软到什么程度是真，又硬到什么程度才是假呢？我又犯了难。家里有一瓶蜜瓶底结了厚厚的一层晶，不敢吃，又舍不得丢，一直放着，我用勺子挖来挖去，最终也不能确定这算是软还是硬。

网上还介绍把蜜罐倒过来，如果是真蜜，含水量就低，蜂蜜黏稠，阻力大，瓶口处的空气很难上浮。我把家里的几瓶一一倒过来，那瓶口的气泡像急着出逃似的，一眨眼就蹿到了瓶底。我不甘心，好奇心大发，又跑到超市，把货架的蜂蜜瓶子挨个都倒一倒，结果就连那几百元一瓶的进口蜜，那一团空气都升得贼快。是超市待售的蜜全都掺假？还是这一招根本不灵？

不由得想，养蜂人不会有我这样的烦恼，做个养蜂人也不错，伴着一个人，追随那无际的花海……“哪里有鲜花，就到哪里去。菜花开的地方，玫瑰花开的地方，苹果花开的地方，枣花开的地方。”我想到了汪曾祺的《玉渊潭的槐花》：“玉渊潭的槐花盛开，像下了一场雪，白得耀眼……”

当然，这样的梦只能做一做，蜜还得从市场上买来。现在，我用“纸巾壁挂法”来判断蜜的真假：在纸上滴一滴蜜，如果这蜜能像琥珀一样，挂在纸上，不渗透，我就认定是好蜜了。

暑假时，在皖南大山里的农家住了一段日子，那里山好水好空气好，人纯朴。临走总要买些他家的土特产。看到有蜂蜜卖，我眼睛一亮。女主人说，这可是山里的野蜜哦，城里是买不到的。虽然价格不便宜，我也毫不犹豫地买了两斤。我连“壁挂法”都没试，山民厚道，怀疑他们都是罪过。

回来滴一滴试试，结果让我吃惊，像电视上的尿不湿广告，那蜜瞬间就在纸巾上变成一摊水。我忍不住给对方 QQ 留言，说你这蜜也太假了，还是不要再卖了吧，并附上了印渍的照片。对方一言未回。

甜蜜的滋味人人都喜欢，只是蜜里掺假真让人厌。

听婆婆说话（外一篇）

金 萍

——婆婆的语言丰富诙谐，听婆婆唠嗑，觉得这样的光阴，实在是很美好。

经常，在我婆婆不唠叨我的时候，我会感到很幸福。

我们会有一些对话，纯粹琐碎的家常话。比如，我们一起包饺子或包子，她表扬我：你过日子不行，你呀就一件事情做得好，包饺子。或者说：你就一件事情可我心意，你们单位发的砂锅真合用。

或者，我看着她蹬缝纫机做针线（婆婆70多了还能自己做衣服呢），我在旁边恭维她能干，她很骄傲地领受我的恭维：那当然，我做事就是仔细，以前我在针织厂干过，我就是慢，计件不行。膀子都甩疼了，汗都顾不上擦。

然后，继续发挥：我就是买的东西都要比别人的好，到菜场，买个老母鸡都要长得漂亮的，赖里吧唧的我才不要呢。

然后，就开始絮叨：我走哪儿都没让人说过不是，以前怀小二子（我老公的昵称）时，早上四点从家里出门，走到东门外要一个多小时，从来没迟到过。哪像你，从来跑不到人前头。

关于怀小二子坚持走路几小时上班到最后分娩的事，是家里的经典故事，五千年（我儿子网名）很多段子都背下来了。

当然，她的儿子我的老公也是好的，婆婆夸她儿子是这样夸的："跟他奶奶一样，白白胖胖的，一对大眼睛……从小就机灵。”然后，朝着我的黑儿子她的宝贝孙子遗憾不已地说：“哪像五千年，尽拣你们的缺点长。”

我们家最经典的情形是，婆婆一边吃饭一边忆苦思甜：“困难时期没饭吃，一把熬过肥肉的油渣救了一家人的命。”才说了开头，五千年就会学着奶奶的腔调接下去：“那时候，但凡有一口米下锅就饿不死人……”婆婆就笑：“别嫌我啰唆，不听老人言，吃亏在眼前。”五千年接：“当然奶奶说的都是对的，你吃过的盐比我吃过的米都多嘛。”听祖孙对话，就跟对口相声似的，逗人。

讲完永恒的节约问题，婆婆会很自然地转移到下一个话题，话题是无穷无尽的。比如，邻居王嫂子妈妈生有10个孩子，她泼辣的妈妈怎么从日本鬼子手里夺下儿子……这样故事我最爱听，一边听一边应和，觉得简直是《儿女英雄传》里的女英雄再现。

还有，解放军打到她家乡小镇阜南方集，她当时10来岁年纪，吓得跑到乡下躲。又想家，偷偷跑到家里看，被住在家里的解放军发现，对她喊：小大姐，我们是好人，你别怕。“我一听，跑得更快了！”一家人都笑。

然后，就开始回忆小镇生活，有多少多少好吃的：肉夹馍怎么怎么香；芝麻叶儿煮绿豆杂面怎么怎么好吃；一坛坛的荆芥疙瘩怎么怎么下饭——最后总结：哪里都没方集的东西好吃。当年在西安，一门心思想回来，我老公公说，好像方集就是你家开的似的，全天下没一个地方比得上。

当然，说得最多的，是亲戚和邻居们。每回忆起往事，婆婆都万般感慨。

婆婆32岁守寡，那时老大才12岁，老二才4岁。公公在世时对婆婆非常好，万事不让她操心。悲伤过度的婆婆大病缠身，得了骨结核，手术后卧病在床，整整一年不能下地。“要不是你阜阳几个姨和舅舅的帮助，没有邻居帮我，怎么我也活不到今天呀。你大哥那时候还小，邻居知道我爱干净，就帮我洗衣服；黄姨让你任姨夫帮着买米买面，一直到二子都上大学了，毕业工作了，他还包着，咱家的粮食都是他给买的；你范舅舅家早年穷得叮当响，‘文革’期间当着工厂里的小官，我有什么难事都是他帮忙。”

婆婆说的这些人,我差不多都认识,大都是朴实无华的人,有的喜欢高门大嗓叽里呱啦地说话,有的像闷葫芦一样,半天不开一言,只会憨笑;有的则能言善辩,精明能干。说是亲戚,有的只是方集的老乡,但困难时期互相帮衬扶持着一起走过,已经完全是一种扯不断的亲情关系。邻居们处得特别融洽,不管谁家有事,不用张口,有的帮你做饭,有的帮你带孩子,都像自家的事一样。

婆婆以前住的老楼的一楼,我跟老公谈恋爱的时候,每回去他家,都惊讶小小的屋子总是聚满了人,邻居都喜欢在他家"呱蛋"(合肥方言,即聊天),老大妈们天天都来,还有年轻人,也喜欢来这里,屁股就像粘上了板凳,一坐就是小半天。每天,婆婆蒸好了大馍或肉包子,邻居赶上了就毫不见外地捧了吃。我笑着说,我们家做的饭没有不够的,永远是多。

那些与我有亲情关系或不甚相干的人的故事,就在婆婆断断续续的絮叨中,渐渐清晰起来。我倾听着他们的故事,感知着平常人的喜怒哀乐,这个世界因为他们而血肉丰满,充满温馨可爱的细节。

有时看到婆婆讲得很高兴的样子,我就想,也许老人是寂寞的,她并不需要太多的金钱或物质给予,他们更需要的,也许是小辈们的陪伴,听他们唠唠嗑,把他们的生活经验和生存智慧传递给你——老人的要求,或许就是如此简单。

婆婆语录

金 萍

——婆婆耳聪目明,声音洪亮,勤劳啰嗦,干劲十足,脾气也大,俏皮话也多——家庭灵魂人物,基本是说一不二。

婆婆常喜欢用老话或歇后语来形容生活中的各类事情,随时随地随口就溜出一句,就像拧开水龙头流出水来一样自然。

我每次听到她别致的说法,都很惊异:她的那些好玩的词儿都打哪儿来的?怎么就像恒河的沙,无穷无尽似的。婆婆说她处世的原则是:“善不欺,恶不怕。”“说话说给知人,好饭舍给饥人”——我理解,就是要雪中送炭,没必要锦上添花。这个我很赞同。

家中排在最末位的风同志,自然是婆婆的最佳唠叨对象。如形容你不会过日子:他(指老牛)又不是屙金的尿银的,外面有个抓钱的手,家里还要有个聚银的斗,就算老公有,还要伸伸手。平时省着花,到用钱的时候就知道钱的重要了……每每,在婆婆的唠叨声中,风仓皇出逃,以致常常袜子穿错,一只脚穿两只一只脚穿一只(冬天怕冷要穿双层袜)。

“宁跟明白人打一架,不跟糊涂人说句话。”当她觉得跟某人讲不清道理时,就这样说。此语也常常用来形容风的糊涂。

说风的屋子乱:老鼠都找不到地方打洞。

某日,风妇德发作,抢着收被子,以竹竿敲打,婆婆嫌风敲打的劲儿小,在屋内拉长声喊道:“轻点儿打,小心把灰敲掉了。”晚上我往冰箱里塞剩菜,塞不下。婆婆见到,说:“给你胡子不会安。”我暗笑:“我要胡子干吗?”

某日,风积极打扫卫生间,婆婆见之,喜不自禁,难得柔声表扬道:我看你抹灰真喜欢,要是天天这样, 我就是嘴痒得往墙上蹭,也不会说你。(你说俺能让老人家这样吗?)

风是夜猫子,白天迷糊,事情都放在晚上做,婆婆总“赞扬”:“你是白天串门走四方,晚上熬油补裤裆。就跟别人拧着过。”

说起买菜上当,只有错买的,没有错卖的,婆婆引申发挥,形容奸商:“做生意心黑,赚个爹都不嫌多。”

婆婆教育后辈的口头禅:“好吃还是家常饭,暖和还是粗布衣,知冷知热结发妻。”好像她说这是包大人的原创。

小时候儿子极乖,憨憨厚厚虎头虎脑。风经常带着欣赏的眼光表扬小儿,这时,婆婆会在一边撇嘴笑:“黄鼠狼夸他儿香,刺猬夸他儿光。”

儿子幼儿园时候,一次戴了顶黄红相间的针织贝雷帽,穿一身土黄色灯芯绒套装出门。婆婆笑曰:“黄鼠狼去赶集儿,里里外外一张皮儿”——怎么净跟黄大仙干上啦?

有一次,说我儿子黑:“用手在身上抓24道印子,没一条是白的。”

某天,儿子为了避免写作业,不停地到厨房问奶奶什么时候吃饭?奶奶斥责道:“你是裁缝丢了剪子,只剩尺(吃)了。”呵呵。老公或儿子犯了错,则是:“你是铁匠死了不闭眼,欠锤(捶)。”

儿子被小同学引诱玩游戏。奶奶说他:“近玉是玉,近朱是朱。”——就是“跟着啥人学啥人,跟着巫婆下家神”的意思。还说:“靠着金銮殿,就生灵芝草;挨着臭茅厕,就长狗尿苔。”

说女人婚姻就像是二次投胎,中国女人一般是“嫁鸡随鸡嫁狗随狗,嫁个狐狸满山跑,嫁个癞蛤蟆跳着走”。我觉得挺有道理的,我嫁给老牛后就变得跟他一样肉乎乎胖墩墩的,可有夫妻相了。谁看见我们都说,我俩在一起就是我们的城市名儿——合肥。

有一天,老牛自找没趣说错了话,婆婆嗔曰:“没事找个虱子放到头上挠着玩——找不自在。”

夏天,某日凉快,32度。怕空调的风、正美不滋滋儿享受着难得的自然风,老牛突然问道:“今天,用——不——用——开——空——调?”边问边笑,故意地拉着长声。

风赶紧表态:哪需要开空调,这么大风多舒服…… 你坐在过道里……我婆婆在一旁插话道:“你问她? 嘴抹石灰——白说!”可怜畏寒的人,只好孤独地钻进小屋里刷微博,黯然神伤。

似乎,总有无穷多的词语,等着形容她所看到的一切。婆婆大人成了俺不收费的民俗语言大师,每次听她说有趣的句子,都说赶紧拿本本记下来,写下来娱乐娱乐大家,可总是懒,过一会儿也就忘了,辜负了积极提供我速记纸笔的朋友们。

老屋的“穿堂风”（外二篇）

袁 平

老家离城里不远，合裕路高架修好后，开车从合肥宣城路的家里到撮镇振兴村老家门口大约半个小时，很方便。

6 月份和朋友们一起回老家后院大扫荡，辣椒、黄瓜、茄子摘了几大包。回城后，茄子和黄瓜大家很快吃完，那辣椒，朋友们放在冰箱里吃了半个月。木槿姐见到我就说那辣椒好吃，甜甜的，炒着吃，和蒜放在一起捣成蒜泥就馍吃，很过瘾。尽管城里菜市场满世界的辣椒，但我从她的言语中知道她仍然惦记着我老家后院的辣椒。

老家后院的蔬菜是三妹和嫂子从城里回老家种着玩的，绝对绿色食品。三妹说在栽辣椒秧前撒上饼肥，生长过程中不施任何化肥和农药以及除草剂。那辣椒我拿回去放在公司，那么热的天气，自然环境下，放了十几天也没烂，不像菜市场买回来的辣椒，放几天就烂糊糊的。

木槿花开，是文友中和蔼的大姐，让人感觉很温暖。大姐惦记的东西我岂能不满足她，何况回家对我来说是很简单的事情。于是我决定驱车回家再扫荡一次。

7 月中旬，烈日炎炎，车子被烈日晒得滚烫。到家后我将车子停在门口，将老屋前后屋的门全部打开，那南风毫无遮挡地从大门吹进屋子，然后穿过前面的屋子，经过小院子再从二路屋后门出去。我躺在放在大门口的躺椅上，风从我身上吹过，柔和，带着淡淡的泥土的芳香和绿色植物的味道，那感觉舒服极了。

在城市这么多年,空调和电扇一直是我抗拒的电器,我宁愿大汗淋漓,也不用它们。常常有些客户来我办公室笑话我抠,为了省电不开空调。其实,他们不知道我喜欢自然风,尤其喜欢我老家老屋的"穿堂风"。

坐在大门口吹着清凉的"穿堂风",喝着隔壁婶婶端来的一碗凉稀饭,看着门前的稻田、菜园,不远处被绿树包裹的另一个村庄,勾起我对很多往事的回忆,那陈年往事像放电影一样一幕幕在我眼前呈现。

夏天,大人们干农活回来,中午吃饭、休息都在前面屋(那时叫堂屋)的凉床上。吃饭的时候,凉床当饭桌,门槛和地,全部都当凳子使用。大锅里盛一碗饭,从摆在凉床上的菜碗里夹点菜,坐到地上或者门槛上,吹着穿堂风一会儿饭就吃完了。那时候父亲在城里工作,母亲身体不好,我们都还小,奶奶是家里家外一把手。她早晨鸡叫起床,先烧早饭给我和哥哥吃了去上学,然后再烧其他人的早饭。早饭烧好了又和生产队的人一起出门上早班干农活。奶奶插秧、割稻、犁田、耙田、挑担等等,没有农活不能干的。奶奶喜欢坐在大门口的门槛上吃饭,也许是太累,让舒适的"穿堂风"一吹,有时饭还没吃完就睡着了,开始打呼噜。这时有人喊她,她常常一惊,饭碗就掉落到地上,碗被摔得粉碎。

饭吃好后,一家人在堂屋纳凉。大人睡在凉床上,我们这些小孩有的睡在地上,有的小孩干脆睡到凉床肚里。一家七八口人享受着穿堂的南风,舒适地在堂屋午休。这时我常常溜出去和小朋友们满村找树上的蝉,然后用竹竿和黄牛尾巴上的毛做成的工具捕蝉。

那时,没有空调、电扇,小孩们也不喜欢用蒲扇,全靠清凉的"穿堂风"驱热。当然,也有没有风且很燥热的时候,大人、小孩的身上因此会生出很多痱子。空闲的时候,奶奶和妈妈喜欢将背裸出,让孩子们帮她们掐痱子止痒,那痱子亮晶晶的,小孩们用指甲掐的时候,还会发出轻微的响声。孩子们都喜欢帮大人掐痱子,也许是借机和劳累的大人亲热吧。

……

南风仍然徐徐地吹着，我慵懒地躺在躺椅上，渐渐有些睡意，天也近傍晚。再舒服还是要回城的，我很不情愿地起身，从后院摘了些青的红的辣椒，门前摘了几个南瓜，婶婶帮我装袋放到车上，我带着吹“穿堂风”、喝凉稀饭的美好感觉驾车回城，一路上轻松而惬意。

村 骂

袁 平

多年之前，农村没有分田到户，那时候干农活，一个生产队的人一起锄地、插秧、割稻、播种……几十人在一个大田里劳作，从田的一头一字摆开，边干活，边唠嗑，向田的另一头进发。东家长西家短，有说不完的话题。往往一个话题唠完，一上午就结束了，也该放工了。

那时一个自然村，就是一个生产队。袁大郢村里有几十户人家，虽然大都同宗一姓，但是，人们的性格、脾气、教养大都不一样。因在大田里唠嗑产生的口舌是非几乎天天都有。

有时候说着说着，大田中央忽然传来难听的对骂声，什么不得好死，狗娘养的，王八生的，猪狗不如，等等，在大田上空传散开来。当然，还有比这更难听的骂词。每当这时，弯腰干活的人们会全体起立，齐刷刷地看着对骂的两个人。那两人像两个正在争输赢的“斗鸡”，脸红脖子粗，一边骂一边指手画脚。有时候骂着骂着就会厮打起来。边上的人有的上去拉架，有的在边上看热闹起哄。大田，此刻就会成了“练武”场，庄稼也被踩得乱七八糟。

大田里的骂是寻常的骂，会经常发生。我，一个刚从高中毕业回乡的知青，对这样的骂习以为常，因此我大都是在边上看热闹。而这样的闹剧在周围人的劝说下，一般很快就会结束。

可是，有一种骂让我怎么也无法忘记，那就是搞不清该骂谁的骂，或者想要骂谁，但又不敢明着骂的骂，也就是没有对手的骂。

这种骂一般是这样的，家里的东西被村里的人偷了，但不知道是谁偷的，要骂。还有一种是明知道某人做了对自己家不利的事情，想骂又不敢挑明骂，只有指桑骂槐。这两种骂的方法是一样的，很特别，我妈妈告诉我这叫村骂。

这样的村骂，我见过村子里的一位奶奶骂过。起因是她家一只生蛋的老母鸡不见了，几天都找不到，她认为被别人偷去吃了。于是，她开始村骂。只见她一手拿着砧板，一手拿着菜刀，从家门口开始，边用刀剁着砧板，边骂：你偷了我家的鸡，吃了一家人活不到明天，不得好死，断子绝孙……这奶奶，已是古稀之年。虽然步履蹒跚，但她村骂的时候劲头十足，咕咕噜噜，边走边骂边剁砧板，恨不得就要用那刀将偷鸡的人在砧板上剁成肉糜才解气，一点也不显老态。那奶奶在前面骂，村子里的小孩会跟在这位奶奶后面看稀奇，越聚越多，有时候还随着奶奶的骂声“哦、哦”地吆喝着，那场景真是非常有意思。

村里的大人，见到这样的骂，谁也不会伸头去管。骂人的骂累了，觉得咒骂的那个该杀的偷东西人会得到报应，心里的气也出了的时候，正好绕村庄一周，骂人的人这时也累了，正好回到家里休息。如果觉得还不解气，第二天会接着再骂。记得曾经有一个婶婶整整骂了一个星期。

记得那天，我看着那位奶奶边骂边步履蹒跚地往前走着，真想去劝她不要骂了，我是怕她累着。但是，妈妈不让我去劝。妈妈说，你去劝她，她也许会怀疑是我家偷了她家的鸡。另外，让她骂骂也好，她出气了，也警示了偷东西的人。

我退回房间，从窗户看着老奶奶和那一群孩子渐渐走出我的视线。

夺命的绳索

键盘上敲击这篇文章题目的时候，我的心情非常沉重。

因为，昨天从老家传来消息，一个我们下放、回乡知青很熟悉的人，袁一，在老家的养老院里用绳索结束了他命运多舛的一生，终年七十五岁。

这个充满苦难和多才多艺的传奇人物，生命就这样不同寻常地结束了，让我们村子里二十世纪六七十年代的所有知青唏嘘不已，心生哀伤。

袁一，我同村的叔叔。1960 年发生那件特殊事件之前，他是村子里一名优秀的青年团干部，那时他已经结婚生子，老婆是一个很漂亮的邻村女人，勤劳，机灵。

1960年的一天，一个馒头将他推向深渊，改变了他的一生命运，让他遭受几年牢狱之灾，继而妻离子散，四处漂泊。

故事要从闹饥荒的那一年说起。

那一年，到处都闹饥荒。人，饥饿到什么程度会去抢食别人手中的馒头，我百度了一下，无从考证。就在那个饥荒年代的一天中午，袁一走在街上，看到别人手里拿着热气腾腾的馒头，眼睛发直，脑子瞬间一片空白，片刻意识模糊，突然下手抢了那人手上的一个馒头，然后边跑边吞食那个馒头。当那个拿馒头的人意识到馒头被人抢了，大声呼喊强盗抢走了他的馒头时，袁一抢的那个馒头已经被他全部吞食到肚子里了。街上的人听说强盗抢馒头，一哄而上，将袁一抓了起来。

非常时期，抢馒头的人也有一个非常的处理结果，那就是判刑入狱。

他出狱后漂泊几年回到家乡后，我才知道有这样一位叔叔。后来陆续听村子里的人说他入狱期间，他那漂亮的老婆带着儿子，也许是无法度过那食不果腹、号寒啼饥的日子，改嫁给他的大哥，变成了大哥的老婆。他的儿子也因为不适应大伯家的生活而成了疯子。

后来我和袁一叔叔熟悉了，他告诉我们，那次抢馒头事件后，他被判了两年刑。出狱后知道老婆改嫁，儿子疯了。他觉得再也不想回到令他伤心的家乡，无颜面对父老乡亲，更无法面对已经改嫁的老婆和疯了的儿子。于是，他四处漂泊，来到一个民间剧团讨生活。在剧团里，因为有点文化，勤杂事情做完后，他就找师父学二胡，学小提琴，学唱歌……两三年下来，吹拉弹唱全部都行，成了剧团里的一个重要角色。这段时光让他感觉生活充实并充满阳光。

“文化大革命”开始，那个民间剧团不准办了，被解散了。当时，他没有容身之处，又开始四处漂泊。在漂泊的日子里，听说自己的大哥带着老婆和孩子去了省城生活，他才回到了家乡。

家乡对他来说是温暖的。他回乡后，乡亲们在生产队长的带领下，帮助他盖了一间房子，并东拼西凑帮他置齐了生活用品。村长听说他在剧团干过，并且会几种乐器，就安排他到大队的宣传队当宣传队长。

宣传队里大部分是下放知青和回乡知青，我哥哥当时是大队团支部副书记，分管宣传队。我家是宣传队员的聚集点。袁一在宣传队里当宣传队长如鱼得水，尽职尽责。他教会了很多知青拉二胡，吹笛子，拉小提琴，唱歌，跳舞……我哥哥的半拉子二胡是袁一叔叔手把手教的，我也跟在他后面学会拉1、2、3、4、5、6、7、1。至今，我见到二胡还有一些特殊的感情，还会拿起二胡像模像样地扯两下子。

后来流行样板戏，我记得在村子门口的稻场上，他带着那些知青演员认真地演练《沙家浜》，袁一叔叔演胡传魁，一个女知青演阿庆嫂，演练中不断笑场，也让围观的村民笑作一团。那情形至今还刻在我的记忆中。

村里宣传队因为有袁一这样有专业文艺水平的人带队，在全公社出了名，并且经常在公社其他大队巡演。我想，那段时间袁一叔叔应该是开心快乐的。

“文化大革命”结束后，大队宣传队解散了，下放知青们陆续返城，回乡知青们因为招工、顶职、考大学也陆陆续续离开了家乡。袁一开始变得孤独，闷闷不乐，不久后又一次离开了家乡，很多年杳无音信。

七八年前，听家乡的人说，袁一又回来了，村里把他安排在村里的养老院里。村里的养老院条件还是有限的，袁一的生活过得不是很好。当年的大队团支部书记得知这一情况，发动知青们纷纷捐款，然后派代表送给袁一。听哥哥说，袁一接到大家的捐款，感动得老泪纵横。

后来，几年没有听到袁一的消息。

昨天，家乡传来消息，袁一去世了，是用绳索结束了自己的生命。

去世前袁一叔叔过着什么样的生活我不清楚。但是我想，在拿起绳索准备结束生命时，他一定会想很多，抢馒头吞食馒头的瞬间一定会在他脑海里闪现。因为那个馒头，他的生活从天堂掉到地狱，人生的路变得无比艰辛、屈辱、崎岖。最后,是什么样的心路历程,让他不得不用绳索提前结束自己的生命,我不得而知。

写完这篇文章有些心痛,有些伤感。村子里养老院所在地、过去知青居住点大官塘和那片林子浮现在我眼前,仿佛那杨树林子里有袁一叔叔散步时孤独的身影……

小街（外一篇）

刘学升

漫步小街，从头走到尾，大约需要20分钟的时间。

小街就是五河城内的“顺河街”。30多年前，没有谁会说顺河街是“小街”。30多年来，县城不断进行着扩建和改造，每条街都比顺河街宽敞、阔气得多，但小街依旧保持着原来的风貌。于是，土生土长、地地道道的城里人，就把顺河街叫作“小街”。真正说来，小街起色于清光绪年间，如今已有100多岁的高龄了，应该叫她“老街”才对，但我却从未听人这么称呼过。

现在的小街，除了几家卖渔网、水暖材料的，其他店面的门板大都没有下下来。听老一辈人讲，早些年，小街繁华得很哪！小街紧偎那条通着淮、浍两河的小东河，因河道较窄、两岸地势较高，可以避风，是个天然的渔港，许多渔船收网后就在此停泊。由于渔民每天都要上岸卖鱼、购物，从清光绪年间起，逐渐顺着河边形成了一个集市——顺河街。

到了清末及民国初期，随着货物贸易日益增多，许多城市的面粉、榨油、大米、饼干等粮食加工企业，所需的大量原材料都要靠水路运输。五河地处皖东北平原，五水交汇，无疑具有明显的优势。于是，北从天津，南至上海、广州等地的客商，纷纷来到五河，五河一度成为皖东北粮食等农产品的集散地。一些头脑活泛的生意人，就势在此建立了店铺，顺河街随即繁荣起来。以行业分，名气比较大的，有永康粮行、兴隆杂货、信诚布庄、大同客栈、陈家水果、张家竹器、余家饭馆、卢家理发、周家染坊、张家“小跑”（卤兔子肉）、秦家麻花、万安堂药店，等等。还有摆地摊的、铸铁具的、扎花圈的……时而再夹杂着糖葫芦、烧饼的叫卖声……整条小街，从早到晚，人来人往，川流不息，一派繁荣景象，当时还落了个“小上海”的美誉。

儿时，我喜欢到顺河街酱菜店买榨菜——我妈做的榨菜豆腐汤，味道特鲜，我爱吃。只是小东河边铁匠铺里那个黝黑、敦实的铁匠，模样长得活赛《水浒传》里的“黑旋风”李逵，我有些惧怕。特别是他每天打铁时发出的“当当当”的脆响，让我暗自揣摩，他会不会在哪一天杀了我。

有一天我放了学，路过铁匠铺的时候，被正在淬火的“李逵”喊住了。他停下手中的活计，顺势擦了一把脑门上的汗，然后从旁边一堆已经打好的铁器中，拣出一把小铁刀：诺，拿去玩吧。怯怯的我顿时兴奋极了，接过小刀，啥话都没说。——当时我还没学“五讲四美三热爱”，更不懂“谢谢”。此后的好长一段时间，每到星期天，便有同学到我家来欣赏这个“宝贝”。打那时起，我对“李逵”产生了好感：他黑得真美！

小街，一直通到淮河岸边的轮船码头。平时我在家，只要一听到轮船归来时的鸣笛声，便会出门。这个时候的小街最热闹。那些乘船到县城上学的，探亲的，访友的，看病的……有的扛着麻袋或蛇皮口袋，有的背着棉被或挎着包袱，大人搀着小孩，还有拎着手提包、穿着中山装的“干部”……他们似一股汹涌奔来的潮水，嘈杂着在小街里穿行。

当时的小街还有“五河五条河，淮浍漴潼沱，吃水要靠车来驮”的景观。1978年以前，县城人吃水大都是清澈甘冽、没有污染的淮河水。我从记事起，就经常看见有人驾驶拉着水的毛驴板车，打小街过。驴蹄子“嗒嗒”“嗒嗒”踏行在小街的青石板上，很有节奏；驴脖颈上的铜铃铛“丁零”“丁零”的响，特别悦耳。

一方水土养一方人。小街孕育了自己特有的文化。2006年5月26日，安徽省人民政府公布了3个“省级历史文化街区”，五河县城关镇顺河街与黄山市屯溪老街、池州市东至县东流古街榜上齐名。作为生于斯、长于斯的五河人，我甚感骄傲。有些本地的或外地的思想敏锐、眼光独到的作家、摄影家和记者，认为小街具有较高的研究和开发利用价值，经常到这儿采风、拍照、采访。他们既有官方组织，也有个人自发前来，为促进小街文化的传承和延续，付出了积极的努力。我在琢磨，嘿，屯溪“老”街，东流“古”街，唯独咱顺河街不老，更不古，还年轻着哩！

而今，每当我节假日从省城回到五河时，经常在晚饭后到至朴至幽的小街上散步，心中会不知不觉生出一种沉甸甸的感受来。因为，这条有着怀柔品性的小街，并没有完全受到我们的重视和保护。昔日繁华的小街，已被日新月异的“新街”替代。小街上的酱菜店早已关了门，那个为我打铸小刀的铁匠也不知现在何方。小街的肢体，已经受到了不同程度的损伤，迫切需要检查和治疗。顺着小街走一遭，在月光的映照下，小街原先的青石板，不知何时，也不知被谁揭去，无影无踪了，现在只有裸露着的坑坑洼洼、羸弱苍老的砂石，在咬牙苦撑着人们的步履和来去的车轮；小街两旁古朴的民房，有的虽然做了简单的修缮，但大部分已经破败不堪，甚至面临着坍塌。

我希望小街能够得到更多的保护和改善。缘由是，我从小街的陈年往事中，感受到了与时俱进的人文魅力；小街，好似一坛陈年老酒，不管酒量大不大，只要细细品味，就明白怎样去感恩，如何去报答。我自知，如果我对小街没有任何感触的话，那么，我就失去了历史的沧桑感，显得苍白与轻浮。还有，人们既然称呼百年老街为“小街”，不正是担心她过早地老去吗？如果小街真的如昔日拉水车的驴蹄声，“嗒嗒”“嗒嗒”地走远了，直至停止呼吸，我们得到的，恐怕不仅仅是遗憾……

老井

刘学升

我从城市回到故乡的村子里，主要是看看年前修缮过的老房子还漏不漏。看过老房子，我不忘去瞧瞧村头水塘边的那口老井。老井旁边有只花喜鹊。看到我走近，花喜鹊扑棱着翅膀飞到不远处的一棵大树上。

老井井沿上的两块厚厚的青石板还在。只是青石板上布满了一层有些时日的泥土。低头向井内探视，我看到老井里有了水。这些日子老下雨，我不知道老井里的水是从地下冒出来的，还是从天上落下来的。年前，老井是干涸的。

我点燃一支香烟，蹲在井沿边，慢慢地吸，想着老井的往事。

爷爷在世时跟我讲过，这口老井在民国时期就有了，也许还能推算得更早。井深水甜，村子里一辈又一辈的人，吃水全靠老井供养着。我深信不疑，联想到我妈哺育过我的奶水。小时候，我家院子里的水缸盛满着井水。我每次在外面玩耍，玩得嗓子冒烟，回家后就会迫不及待地将头埋到水缸里咕咚咕咚地喝。那井水，清洌甘甜，经常把我的小肚子灌得贼溜溜地圆。

在我6岁那年，故乡发生了严重的旱灾，老井里原本深深的井水，几乎现了底。爷爷领着六七个年轻力壮的小伙子，扛着锹锨，为老井清淤。一筐筐的淤泥从井底被牛尾巴根那么粗的麻绳拽上来，顺便带出了许多的"宝贝"。有二三十枚铜钱，还有十多杆旱烟袋。姑娘、小伙子分到了铜钱，老头、老太太分到了旱烟袋。我最幸运，得到了一把钢刀，尽管刀鞘已经锈蚀，但钢刀依然锋利无比。爷爷告诉我，这是一把日本鬼子的"东洋刀"。众乡亲议论纷纷，说井底有铜钱不稀奇，因为百年来到井边打水的人，身上有铜钱滑落井里是正常的；井底有旱烟袋也不稀奇，因为每到傍晚，村子里的老头、老太太爱围在井边抽旱烟拉呱，一不留神将旱烟袋掉到井里也是正常的。不正常的就是这把日本鬼子的“东洋刀”。鬼子当年到村子里烧杀抢掠,无恶不作,这把“东洋刀”曾经杀害了多少中国人,又为何掉到井里的,是个谜。可惜,当时我由于年龄小,没有收藏意识,那把“东洋刀”后来不知怎么被我弄丢了。数年后,我参观侵华日军南京大屠杀纪念馆,看到纪念馆里展出的侵华日军指挥刀,极像我小时候的那把“东洋刀”,我就想,那把“东洋刀”如果保存至今,又是侵华日军的一个罪证!

老井被清淤后,井底的水很快汩汩流出来,仅半天带一夜的工夫,乡亲们就喝到了清冽润喉的甜井水。许多乡亲在老井边放起了鞭炮,那噼里啪啦的声响,不亚于过大年的喜庆。

老井的水是纯净的,只要喝过一次井水,就知道不应该弄脏它。我的小伙伴大伟,有一天跟他爷爷去挑井水。待爷爷挑起水后,大伟调皮地朝老井里吐了口唾沫,爷爷勃然大怒,气冲冲地放下水桶,抬手朝大伟头上打了一记响亮的巴掌!大伟疼得咧开嘴放声大哭。爷爷一反往常的慈祥,指着大伟骂道:不懂事的东西,缺了这井水,你就活不了!多年以后,大伟对我说,“食不毁器,荫不折枝”,他爷爷当年打他是对的,因为他不知道感恩老井。

时候不早了。我站起身,对老井说:老井啊,你在这里吧,我得走了。历经沧桑的老井没有言语。我知道,这些年,斗转星移,世事大变,村子里的乡亲拖家带口到城市打工和发展,陆陆续续地几乎走光了。唯有老井,在村头披星戴月,永不挪窝,默默守候着被它哺育滋养成人的游子归来。它,是不是想让我们永远记住——什么叫乡愁。